Das Flehen der Engel

W0213354

DAS FLEHEN DER ENGEL

Ein Psychothriller
von
MARK FRANLEY

Copyright 2016 by Mark Franley

Da der Autor alle Rechte an diesem Werk besitzt,
sind unautorisierte Veröffentlichungen und Vervielfältigungen
jedweder Art verboten.

Lektorat durch Barbara Lösel, Nürnberg, www.wortvergnügen.de
Satz, E-Book: Michael Beautemps, www.graphiti-verlag.de
Covergestaltung © Traumstoff Buchdesign traumstoff.at
Covermotiv © yevgeniy11 shutterstock.com

Impressum:

Mark Franley
c/o AutorenServices.de
Leipziger Straße 116 a
36037 Fulda

Informationen zum Autor und dessen Werken finden Sie unter:

www.mark-franley.de
http://www.facebook.com/MFranley

ISBN-13: 978-1539493990
ISBN-10: 1539493997

1

Getragen von den schwermütigen Klängen, mit denen Vivaldi in seiner Komposition der *Vier Jahreszeiten* den Sommer beschrieb, glitt der Strahl des Hochdruckreinigers über die mattschwarzen Fliesen. Kurz unterhalb der Gewölbedecke beginnend, reinigte er den Raum mit oft geübten Bewegungen, wobei er peinlich darauf achtete, auch keines der steinernen Quadrate auszulassen. Wie gerne hätte er diesen Akt der Erneuerung ohne die lästige Gasmaske vollzogen, was die dünne Chlorverbindung des Reinigungsmittels aber leider nicht zuließ. Zeitgleich mit den explodierenden Klängen der klassischen Musik löste er seinen Finger vom Abzug der Düse und ließ diese zu Boden gleiten. Mit geschlossenen Augen stand er einfach nur da und genoss das Spiel der Instrumente ohne das barbarische Lärmen des Hochdruckreinigers.

Nachdem die Musik wieder an einer ruhigeren Passage angelangt war, rief er sich zur Ordnung und wechselte in den Nebenraum – dort gab es wesentlich mehr zu tun. Wie immer zog er zunächst das komplett befleckte Laken von der in Kunststoff eingeschweißten Matratze und stopfte dieses in einen Beutel aus reiner, gut waschbarer Baumwolle. Anschließend sammelte er die vielen herumliegenden Tücher ein, ließ sie dem Laken folgen und stellte alles zusammen vor die schmale Kellertreppe. Nachdem das erledigt war, kehrte er in das dunkle Gewölbe zurück, wischte die Feuchtigkeit vom Boden und ordnete die Ketten in ordentliche Bahnen, sodass die vier Ringe genau symmetrisch zueinander lagen.

Im perfekten Einklang mit dem Ende des Musikstücks war auch diese Arbeit abgeschlossen. Blieb nur noch, die ebenfalls gefliesten Abdeckungen der schmalen Lüftungsluke zu entfernen, um das restliche Trocknen der Räume der angenehm milden Nachtluft zu überlassen.

Zufrieden und wehmütig zugleich räumte er den Hochdruckreiniger in eine kleine Nische im Fels, verstaute die Gasmaske daneben und sah sich zufrieden um. Nachdem nichts mehr von seinem Werk zu sehen war, nahm er den Baumwollsack, stieg die Kellertreppe nach oben und verschloss die Luke.

Während die Waschmaschine zusammen mit einer ordentlichen Menge Chlor die letzten Spuren beseitigte, nahm er sich des anderen Auftrags seines Gottes an. Die Stille der Nacht genießend, kopierte er jede Sequenz des Films auf einen kleinen USB-Stick, steckte diesen in einen Umschlag und verschloss diesen sorgfältig. Nach einem gewissenhaften Blick zur Uhr, die ihm noch sechs Stunden Schlaf plus eine Stunde zur freien Verfügung vorhersagte, legte er den Umschlag hinter den losen Backstein und begab sich erneut in den Keller hinab.

Er ignorierte die letzten feuchten Spuren zwischen den schwarzen Fliesen, setzte die Verkleidungen der Lüftungsluke zurück an ihren Platz und legte sich dann in die Mitte des dunklen Zimmers. Es war ihm sehr wichtig, das Gewölbe Zimmer zu nennen, denn die kalten Wörter Raum oder Kellergewölbe konnten niemals so viele Gefühle ausdrücken wie das Wort Zimmer. Schließlich gab es auch Wohnzimmer, Esszimmer, Schlafzimmer … und nicht zuletzt gab es Kinderzimmer.

Völlig in sich gekehrt legte er nun ein Ohr auf die schwarzen Fliesen, von denen er sich einbildete, dass sie noch immer etwas von der Wärme des Körpers gespeichert hatten. Seine entspannt geschlossenen Augen steigerten das, auf was es ihm nun am meisten ankam, die Fähigkeit des Hörens. Wie er aus Erfahrung wusste, konnten die kleinen Steinplatten das Erlebte nicht sehr lange konservieren, und so musste er die wenige Zeit nutzen, um das langsam versiegende Leben vollständig auszukosten. Angefixt durch die energiereichen Schwingungen, welche er über sein Ohr in sich aufnahm, hielt er der Versuchung nicht lange stand. Losgelöst von jedem weltlichen Gedanken, entkleidete er sich Stück für Stück und legte alles ordentlich zusammengefaltet auf die Seite. Dann legte er sich erneut auf den langsam erkaltenden Boden, der ihn all die wunderbaren Stunden noch einmal erleben ließ und wo ihm der Gedanke an die nächste Ernte wohlige Schauer über den Rücken jagte.

2

Der dunkelrote, beinahe schon schwarze Tropfen lief erst ein Stück das Holz herunter, blieb kurz an der Kante hängen und fiel dann auf das Zeitungspapier. Lewis, völlig in Gedanken, zuckte durch den Aufschlag leicht zusammen, zog instinktiv den Kopf ein und blickte nach oben. Nichts erkennend tastete er vorsichtig nach der Ursache des Geräusches, wobei seine Finger tief in die leicht zähflüssige Masse eintauchten.

Nach einem Blick auf seine rot gefärbte Haut suchte er das inzwischen ziemlich fleckige Tuch, fand es über seiner Schulter liegend und wischte seinen Finger daran ab. Die restliche Farbe schmierte er an seine alte Jeans. Gerade wollte er wieder zu seinem Werkzeug greifen, als die noch lose an der Wand hängende Klingel einen aggressiven Ton von sich gab.

Lewis warf einen Blick auf die Uhr, runzelte die Stirn und ging durch den dunklen Flur zur Eingangstür.

Mit den Worten: »Wird Zeit, dass du deinen Telefonanschluss bekommst, hast du dein Handy nicht gehört?«, machte sich Florian Ritter nicht die Mühe, ihn anständig zu begrüßen. »Du hast da was im Gesicht, sieht aus wie Blut«, bemerkte er noch beim Näherkommen.

Lewis hob die Hand gegen das letzte Licht des Tages

und sah, dass auch der Zeigefinger, mit dem er sich eben noch an der Nase gekratzt hatte, etwas von der Farbe abbekommen hatte. Wenig motiviert zur Seite tretend machte er eine einladende Geste: »Komm rein, aber pass auf, es sind überall Farbflecken am Boden.«

Florian warf einen besorgten Blick auf seine Designerschuhe, machte einen Schritt durch die Tür und drückte, noch bevor Lewis »Nicht!« sagen konnte, auf den Lichtschalter. Nachdem die beiden nackt aus der Decke hängenden Kabel mit einem kurzen Lichtbogen reagiert hatten, wurde es auch in dem angrenzenden Wohnzimmer dunkel. Resigniert wiederholte Lewis: »Nicht drücken, da ist noch keine Lampe angeschlossen«, und öffnete im Schein seines Feuerzeuges den Sicherungskasten neben der Tür.

Als das Licht im Wohnzimmer ihnen wieder den Weg leuchtete, schloss er die Tür hinter seinem jungen Kollegen und bat: »Bitte nichts mehr anfassen, am besten wir gehen rüber in die Küche, da ist schon alles fertig.«

»Dunkelrote Türrahmen, ist das nicht ein wenig … ich weiß auch nicht?«, fragte Florian auf dem Weg in die Küche, doch Lewis ging nicht darauf ein.

In der Küche angekommen, öffnete er den Kühlschrank und blickte, obwohl es kaum etwas zu sehen gab, etwas zu lange hinein: »Tucher Pils, mit oder ohne Alkohol?«

»Für uns beide ohne Alkohol, wir sind im Dienst.«

Lewis schloss den Kühlschrank und drehte sich zu Florian um: »Du vielleicht, ich habe für den Umzug drei Tage frei bekommen.«

Sein Partner schüttelte den Kopf: »Hat der Chef vor etwa einer Stunde rückgängig gemacht. Schau auf dein Handy … Wir haben ungefähr zehn Mal angerufen, fünf

Textnachrichten geschickt und zwei Mal auf deinen Anrufbeantworter gesprochen.«

Lewis, der die Farbe an seinen Fingern schon wieder vergessen hatte, griff sich in die hintere Hosentasche, zuckte dann mit den Schultern und sagte lapidar: »Das liegt vermutlich noch drüben im Wohnmobil.«

Florian konnte diese lockere Einstellung seines direkten Vorgesetzten nicht recht nachvollziehen, doch er unterdrückte den Impuls, einen Kommentar abzugeben, und fragte stattdessen: »Soll ich uns einen Kaffee machen, während du duschst?« Wieder folgte ein abfälliger Blick auf Lewis' Erscheinungsbild, bevor er sich vorsichtig erkundigte: »Deine Dusche funktioniert doch hoffentlich schon?«

Schon um ihn ein wenig zu ärgern, machte Lewis erst einmal keinerlei Anstalten, dem Rat seines übermotivierten Partners zu folgen. Mit genau der Gelassenheit, von der er wusste, dass er Florian damit in den Wahnsinn treiben konnte, öffnete er eine der Schubladen, zog ein Päckchen Tabak heraus und fragte, während er sich eine Zigarette drehte: »Was ist denn eigentlich so wichtig, dass man mir dafür den Urlaub streichen muss? In unserer Abteilung arbeiten noch sieben weitere Kollegen, da wird sich doch einer finden, der, was auch immer, übernehmen kann.«

Florian zuckte mit der Schulter: »Du wirst lachen, das habe ich dem Chef auch gesagt, aber er bestand darauf, dass du den Fall übernimmst. Die Sache scheint so brisant zu sein, dass er noch nicht einmal mir sagen wollte, um was es überhaupt geht. Alles, was ich weiß, ist, dass wir so schnell wie möglich in die psychiatrische Abteilung des Nordklinikums fahren sollen. Dort erwartet uns ein Professor Doktor Hegner, der uns die genauen Umstände erklären wird.«

Mit der Einsicht, sich dem Befehl des Leiters der Mordkommission besser nicht zu widersetzen, drückte Lewis die Zigarette aus und fragte sich dabei laut: »Und was mache ich jetzt mit dem Pinsel und der Malerrolle? Bis morgen ist das Zeug trocken und zum Auswaschen haben wir offenbar keine Zeit mehr.«

»In Alufolie packen«, überraschte ihn sein Partner mit fundiertem Fachwissen und erklärte nach Lewis' skeptischem Blick: »Hat mir meine Freundin gezeigt, und es funktioniert. Mit dem Pinsel kannst du morgen einfach weitermachen, da trocknet und klebt nichts an.«

Nachdem Lewis den Tipp befolgt hatte, nahm er eine schnelle Dusche und ging anschließend kurz zu seinem Wohnmobil, das er in der offenen Scheune abgestellt hatte. Diese Scheune war eine der vielen Vorzüge seiner neuen Wohnung, die nicht besser zu ihm passen konnte. Die Erben des ehemaligen Bauernhofes hatten aufgrund der aktuellen Wohnungsnot darauf verzichtet, groß zu investieren. Aus dem Haupthaus waren drei Wohnungen geworden, und für die große Scheune verlangten sie einfach noch eine kleine zusätzliche Miete. Für Lewis war dies perfekt. Er wohnte nun am Rande von Nürnberg, aber trotzdem im Grünen, und hatte genug Platz für sein geliebtes Wohnmobil, in dem er auch während der Renovierungsarbeiten in seiner neuen Wohnung lebte.

Zehn Minuten später stand er mit frischen Klamotten und seinem Waffenholster um die Schulter in der Küche und stellte fest: »Also von mir aus können wir los.«

»Klinik für Psychosomatik und psychotherapeutische Medizin … das muss es sein«, las Florian laut, als sie um kurz nach einundzwanzig Uhr endlich vor dem richtigen Gebäude des riesigen Klinikkomplexes angekommen waren.

Der typische Krankenhausgeruch erinnerte Lewis schmerzhaft an ihren letzten Fall, trotzdem versuchte er, sich auf den Job zu konzentrieren. Nachdem er die Glastür ebenfalls hinter sich gelassen hatte, fand er Florian vor einer Wand aus kleinen Schildern wieder.

»Und? Schon die richtige Abteilung gefunden?«

Sein Partner ließ sich nicht ablenken, überflog auch noch die letzten Schilder, bevor er sich umdrehte: »Nein, wenn dieser Professor Doktor Hegner hier arbeitet, dann offenbar nicht als Stationsarzt, denn die sind hier alle aufgeführt.«

Lewis warf selbst einen Blick auf das Gebilde aus kleinen Kärtchen, schmunzelte, deutete auf einen Punkt über dem Schaukasten und stellte fest: »Donald Trump hat recht, man sollte immer in großen Dimensionen denken.«

Florians Blick folgte dem Fingerzeig seines Partners, verdrehte die Augen und las den riesigen Schriftzug: »Leiter des Hauses: Prof. Dr. Hegner«.

Wie bei jeder öffentlichen Einrichtung spürte man auch hier, dass es um die Finanzen der Stadt nicht besonders gut bestellt war. Natürlich war das Büro des Professors nicht gerade als klein zu bezeichnen, doch jedem einzelnen Einrichtungsgegenstand war sein Alter deutlich anzusehen.

Nach einer knappen Begrüßung, bei der der Leiter des

Hauses gleich zweimal betonte, dass er eigentlich seit zwei Stunden Feierabend hatte, bat er den Kommissaren gar nicht erst einen Stuhl an, sondern forderte sie auf: »Wenn Sie mir bitte folgen wollen, am besten, ich zeige Ihnen die Patientin, damit Sie sich gleich selbst ein Bild machen können. Ihren Zustand zu beschreiben ist nicht so einfach.«

3

Die Einrichtung des Krankenzimmers war auf das Notwendigste beschränkt und durch seine große Scheibe zum Flur hin wirkte der Raum ein wenig wie ein übergroßes Aquarium.

Auch wenn sie sich in der psychiatrischen Abteilung befanden, hatte Lewis irgendwie erwartet, einen schwer verletzten Menschen präsentiert zu bekommen, doch der jungen Frau schien nichts zu fehlen. Den Blick starr auf einen Punkt an der Wand gerichtet, saß sie mit etwas erhöhtem Oberkörper auf dem Krankenbett. Eine Hand ruhte dabei auf ihrem Bauch, die andere krampfte sich in das Bettlaken. Auf den ersten Blick war es nicht zu erkennen, erst nach einer Weile bemerkte man, dass ihre Lippen kaum merklich immer das gleiche Wort wiederholten.

»Was sagt sie?«, erkundigte sich Florian, als wäre dies die drängendste Frage.

Offenbar konnte sich auch der Professor der eigenartigen Szenerie nur schlecht entziehen, da er erst nach einigen Augenblicken den Blick abwandte, sich zu den Kommissaren drehte und erklärte: »Wissen wir nicht. Sie bewegt nur die Lippen, sagt aber keinen Ton.«

»Wer ist sie, was hat sie und seit wann ist sie hier?«, versuchte Lewis, endlich zu dem eigentlichen Grund ihres Einsatzes zu kommen.

Nun atmete der Professor tief durch, warf noch einmal einen flüchtigen Blick durch die Scheibe und erklärte dann: »Laut Ihren Kollegen hat man sie am frühen Abend aufgegriffen, als sie nackt und verwirrt über eine Wiese neben der Pegnitz stolperte und beinahe in den Fluss gestürzt wäre. Zunächst ließ sie keinen der beiden männlichen Streifenbeamten an sich heran, erst als eine Sanitäterin dazukam, gelang es, sie in den Krankenwagen zu befördern. Wir wissen weder, wer sie ist, noch, was ihr passiert ist.«

»O. k.«, stellte Lewis mit sachlicher Tonlage fest, wunderte sich aber laut: »Es klingt jetzt vielleicht hart, aber ich kann mir nicht ganz erklären, warum man uns hierher geschickt hat. Wir sind beide bei der Mordkommission und so, wie ich das sehe, ist diese Frau ziemlich lebendig.«

Zunächst glaubte Lewis, Professor Doktor Hegner hätte ein Problem mit seiner Aussage. Doch von dessen abgeklärter Art war nicht mehr viel übrig, als er mit brüchiger Stimme antwortete: »Es geht nicht direkt um diese Frau, vielmehr um das, was fehlt.«

»Wie darf ich das verstehen?« Soweit Lewis es erkennen konnte, war die junge Frau noch im Besitz all ihrer Gliedmaßen.

Der Professor schluckte: »Ihr fehlt ein Baby. Entnommen durch einen Kaiserschnitt, der mit Sicherheit nicht von einem Profi durchgeführt wurde. Die Wunde wurde zwar gerade so gut versorgt, dass für die Mutter keine Gefahr besteht, aber die angewandte Schnitttechnik wird schon sehr lange nicht mehr praktiziert.«

»Moment«, versuchte Ritter das Gehörte einzuordnen. »Sie glauben, sie war schwanger und ihr wurde ihr noch nicht geborenes Kind gestohlen?«

Hegner zuckte mit den Schultern: »Das herauszufinden wird vermutlich Ihre Aufgabe sein.«

»Was sagt sie dazu?«, fragte Lewis, nachdem er den Schock überwunden hatte.

»Wie ich schon sagte … seit sie hier ist, hat sie noch keinen sinnvollen Ton von sich gegeben.«

»Können wir mit ihr reden?«

Wieder zuckte der Professor mit den Schultern: »Theoretisch ja, vom körperlichen Zustand her spricht zumindest nichts dagegen. Allerdings möchte ich, dass Sie dazu auf unsere Psychologin, Frau Dr. Leitner, warten.« Nun wies er auf eine kleine Sitzgruppe am Ende des Flurs und erklärte: »Ich werde die Kollegin für Sie rufen lassen, wenn Sie dort drüben bitte kurz warten würden.«

Lewis schätzte die junge Ärztin auf Ende zwanzig und ihr Aussehen entsprach so gar nicht dem Klischee einer verstaubten Seelenklempnerin. Unter anderen Umständen hätte es seinen Reiz gehabt, einen kleinen Flirt zu versuchen, doch das, was er eben gehört hatte, verdrängte jeden Gedanken daran.

Nachdem sie sich gegenseitig bekannt gemacht hatten, übernahm die Psychologin die Führung, blieb kurz vor der Tür zum Krankenzimmer noch einmal stehen und bat: »Bitte halten Sie sich zunächst im Hintergrund.«

Lewis und Florian nickten, folgten ihr in das etwas abgedunkelte Zimmer und lehnten sich an die Wand neben der Tür.

Frau Dr. Leitner trat neben das Bett und erklärte mit leiser, mitfühlender Stimme: »Die beiden Herren sind von der Polizei und würden Sie gerne fragen, was passiert ist.«

Lewis versuchte, die junge Frau, die weder auf das Öffnen der Tür noch auf die Ansprache der Psychologin reagiert hatte, einzuschätzen. Ihr Alter von Anfang/Mitte zwanzig, das ebenmäßige Gesicht und das trotz der Tortur immer noch sehr gepflegt wirkende Haar ließen ihn zu dem Schluss kommen, dass sie möglicherweise aus besserem Haus kam.

Nachdem Frau Dr. Leitner die Patientin erneut, aber wieder ohne Erfolg angesprochen hatte, legte sie ihre Hand sanft auf die der jungen Frau und fragte: »Können Sie reden?«

Als erste Reaktion auf die Berührung hörten die Lippen damit auf, das unausgesprochene Wort zu wiederholen, dann schnellten die rot unterlaufenen Augen erst nach rechts, verharrten einige Augenblicke auf der Ärztin, bevor ihr Blick zu Lewis wechselte und dort verharrte.

Der Schrei kam völlig aus dem Nichts und brachte selbst die große Scheibe zum Vibrieren. Doch trotz der unmenschlich hohen und schrillen Tonlage war das eigentlich Unheimliche daran, dass die junge Frau sich dabei kaum bewegte. Ihr Kopf ruhte weiterhin auf dem Kopfkissen, doch das, was da aus ihrem Mund kam, ging allen Anwesenden derart durch Mark und Bein, dass es ihnen Übelkeit erzeugte.

Nach dem ersten Schock winkte die Psychologin hinter ihrem Rücken, dass Lewis und Florian aus dem Zimmer gehen sollten, anschließend zog sie eine kleine Spritze aus ihrer Kitteltasche. Jeder Versuch, ihrer Patientin ein Beruhigungsmittel zu verabreichen, scheiterte an deren Gegenwehr. Frau Dr. Leitner trat einen Schritt zurück, um Hilfe zu holen, worauf die junge Frau schlagartig verstummte. Ihren Blick nun starr auf einen Punkt an der Wand gerichtet, lag sie wieder da, als hätte es die letzten Minuten nicht gegeben.

Draußen vor der Tür wischte sich Lewis mit beiden Händen über das Gesicht und musste erst einmal tief durchatmen, bevor er seinen Partner fragte: »Ging es nur mir so oder war das gerade ein wenig gruselig?«

Florian atmete ebenfalls aus, deutete auf die nun wieder geschlossene Tür und antwortete: »Die Frau da drinnen muss den blanken Horror erlebt haben. Ich habe während meiner Ausbildung davon gehört. Was man früher fälschlicherweise für Besessenheit hielt, hat seinen Ursprung meist in traumatischen Erlebnissen. Oft in einer Dimension, die man sich als Außenstehender gar nicht vorstellen kann.«

Während Lewis Florians Ausführungen verarbeitete, sah er durch die Scheibe dabei zu, wie sich die Psychologin rückwärts vom Bett entfernte und anschließend in der Tür erschien. Nachdem sie diese leise geschlossen hatte, lehnte sie sich mit dem Rücken gegen das Holz und gab zu: »Ich befürchte, das übersteigt meine Fähigkeiten, wir sollten uns um einen Spezialisten bemühen.«

Lewis wartete, bis sich die Ärztin ein wenig gesammelt hatte, bevor er fragte: »Wie konnten Sie die Patientin bei ihrer Ankunft untersuchen, war sie da auch schon so?«

Dr. Leitner schüttelte den Kopf: »Die Kollegen vom Rettungsdienst hatten ihr ein Beruhigungsmittel verabreicht, dessen Wirkung jetzt offenbar langsam nachlässt.«

»Gibt es irgendetwas, was auf ihre Identität hinweist? Wie der Professor uns sagte, hatte sie ja keine Kleidung an, aber vielleicht gibt es andere Merkmale?«

Statt zu antworten, bat die Psychologin: »Wenn Sie mir

bitte in mein Büro folgen. Wie es bei möglichen Gewaltdelikten üblich ist, haben wir bei der Untersuchung einige Fotos gemacht. Leider hindert mich die Schweigepflicht daran, Ihnen alles zu zeigen, aber ich denke, das Tattoo fällt nicht darunter.«

»Was steht da?« Florian Ritter war es nicht unangenehm, der hübschen Ärztin noch näher zu kommen, wollte aber auch nicht aufdringlich wirken und bat deshalb: »Können Sie den Ausschnitt bitte etwas vergrößern?«

Dr. Leitner markierte den Bereich rund um die beiden Engelsschwingen, klickte auf das Symbol einer Lupe und las laut: »Luzifer … in ewiger Verbundenheit«.

»Ist der Erzengel gemeint oder heißt heute noch jemand so?«, rätselte Lewis, worauf Florian meinte: »Beides möglich. Der Name ist durchaus erlaubt.«

»Das muss heutzutage nichts mehr heißen«, mischte sich nun auch die Psychologin ein und fragte dann: »Soll ich Ihnen das Bild ausdrucken?«

Lewis nickte: »Das wäre super. Wenn es Ihre Schweigepflicht erlaubt, bräuchten wir ein Bild von dem Tattoo und eines mit dem Gesicht der Patientin. Wäre das möglich?«

Die Ärztin klickte auf ein paar Schaltflächen, ging zum Drucker und überreichte ihm anschließend zwei Blätter. Noch bevor Lewis sich bedanken konnte, war auch schon Florian zur Stelle, drückte der Frau seine Visitenkarte in die Hand und bat: »Würden Sie mich bitte informieren, falls es neue Erkenntnisse gibt.«

Während Lewis dem Schauspiel mit hochgezogener Augenbraue folgte, erwiderte die junge Frau Florians Bitte mit einem Lächeln: »Ich bin zwar nicht immer im

Dienst, aber Sie erfahren es als Erster, wenn sich etwas ergibt.«

Daraufhin verabschiedeten sich die beiden Kommissare, wobei es sich Lewis nicht verkneifen konnte, noch in Hörweite der Ärztin seinen Partner zu fragen: »Soll ich dich nach Hause oder zu deiner Freundin fahren?«

Ob Florian sich darüber ärgerte, ließ er sich nicht anmerken und erwiderte ruhig: »Weder noch, aber ich habe gehört, dass der Pegnitzgrund um diese Zeit seinen ganz eigenen Reiz haben soll.«

4

»Da drüben stehen sie.« Lewis deutete auf eine spärlich beleuchtete Stelle auf dem Radweg, worauf Florian den BMW über ein kleines Stück Wiese lenkte und kurz hinter dem Streifenwagen anhielt.

Die beiden Kommissare zogen die großen Taschenlampen unter ihren Sitzen hervor, stiegen aus und gingen zu den Kollegen, wo sie sich mit ihren Dienstausweisen vorstellten.

»Hauptmeister Zeiß, und das ist mein Kollege Krautner«, stellte sich der Ältere von beiden vor und fragte dann auch gleich: »Dauert das hier länger?«

Lewis ließ seinen Blick über das weitläufige Areal streifen, bevor er antwortete: »Kommt ganz darauf an, was bisher schon gemacht wurde. Sie beide waren heute Nachmittag die Ersten vor Ort?«

»Ja«, bestätigte der Wachtmeister. »Es war der Horror. Die Frau sah aus, als käme sie direkt aus der Geisterbahn … Wie geht es ihr jetzt?«

»Sie lebt«, antwortete Lewis knapp und kam sofort zurück zur Sache: »Wo haben Sie das Opfer aufgegriffen, von wo kam sie und hat sich die KTU hier bereits umgesehen?«

Zeiß knipste seine eigene Taschenlampe an, leuchtete

in Richtung der Böschung und markierte dort mit dem Licht einen mit einigen Büschen bewachsenen Bereich. Er lenkte den Lichtstrahl auf ein kleines Wäldchen, das die dahinter beginnende Bebauung von dem Wiesengrund abtrennte. »Laut den Zeugenaussagen kam die Verletzte aus diesem Wäldchen, stolperte in Richtung des Flusses und versteckte sich dann zwischen den Büschen am Ufer. Dort haben wir sie später auch vorgefunden. Am Anfang versuchten wir sie zu überreden, von alleine herauszukommen, aber letztlich mussten die Sanitäter sogar einen Ast absägen, an den sie sich geklammert hatte.«

»Hat jemand gesehen, was hinter der Baumgruppe passiert ist? Dort oben ist doch eine Straße, oder?«

»Nein, dort oben ist ein Parkplatz, und nein, wir haben niemanden gefunden, der etwas gesehen hat. Meine Vermutung ist, dass man sie aus einem Fahrzeug gestoßen hat. Das dauert nur einen kurzen Augenblick, und wenn man nahe der Bäume hält, bekommt niemand etwas mit.«

»War die Spurensicherung hier?«, wiederholte Florian die Frage seines Partners.

»Ja, aber soweit ich weiß, haben die nichts Verwertbares gefunden.«

Eigentlich wollte Lewis die beiden Beamten dazu einsetzen, die Gegend noch einmal abzusuchen, merkte aber schnell, wie unmotiviert diese waren. Aus Angst, sie könnten mehr Spuren verwischen als finden, beschloss er: »Gut, dann können Sie jetzt Feierabend machen. Nur eine Sache noch: Hat die junge Frau irgendetwas gesagt?«

Nun schüttelte der Jüngere den Kopf: »Nein, aber geschrien hat sie. So geschrien, wie ich es noch nie bei einem Menschen gehört habe.«

Lewis und Florian wussten, von was der Mann sprach, kommentierten es aber nicht weiter. Stattdessen gaben sie den Kollegen ihre Visitenkarte und verabschiedeten sich.

Nachdem die Rücklichter des Streifenwagens zwischen einigen Büschen verschwunden waren, ließen die beiden Kommissare kurz die Atmosphäre dieses Ortes auf sich wirken. Obwohl mitten in der Stadt, bildete der Fluss einen Ruhepol zu der Hektik auf der Hauptstraße, die nur zweihundert Meter weiter über eine Brücke führte.

»O. k.«, bestimmte Lewis schließlich. »Lass uns oben bei dem kleinen Wäldchen anfangen und den Weg der Frau abgehen.«

»Alles klar«, stimmte Florian zu, verschloss den Wagen per Fernbedienung und schaltete die starke Taschenlampe ein.

Auf dem Parkplatz angekommen, wurde ihnen schnell klar, warum niemand etwas gesehen hatte. Erstens hatte es den ganzen Tag leicht genieselt und zweitens war das dazugehörende Freibad bereits seit zwei Wochen geschlossen.

»Der Täter hatte vermutlich alle Zeit der Welt«, stellte Florian fest, während sie den Streifen entlang der ersten Bäume neben dem Parkplatz absuchten.

»Und hier werden wir nichts finden«, fügte Lewis hinzu, wobei der Strahl seiner Lampe über allen möglichen Unrat glitt.

Da es nicht viele Möglichkeiten gab, um halbwegs unbeschadet durch das kleine Wäldchen zu kommen, wählten sie den einzigen Trampelpfad, den es gab, und standen kurz darauf auf der anderen Seite. Die Augen immer auf den Boden gerichtet, überquerten sie die Rasenflächen und den Radweg, bis sie schließlich zu den Büschen am Ufer der Pegnitz kamen. Hier brauchten sie nicht lange, um die richtige Stelle zu finden. Neben einigen abgeknickten Ästen sah man auch an dem niedergetrampelten Boden, wo die Sanitäter die Frau aus dem Gestrüpp gezerrt hatten.

»Wüsste ich es nicht besser, würde ich sagen, hier hat ein regelrechter Kampf stattgefunden«, stellte Florian beim Begutachten der lädierten Pflanzen fest.

»Hilft uns nur alles nicht weiter«, brummte Lewis und weitete seine Suche nach allen Seiten aus, bevor er resigniert feststellte: »Ich glaube, wir können uns das sparen, hier ist nichts.«

Florian trat zwischen den Büschen hervor und fragte: »Was hast du erwartet? Die Frau war nach Aussage der Zeugen nackt.«

Wieder zuckte Lewis mit den Schultern: »Ich weiß auch nicht. Vielleicht einen Hinweis auf das Baby.«

»Halte ich für unwahrsch…«, Florian stockte mitten im Satz. Es war nur eine kurze Reflexion, die allerdings nicht von dem träge dahinfließenden Wasser ausgegangen war.

»Was hast du?«

Florian ignoriert die Frage seines Partners, ging die fünf Meter zum Ufer zurück und dort in die Hocke. Zunächst zeigte der Strahl seiner Lampe nichts als Wasser und den dicht bewachsenen Uferbereich. Erst als das Licht im richtigen Winkel auf das Objekt traf, gab es eine weitere Reflexion, und dieses Mal erkannte er auch, was es war.

Mit einem zu sich selbst geflüsterten »Bitte nicht« zog Florian seine Schuhe aus, schob die Hose nach oben und stieg in das empfindlich kalte Wasser.

»Halt!« Lewis war seinem Partner gefolgt und leuchtete nun ebenfalls auf den blau glänzenden Müllsack, der in einem bis ins Wasser ragenden Ast hängen geblieben war.

Erschrocken zog Florian die Hand zurück und erkannte seinen Fehler. Obwohl seine Füße langsam taub wurden, suchte er kurz in der Jackentasche, fand die dünnen Latexhandschuhe und streifte sich diese über. Dann löste er den Sack vom Ast und zog ihn mit zurück ans Ufer. Dort griff er vorsichtig unter das Bündel und ertastete, was sein Gehirn nicht verarbeiten wollte. Nach einem kurzen Augenblick der Überwindung hob er den Sack auf die Uferböschung und spürte, wie ihn etwas am Arm streifte. Wenn es wirklich kleine Finger waren, musste die Leichenstarre bereits eingesetzt haben. Die damit verbundene Kälte glaubte er, selbst durch das Plastik der Tüte zu spüren.

Lewis half erst seinem Partner aus dem Wasser, kniete sich danach neben den Fund und holte sein kleines Taschenmesser heraus. Natürlich hatte er schon einiges an Grausamkeiten gesehen, trotzdem fiel ihm der Schnitt unendlich schwer. Vorsichtig zog er ein Stück Plastik weg vom Inhalt, stach hinein und zog das Messer etwa zwanzig Zentimeter durch das Material. Dann legte er die Klinge beiseite und weitete die entstandene Öffnung mit zwei Fingern. Florian, der den Schein seiner Lampe auf den Sack richtete, sah nur noch einen kleinen Fuß, bevor sich sein Magen umdrehte und er den letzten Kaffee in das Gras erbrach. Auch Lewis musste kurz ablassen, registrierte aber gerade noch, dass etwas nicht stimmte. Egal, in welchem Zustand eine Leiche war, keine von denen, die er bis jetzt gesehen hatte, war derart rosig. Mit neuem Mut nahm er seine eigene Lampe zur Hand, leuchtete erneut in das Bündel und war den Tränen nahe, als er erleichtert feststellte: »Es ist nur eine Puppe … eine gottverdammte Puppe.«

5

Judith hatte das Gedränge in der U-Bahn schon immer gehasst, aber seit sie mit ihrem Bauch immer öfter auch gegen andere Menschen stieß, waren ihr solche Situationen unerträglich. Hinzu kam dieses Gefühl, ständig beobachtet zu werden. Egal ob im Verlag, auf der Straße oder bei ihr zu Hause, was sie auch tat, nichts konnte ihr diese Empfindung nehmen.

Dankbar dafür, dass ihr der junge Mann seinen Platz anbot, folgte schon einen Augenblick später das Misstrauen. Erschöpft ließ sie sich auf die unangenehm körperwarme Sitzbank sinken, entspannte sich aber erst, als der Mann zwei Haltestellen später den Zug verließ. Um den Blicken der anderen Menschen auszuweichen, sah sie aus dem Fenster, hinter der sich die immer gleiche Betonröhre dahinzog. Zwischen jeder der vorbeirasenden Neonröhren sorgten die dunklen Abschnitte dafür, dass sämtliche Gesichter um sie herum von der Scheibe gespiegelt wurden. War es der Mann mit den langen ungepflegten Haaren rechts von ihr, oder sorgte der jugendlich wirkende Büromensch im dunklen Anzug dafür, dass sie sich erneut angestarrt fühlte? Im Grunde wünschte sie sich nichts sehnlicher, als einfach die Augen zu schließen, doch diesen Luxus gönnte sich Judith nur noch selten.

Als der Zug die Endstation endlich erreicht hatte, erhob sie sich als Letzte, einfach um beim Aussteigen niemanden im Rücken zu haben. Nach einer kurzen Fahrt mit der Rolltreppe empfand sie die kalte Herbstluft als Wohltat, atmete einige Male tief durch und folgte dann der lärmenden Hauptstraße. Wie an jedem Tag ihrer Schwangerschaft hielt sie noch kurz an der kleinen Backstube, um etwas für ihre nächtlichen Gelüste zu besorgen, bevor sie in die Seitenstraße einbog. Judith hatte das alte Haus nie sonderlich gemocht, doch der Wohnungsmarkt und ihr Zustand ließen ihr im Moment keine Wahl.

Der Blick in ihre Handtasche dauerte keine drei Sekunden. Drei Sekunden, die Paul genügten, um aus dem Schatten der Hauswand heraus vor sie zu treten und hier auf die Knie zu fallen.

Judith stieß erst einen spitzen Schrei aus, machte einen Schritt zurück, fasste sich dann an ihr wild schlagendes Herz, bevor sie ihrer Wut freien Lauf ließ: »Paul, was soll das? Es ist Schluss zwischen uns, begreif das endlich!«

Dieser schüttelte den Kopf: »Nein, Judith, nicht so. Ich kann dich nicht gehen lassen, ohne den echten Grund zu kennen. Du sagtest, dass du mich nicht mehr liebst, aber das glaube ich dir nicht.« Paul spürte, wie sich seine Stimme überschlug. Er machte eine kurze Pause, bevor er etwas ruhiger weitersprach: »Bitte, Judith, für dich, für mich und für unser gemeinsames Kind … Was zum Teufel ist passiert?«

Judith brach es fast das Herz, ihn so verzweifelt zu sehen, doch bevor sie ihre Tränen nicht mehr zurückhalten konnte, zischte sie: »Lass mich bitte einfach in Ruhe. Glaub mir, es ist das Beste für uns.« Dann ging sie um ihn herum, öffnete die Haustür, schob sich in den dunklen

Flur und drückte die Tür schnell zurück in ihr Schloss.

Das Trommeln von Pauls Fäusten wurde mit jeder Etage leiser, doch der tief sitzende Schmerz in ihrer Brust nahm nur noch weiter zu.

Nachdem sie auch ihre eigene Wohnungstür hinter sich geschlossen hatte, ließ Judith das Licht noch aus. Schwer atmend rutschte sie mit dem Rücken gegen die Tür gelehnt bis auf den Boden, wo sich ihre Gefühle mit einem Schlag entluden. Sie liebte Paul, mehr als jeden anderen Menschen auf der Welt und ganz eindeutig mehr als dieses Kind in ihrem Bauch. Wie oft hatte sie schon vor der Beratungsstelle gestanden, war aber jedes verfluchte Mal wieder umgekehrt. Wie oft hatte sie schon den Telefonhörer in der Hand und die Nummer der Polizei gewählt, nur um beim ersten Ton des Beamten wieder aufzulegen.

Völlig in ihre Gedanken vertieft sah sie dabei zu, wie die vorbeifahrenden Autos ihr Spiel aus Licht und Schatten durch das angrenzende Wohnzimmer schickten. Irgendwann stand sie auf, ging in die dunkle Küche, holte ihr schärfstes Messer aus dem Holzblock, griff sich den Wodka und betrat das dunkle Badezimmer.

So oft sie sich schon über die alte unbequeme Badewanne geärgert hatte, heute war es ihr egal. Mit Klamotten legte sie sich in die leere Wanne, schraubte den Deckel der Flasche ab und nahm einen langen Schluck der milden Flüssigkeit.

6

»Ausgeschlafen?« Kriminalrat Gernot wusste natürlich, dass seine beiden Kommissare eine kurze Nacht gehabt hatten. Er wartete, bis Lewis Schneider und Florian Ritter ihre Jacken abgelegt hatten, hielt ihnen je eine Tasse frischen Kaffee entgegen und begrüßte sie noch einmal, dieses Mal mit einem »Guten Morgen«. Dann deutete er auf das große Smartboard und erklärte: »Ich habe schon einmal ein paar Fakten des gestrigen Abends zusammengetragen.«

Lewis, der morgens immer etwas schweigsamer war, setzte sich auf eine Tischkante, nahm einen Schluck aus der Tasse und überflog die übersichtlich angeordneten Stichpunkte.«

Florian schien dagegen schon mit einem Puls von hundertzwanzig aus dem Bett zu springen. Er bedankte sich erst für den Kaffee, ließ sich dynamisch hinter seinem Schreibtisch nieder und startete den PC, während er an Gernot gewandt feststellte: »Wie ich an Ihren Notizen sehe, haben Sie meinen Bericht bereits gelesen.«

»Ja, es war die erste Mail heute Morgen«, bestätigter dieser.

Lewis verkniff sich jeden Kommentar und fragte sich, ob er den Tatendrang seines Partners bewundern oder verteufeln sollte. Florian dürfte nicht vor ein Uhr nachts zu Hause gewesen sein und hatte sich dann offenbar noch an seinen Rechner gesetzt und einen Bericht verfasst.

»Also gut, was haben wir?«, holte ihn Gernot aus seinen Überlegungen.

Florian, der inzwischen online war, führte den Mauszeiger auf dem großen Smartboard in das oberste Feld und resümierte: »Das ist die unbekannte junge Frau im Krankenhaus, die schwanger war und der man offenbar ihr Baby per Kaiserschnitt entnommen hat. Leider wissen wir kaum etwas über sie. Das einzig besondere Merkmal ist ein Tattoo … Moment bitte …« Nun verschwand der Mauszeiger kurz, bevor das Foto aus dem Krankenhaus übergroß an der Wand erschien.

»Die Recherche können wir übergehen«, fiel ihm Gernot ins Wort. »Die Frau ist keine Unbekannte mehr. Ich habe heute Nacht zwei Kollegen die Vermisstenanzeigen der letzten Wochen durchgehen lassen und sie sind fündig geworden. Bei der Frau handelt es sich um Rita von Ulmenstein. Vermisst seit August dieses Jahres, also seit gut drei Monaten. Sie ist einundzwanzig Jahre alt und Tochter des Inhabers der Privatbank Ulmenstein. Herr und Frau von Ulmenstein waren bereits in der Klinik und sind jetzt auf dem Weg hierher.«

»O. k., wissen Sie schon weitere Details?«, erkundigte sich Lewis, der inzwischen aufmerksam bei der Sache war.

»Nur dass ihre Schwangerschaft in der Vermisstenanzeige mit keinem Wort erwähnt wird und die junge Frau offenbar mitten am helllichten Tag verschwunden ist. Damals ging man noch von einer Entführung aus und alle warteten auf eine Lösegeldforderung. Als diese auch nach einem Monat nach ihrem Verschwinden ausblieb, behandelte man den Fall wie jede andere Vermisstenanzeige auch.«

»Man ging also davon aus, dass sie sich selbst für ein anderes Leben entschieden hatte?« Natürlich kannte Lewis das Verfahren, und gerade Kinder aus gehobenen Gesellschaftsschichten neigten zu solchen Ausbrüchen.

»So ist es«, bestätigte Gernot und leuchtete mit seinem Laserpointer auf das nächste Feld. »Kommen wir zu Ihrem Fund von gestern Abend. Die KTUler haben zunächst natürlich lauthals protestiert und behauptet, dass der Müllsack vorher noch nicht da gewesen ist. Inzwischen sind sie allerdings zurückgerudert und sind sich nicht mehr ganz so sicher.«

»Hmm ...« Lewis war inzwischen aufgestanden und ein Stück näher vor die Wand getreten: »Ein bisschen viel Zufall, oder? Auf der einen Seite fehlt ein Säugling und keinen Steinwurf von dem Ort, an dem man die Mutter auffindet, hängt eine in einer Plastiktüte verpackte Babypuppe. Ich bin mir sicher, dass sie ihn übersehen haben. Außerdem war der Sack blau und bei Tageslicht sicher kaum von der Wasseroberfläche zu unterscheiden.«

Gernot dachte kurz darüber nach: »Sie meinen, es könnte eine Art Ersatz für den echten Säugling sein?«

Lewis zuckte mit den Schultern: »Ich würde es zumindest nicht von vornherein ausschließen. Ist die Puppe schon untersucht?«

»Noch nicht. Wir bekommen die Ergebnisse gegen Mittag.«

»O. k.«, beließ es Lewis erst einmal dabei. »Was haben wir noch?«

»Nur Fragezeichen«, antwortete Florian und schlug

vor: »Vielleicht sollten wir erst einmal mit den Eltern der jungen Frau reden. Bis die hier sind, werde ich mich schon einmal erkundigen, ob es ihrer Tochter inzwischen besser geht. Vielleicht hat sie ja inzwischen etwas Brauchbares gesagt.«

Lewis konnte sich ein hämisches Grinsen nicht verkneifen: »Die Nummer der hübschen Ärztin hast du ja …«

Selbst wenn ihr Chef die Spitze mitbekommen hatte, ignorierte er sie und beschloss stattdessen: »Gut, so machen wir das. Wenn Herr und Frau von Ulmenstein hier sind, treffen wir uns im Konferenzzimmer … Und bitte keine unbedachten Äußerungen. Der Mann hat Kontakte zu allen, die in dieser Stadt etwas zu sagen haben.«

»Alles klar, Chef.« Florian griff bereits zum Telefon.

Durch die Ansage seines Chefs hatte sich Lewis die von Ulmensteins komplett anders vorgestellt, als sie tatsächlich waren. Statt typisch steifer Banker erschien ein ziemlich locker wirkendes Ehepaar. Humor konnte man nach dem Schicksal ihrer Tochter wohl nicht erwarten, und doch war sich Lewis sicher, dass Herr von Ulmenstein unter normalen Umständen eine Menge davon hatte.

Nachdem Kriminalrat Gernot alle Anwesenden vorgestellt hatte, lehnte er sich zurück und wurde zum Beobachter.

»Fühlen Sie sich in der Lage, ein paar Fragen zu beantworten?«, erkundigte sich Lewis, während Frau von Ulmenstein sich immer wieder über die Augen wischte.

»Wir werden es versuchen«, meinte ihr Mann mit einem kurzen sorgenvollen Blick zu seiner Frau.

»Gut!« Lewis legte seinen Notizblock vor sich auf den

Tisch, bevor er vorsichtig fragte: »Sie haben Ihre Tochter vor drei Monaten als vermisst gemeldet. Ist das richtig?«

Von Ulmenstein nickte: »Ja«, und mit belegter Stimme fügte er hinzu: »Es war wie bei diesen Berichten, die man als Außenstehender nicht begreifen kann. Rita verabschiedete sich nach dem Frühstück, um in die Uni zu fahren, und kam nie mehr zurück. Wir haben damals quasi jeden Stein umgedreht, ohne auch nur den kleinsten Hinweis zu finden. Drei Privatdetektive suchten einen Monat lang nach ihr … nichts.«

»Verstehe«, sagte Lewis einfühlsam, wurde dann allerdings konkreter: »Da ist nur eine Sache, die wir uns nicht so ganz erklären können. Nach Aussage der behandelnden Ärztin wäre ihre Tochter zum jetzigen Zeitpunkt im neunten Monat schwanger. Das heißt, sie musste bei ihrem Verschwinden bereits in sichtbar anderen Umständen gewesen sein. Allerdings findet sich davon kein Wort in der Vermisstenanzeige.«

Frau von Ulmensteins Schluchzen zeigte Lewis, dass er einen wunden Punkt getroffen hatte. Doch anders als erwartet antwortete Ritas Mutter: »In Ihrem Bericht steht deshalb nichts davon, weil wir keine Ahnung von dieser Schwangerschaft hatten.« Nun ließ sie eine Pause folgen und erklärte: »Im Nachhinein ergibt das alles Sinn, doch damals dachten wir uns nicht viel dabei.«

»Was meinen Sie?«

»Nun ja, es begann damit, dass sie ihren Freund verließ. Scheinbar aus heiterem Himmel und auf eine Art und Weise, die ihr eigentlich nicht entsprach, jagte sie ihn gewissermaßen vor die Tür. Vorher waren die beiden unzertrennlich und unsterblich ineinander verliebt und mit einem Mal … Ich weiß auch nicht.«

Lewis machte sich eine kurze Notiz: »O. k., ist Ihnen am Verhalten Ihrer Tochter sonst noch etwas aufgefallen … Ich meine, bevor sie verschwand?«

Nun übernahm Herr von Ulmenstein wieder das Wort: »Wie meine Frau schon sagte, mit dem jetzigen Wissen macht das alles Sinn. Rita achtete früher auf jedes Detail ihrer Kleidung, alles musste eng und figurbetont sein, doch plötzlich trug sie nur noch weite Sachen. Und dann war da noch diese übergroße Fürsorge für ihre jüngere Schwester. An manchen Tagen schien es, als wollte Rita ihre Marie vor einer imaginären Bedrohung beschützen.«

»Marie ist die Schwester Ihrer Tochter?«, mischte sich nun Florian ein, wischte einige Male über sein Tablet und hielt es anschließend hoch. »Dann bezieht sich dieses Tattoo auf Ihre zweite Tochter?«

Herr und Frau von Ulmenstein warfen sich einen undefinierbaren Blick zu, bevor sie sich gleichzeitig fragten: »Wusstest du davon?«

»Also gut«, fasste Lewis zusammen. »Sie wussten also weder von der Schwangerschaft noch von diesem Tattoo. Könnte es das Symbol einer Gruppe oder einer Clique sein?«

Frau von Ulmenstein dachte einen Moment darüber nach: »Nein, nicht dass ich wüsste. Und ich kannte ihren Freundeskreis recht gut …« Hier stockte sie, hob das Stofftaschentuch vor ihren Mund und schluchzte hinein. Mit den Tränen ringend stand sie auf und entschuldigte sich mit den Worten: »Aber offenbar wusste ich ja überhaupt nichts von ihr.« Dann ging sie zur Tür und verließ den Raum.

»Kann ich?«, fragte nun ihr Mann und deutete ihr nach.

»Eine Frage noch: Ihre Frau sagte, Rita hatte sich von

ihrem Freund getrennt. Wissen Sie, ob er damals gründlich überprüft wurde? In unseren Akten steht nicht viel darüber.«

Herr von Ulmenstein nickte: »Ja, natürlich. Sowohl von Ihren Leuten als auch von meinen Detektiven … Dem Jungen ist nichts vorzuwerfen, dafür lege ich meine Hand ins Feuer.«

Lewis versuchte ein Lächeln, stand auf und streckte die Hand über den Tisch: »Dann bedanke ich mich für Ihre Zeit. Wir werden sicher noch einige Male auf Sie zurückkommen müssen, aber für den Moment haben Sie uns sehr geholfen.«

Herr von Ulmenstein erwiderte den Händedruck, bevor er seiner Frau hinterhereilte. Lewis, Florian und Kriminalrat Gernot blieben noch eine Weile sitzen und dachten über das Gespräch nach. Schließlich gingen alle drei zurück in das Büro und erweiterten die Übersicht am Smartboard um die neuen Erkenntnisse.

7

Adam hasste den Mief, der von dem langen, schmutzigen Lodenmantel ausging, beinahe noch mehr als seine furchtbar juckende Kopfhaut. Egal, in welcher Phase seines Lebens er sich auch befunden hatte, Reinlichkeit war ihm immer wichtig gewesen. Nun lebte er auf der Straße, eingehüllt in die schäbige Kleidung eines Mannes, dem er nicht nur den Ausweis, sondern auch das Leben genommen hatte.

Zwei Monate lang war Adam in Polen untergetaucht und hatte sämtliche Körperbehaarung wachsen lassen. Als auch das nicht genügte, fing er einen Streit an, der ihm genau das einbrachte, was er wollte. Der junge Pole, dessen Freundin Adam begrapschte, stellte sich als echter Könner heraus. Ein kurzer ansatzloser Schlag genügte, um sein Nasenbein zu zerschmettern und ihm so ein deutlich verändertes Aussehen zu geben.

Wesentlich schwieriger war es, seinem Körper eine andere Form zu geben. Mehr zu essen hatte bei ihm noch nie Wirkung gezeigt. Er war groß und hager, und er würde immer groß und hager bleiben. Folglich probierte er ein wenig herum und entschloss sich schließlich dazu, einfach das linke Bein etwas nachzuziehen. Was ihm dann noch fehlte, waren neue Ausweispapiere, und hier half ihm ein Zufall.

Der Stadtstreicher war ein freundlicher Mensch gewesen. Bedingt durch Adams inzwischen erbärmliches Aussehen hatte Tobias, so hieß der Mann, der ihm so sehr ähnelte, einen seiner Pappkartons und eine Dose Bier angeboten. Adam nahm dankend an, legte sich mit ihm unter die Kanalbrücke und tat, was er tun musste. Um drei Uhr morgens beendete er Tobias' Schnarchen mit einem gezielten Schlag auf den Kehlkopf, einfach um Blutspuren zu vermeiden. Dann nahm er an sich, was er für seine neue Identität brauchte, und entsorgte den Obdachlosen schließlich ganz klassisch mit zwei großen Steinen an den Beinen im kalten Nass. Von diesem Tag an hieß Adam nun Tobias Janek, war in Frankfurt geboren und neununddreißig Jahre alt.

Natürlich wusste er um die Gefahr, erkannt zu werden, trotzdem musste er Nürnberg einen letzten Besuch abstatten. Als Adam seine Tochter das letzte Mal in den Armen hielt, hatte sie viel Blut verloren. Blut, das nur für ihn geflossen war.

Es war kein Gefühl von Schuld, denn derartige Empfindungen waren ihm fremd, es war vielmehr die Unsicherheit, wie es um sie stand. Hatte sie die Schüsse überlebt und war damit eine Gefahr für ihn, oder hatten sie ihr Leben beendet? Und wenn sie daran gestorben war, wo hatte man sie dann begraben?

Seit jener tragischen Nacht hatte er jeder Versuchung widerstanden. Zurückgezogen in die kleine Kammer auf dem polnischen Bauernhof erfuhr er praktisch eine andere Form des Gefängnisaufenthaltes, aus dem er geflohen war, und wie im Knast durchlebte er seine früheren Taten noch weitere tausend Mal in seinen Träumen. Und doch gab es einen bedeutenden Unterschied zu der Zeit hinter den hohen Gefängnismauern … Denn dieses Mal wusste er, dass er es wieder tun könnte … tun würde …

Die Nacht war kühl, aber trocken, was seine Beobachtungen relativ angenehm gestaltete. Auf einem dicken Pappkarton sitzend blickte er zwar hinauf zu den dunklen Fenstern, träumte aber vor seinem inneren Auge von der kurzen Begegnung in der U-Bahn. Auf den ersten Blick war die junge Frau eine von vielen, dann begegnete ihm ihr Blick und es war um ihn geschehen. Diese verstörte Traurigkeit in ihren Augen, gehetzt von etwas, dass er noch nicht kannte, hatte ihn in den Bann gezogen. Dieses Leid in ganz neue Abgründe zu führen, würde ein Hochgenuss werden, da war er sich sicher.

Nach der U-Bahn-Fahrt war er ihr in sicherem Abstand gefolgt, hatte gesehen, wie sie zum Bäcker ging, um sich etwas für die heranwachsende Frucht in ihrem Leib zu kaufen. Anschließend passierte etwas Sonderbares, was selbst er als Menschenkenner nicht richtig einordnen konnte.

Da war dieser junge Mann. Außer sich vor Sehnsucht hatte er sich ihr in den Weg geworfen und um sie gebettelt. Selbst aus der Entfernung konnte Adam sehen, wie sich der Schmerz in ihrem Blick verstärkte und dass sie trotz dieser Traurigkeit hart blieb.

Der junge Mann, vielleicht der zukünftige Vater ihres Kindes, hatte nichts Bedrohliches, da war sich Adam sicher. Ganz im Gegenteil, er war mit Sicherheit ein genauso gutgläubiger Mensch wie jener Tobias Janek, dessen Namen er jetzt trug.

Irgendwann hatte der Mann es aufgegeben, gegen die

Haustür zu trommeln, und war mit seinem Motorrad verschwunden, doch oben im Haus blieb weiterhin alles dunkel. Es dauerte eine ganze Weile, bis Adam das Ziel seiner Begierde für einen kurzen Augenblick am Fenster sah und dadurch wusste, wo er sie finden konnte.

Doch natürlich würde er nicht sofort zuschlagen, so lief das nie. Seine Vorstellung eines menschlichen Kunstwerkes, das er zu schaffen gedachte, bestand aus so vielen Teilen, dass eine gute Vorbereitung unabdingbar war.

Der Abend verging und die weiter sinkenden Temperaturen erinnerten Adam an das nächste Ziel seiner bevorstehenden Reise. Erst ein wenig Spaß mit dieser werdenden Mutter, dann den Verbleib seiner Tochter herausfinden und danach gegen den Herbst nach Süden ziehen. Das dicke Bündel Geld, welches er sich mit einem Klebeband fest und spürbar auf den Bauch gebunden hatte, schützte ihn nicht nur vor Messerattacken anderer Obdachloser, sondern würde ihm auch die nächsten Monate versüßen.

Stunde für Stunde verging, doch wenn er eines in den letzten Jahren gelernt hatte, dann war das zu warten. Stunde für Stunde, Tag für Tag, Woche für Woche … so war das Leben im Knast. Dort gab es nichts außer alten Erinnerungen und Träume und viel Zeit, um einen Plan zu schmieden.

Obwohl die Kälte der Hauswand langsam durch den dicken Mantel kroch, war der Übergang zwischen seinen Tagträumen und einem leichten Schlaf fließend. In der Zeit auf der Straße hatte er gelernt, all die gehetzten Menschen und lauten Autos zu ignorieren. Erst als ihn irgendetwas an der Schulter berührte, zuckte er zusammen und aus dem Dämmerschlaf wurde Alarmbereitschaft.

Kurz davor die alte Frau anzubrüllen, bemerkte er gerade noch rechtzeitig, dass ihm diese eine Tasse mit irgendeiner dampfenden Flüssigkeit entgegenhielt, wobei sie nuschelnd befahl: »Nehmen Sie, keine Angst. So etwas Gutes haben Sie vom Russen bestimmt nicht bekommen.«

Aus Adams anfänglichem Begreifen wurde wieder Verwunderung, bis die Alte hinzufügte: »Sie erinnern mich sehr an meinen Mann. Als Gustaf aus der Gefangenschaft zurückkam, sah er genauso mitgenommen aus.«

Adam spielte mit, nahm den Becher entgegen und erwiderte: »Ja, eine wirklich harte Zeit. Vielen Dank für die Suppe.« Nun strahlten die milchigen Augen der Frau, wobei sich kurz das alte Wissen dieser Generation zeigte. Sie winkte ab, deutete auf ein Fenster genau neben dem, dass Adam die ganze Zeit über beobachtet hatte, und erklärte: »Habe ich gerne gemacht. Ich beobachte Sie schon eine ganze Zeit lang und kann einfach nicht verstehen, warum Ihnen niemand Hilfe anbietet. Sie haben schließlich für dieses Land gekämpft, da kann man doch wenigstens etwas Suppe erwarten.«

Adam schaffte ein Lächeln, probierte einen Löffel und war voll des Lobes. Nach einem Blick auf ihre winzige goldene Armbanduhr wirkte die Alte plötzlich ein wenig gehetzt, und nachdem er nur langsam einen weiteren Löffel voll gegessen hatte, bat sie: »In zehn Minuten beginnen die Spätnachrichten und danach gehe ich immer schlafen. Wären Sie so gut, mir die Tasse später vor meine Wohnungstür zu stellen? Mein Name ist Elisabeth Schwarz, zweiter Stock. Ich lasse den Hauseingang unverriegelt … Wären Sie so nett?«

Adam hielt noch einmal die Tasse in die Höhe: »Wirklich sehr gut, und natürlich stelle ich Ihnen die Tasse vor die Tür.« Nach einer kurzen Pause fügte er hinzu: »Aber abwaschen kann ich sie leider nicht.«

»Macht nichts.« Nun verfiel Frau Schwarz wieder in ihre nuschelnde Aussprache: »Sie können mir die Tasse ja später vor die Wohnungstür stellen. Mein Name ist Elisabeth Schwarz, ich wohne da drüben im zweiten Stock und lasse den Hauseingang offen.«

Adam winkte der Alten noch einmal hinterher, sah dabei zu, wie sie die schmale Straße überquerte, und dachte über die Möglichkeiten nach, die ihm diese Bekanntschaft gerade eben eröffnet hatte. Eine Wohnung, direkt neben der schönen, verzweifelten, angsterfüllten werdenden Mutter …

8

Als Judith erwachte, glaubte sie zunächst, in einem Krankenhaus zu liegen. Das gleißend helle Licht wurde von den weißen Fliesen reflektiert und drang schmerzhaft in ihre Augen. Nur langsam erkannte sie die Stange sowie das alberne Muster des Duschvorhangs. Hinzu kam das Wummern im Kopf sowie die dumpfen Schmerzen im Rücken, ausgelöst von der viel zu harten Badewanne.

Judith verstand nicht, denn eigentlich war sie sich sicher, es getan zu haben. Der erste Schnitt hatte die Vene knapp verfehlt, der zweite nicht. Wodka hatte sich mit Blut vermischt und war langsam zum Abfluss gekrochen … Dies war das letzte Bild des gestrigen Abends, danach war alles angenehm dunkel, still und warm geworden.

Aber warum dann dieses Erwachen, was war schiefgelaufen?

Ohne eine Bewegung zu wagen, öffnete sie ihre Augen, soweit es das brennende Licht zuließ. Das Blut war noch da, kein Zweifel. Beginnend am Wannenrand zog es sich wie ein rostiger Streifen unter ihren Körper, tauchte zwischen ihren Füßen wieder auf und endete an dem metallenen Haarsieb über dem Abfluss. Die umgefallene Flasche lag leer auf dem Schränkchen neben der Wanne … Alles genau so, wie sie es noch in ihrer letzten Erinnerung hatte … oder doch nicht?

Es fiel es ihr nicht gleich auf, da die hauteng um ihren Unterarm gewickelte Bandage beinahe die Farbe ihrer eigenen Haut hatte. Sicher war jedoch, dass sie diese auf keinen Fall selbst dort angebracht hatte. Fassungslos und irritiert hob sie den Arm ein Stück an. Und mit dem Gedanken, dass derjenige, der das getan hatte, diese Wickeltechnik offenbar perfekt beherrschte, schlug die Erkenntnis wie eine Welle aus Angst über ihr zusammen. ER musst hier gewesen sein. ER hatte sie gerettet und das alles bedeutete, dass ER sie permanent im Blick hatte.

Das erste Aufbäumen endete mit dem erneuten Zurücksinken des Kopfes an den harten Rand der Wanne. Schmerz und Schwindel waren übermächtig. Beim zweiten Mal ging sie es langsamer an, schob sich Stück für Stück in eine sitzende Position, um sich anschließend langsam in die Hocke zu stemmen und etwas unbeholfen aus der Wanne zu steigen. An einigen Stellen klebte die blutverkrustete Kleidung an ihrer Haut, aber an eine heiße Dusche war nicht zu denken. Alles, was machbar erschien, war, sich der Klamotten zu entledigen, den weichen Bademantel überzuziehen und sich so ins Bett zu legen.

Die weite Bluse stellte kein Problem dar und war schnell über den Kopf gezogen. Bei der elastischen Stoffhose verhielt es sich ein wenig anders. Natürlich brauchte sie diese nur ein Stück nach unten zu schieben, bevor sie von allein nach unten rutschte, und doch war da diese Hemmschwelle, die Tag für Tag größer wurde. Denn obwohl sie das Tattoo großflächig abgeklebt hatte, erinnerte sie nun das Pflaster an die beiden Engelsschwingen, die ihren Oberschenkel verunstalteten.

Ein leises Geräusch riss sie aus ihren Gedanken. Die körperliche Anstrengung hatte für einige Momente der Unachtsamkeit gesorgt, doch wie konnte sie sich sicher sein, dass er auch wieder gegangen war?

Trotz des Schwindels schaffte es Judith, mit zitternder Hand die größte ihrer Nagelfeilen zu greifen, und öffnete die Badezimmertür.

Den Blick nach rechts gewandt, konnte sie nichts Ungewöhnliches erkennen. Sowohl die zu dem einzigen Wohnraum hin offene Küche als auch der große Raum selbst wirkten im Licht der späten Vormittagssonne beinahe friedlich. Nichts deutete darauf hin, dass jemand anderer hier gewesen war. Die Sofadecken lagen noch so, wie sie diese zusammengelegt hatte, ihre Jacke hing noch über dem Stuhl und der große Plüschteddy, den Paul ihr beim Volksfest geschossen hatte, thronte ebenfalls auf seinem Platz, von wo aus er sie mit leerem Blick anzustarren schien.

Nun machte Judith einen vorsichtigen Schritt aus dem Badezimmer, öffnete die Tür ein wenig weiter, um auch nach links in ihr Schlafzimmer sehen zu können. Glücklicherweise stand der große alte Schrank genau so, dass sie über dessen Spiegel den ganzen Raum überblicken konnte, doch auch hier war nichts zu erkennen. Trotz der nun auch noch aufkeimenden Übelkeit suchte sie die gesamte Wohnung ab, war sich anschließend aber sicher, allein zu sein.

Nachdem sie die Wohnungstür sorgsam kontrolliert hatte, ging sie, noch immer schwankend, ins Schlafzimmer und legte sich ins Bett. Dort zog sie sich die Decke über den Kopf, um wenigstens das Gefühl zu haben, unbeobachtet weinen zu können, und gab sich erneut ihren Abgründen hin.

9

Auch wenn es gerade erst vierzehn Uhr war, schaltete Lewis den PC aus, stand auf und stellte entschlossen fest: »Ich habe genug von dieser sinnlosen Grübelei!«

Florian fiel es wie immer schwer, den Blick von seinem Monitor loszureißen, er sah aber auf. »Was hast du vor?«, fragte er, noch nicht ganz bei der Sache.

Sein Partner zuckte mit der Schulter und deutete entnervt auf seinen eigenen Monitor: »Vielleicht kannst du dem Ding ja etwas Nützliches entlocken, für mich ist das nichts … Und dieses nervtötende Gewarte, bis die KTU endlich mit der Untersuchung dieser Puppe aus dem Fluss fertig ist, ist auch nichts für mich. Auch wenn es die Kollegen hassen … ich gehe jetzt rüber und werde ihnen dabei zusehen.«

»Und dann?«, fragte Florian, der diesen Ausbruch nicht ganz nachvollziehen konnte.

»Dann …« Lewis nahm seine Jacke vom Haken neben der Tür. »Dann fahre ich zu meiner neuen Wohnung und streiche die Wände. Dabei kann ich nämlich wesentlich besser denken, als wenn ich ständig von irgendwelchen Rundmails unseres Chefs gestört werde.«

Bis Florian Ritter dazu ansetzten konnte, etwas zu erwidern, war Lewis auch schon zur Tür hinaus und ließ ihn etwas ratlos zurück.

Lewis, der sich im Augenblick selbst nicht so recht leiden konnte, verließ das Gebäude, ging über den Innenhof und stand wenig später vor der Tür mit der Aufschrift »Kriminaltechnik«. Dort drückte er auf den kleinen Knopf, worauf nur Sekunden später ein leises Brummen die Tür freigab.

Neben drei unbekannten Gesichtern erkannte Lewis das von Paul Müller, den er schon bei einem anderen Fall kennengelernt hatte. Dieser setzte gerade eine ziemlich futuristisch anmutende Brille ab, blinzelte zu ihm herüber und rief dann erfreut: »Hauptkommissar Schneider, lange nicht mehr gesehen!«

Er legte die Brille auf seinen Tisch, strich sich den dichten Vollbart glatt, winkte Lewis zu sich und stellte schon von Weitem fest: »Sie sind sicher wegen dieser ominösen Puppe hier.« Dann deutete er auf sein neuestes Spielzeug und erklärte stolz: »Damit lassen sich solche Dinge untersuchen, ohne sie auch nur in die Hand nehmen zu müssen.«

Eine Minute später hatte Lewis das Gerät selbst auf dem Kopf und musste sich eingestehen, dass man nicht alles Moderne verteufeln sollte. Durch die Projektion schien die Puppe nur wenige Zentimeter vor seinen Augen zu schweben, und das Erstaunlichste daran war, dass er sie drehen und wenden konnte, wie er wollte. Außerdem war es durch eine Art Joystick in seiner Hand möglich, jedes noch so kleine Detail bis ins Unendliche zu vergrößern.

»Und jetzt kommt das Beste«, verkündete Müller, drückte einige Tasten an seinem Computer und fügte begeistert hinzu: »Durch eine neuartige Röntgentechnik müssen wir nichts mehr zerstören, wenn wir wissen wollen, wie etwas im Inneren aussieht.«

Lewis brauchte einen Moment, um sich zurechtzufinden, dann konnte er sich so durch das Innere des Plastikkörpers bewegen, als würde er darin herumspazieren. »Und haben Sie etwas Brauchbares herausfinden können?«, fragte er dabei, und spürte selbst, dass er etwas entrückt klang.

»Ja, habe ich … Achtung nicht erschrecken …« Müller drückte auf eine weitere Taste und nun bestimmte der Computer den Weg durch das Innere der Puppe, was bei Lewis einen leichten Schwindel auslöste. Er hatte ein Gefühl wie in einem 3-D-Kino, als die Kamerafahrt offenbar im Fuß begann, weiter durch das Bein, vorbei am Hüftgelenk, durch den Rumpf bis hinauf in den Kopf führte, wo das Bild direkt hinter dem linken Puppenauge stoppte. Das zunächst ziemlich grelle Licht, das durch die künstliche blaue Pupille in den Plastikkopf strahlte, wurde nur eine Sekunde später abgedunkelt, dann passierte nichts mehr.

»Und was sehe ich da?«

»Einen Hohlraum hinter dem linken Auge, den es hinter dem rechten Auge nicht gibt«, stellte Müller sachlich fest und forderte Lewis auf: »Schwenken Sie die Kamera ein wenig hin und her. Sie haben die Steuerung jetzt wieder in Ihren Händen.«

Lewis tat, was ihm gesagt wurde, und erkannte, worauf ihn Müller hinweisen wollte. An drei Stellen waren deutlich Ablagerungen zu erkennen, die er im Inneren der Puppe sonst nirgends gesehen hatte.

Nun stellte der Kriminaltechniker, der alles auf seinem Monitor mitverfolgen konnte, fest: »Wir haben die Stellen natürlich untersucht. Es handelt sich dabei eindeutig um Klebstoff, der beim Herstellen der Puppe nicht verwendet wurde.«

»Und was sagt uns das?«, fragte Lewis, während er sich die schwere Brille vom Kopf zog.

Müller nahm das Gerät entgegen und legte es beinahe liebevoll zurück auf den Tisch. »Wenn Sie mich fragen, kommen nur zwei Dinge in Betracht. Entweder dort war ein Mikrofon oder eine Minikamera angebracht, oder beides. Sonst wüsste ich nichts, was man erst aufwendig in so eine Puppe hinein- und dann wieder herausbauen sollte.«

»O. k.«, sortierte Lewis die Erklärungen seines Kollegen. »Nehmen wir an, die Puppe steht im Zusammenhang mit der misshandelten Frau … Dann könnte der Täter sie dazu benutzt haben, sein Opfer zu überwachen.« Nun ließ er einen Augenblick der Stille folgen, zuckte mit den Schultern und folgerte daraus: »Leider nützt uns diese Information erst einmal nicht viel. Was wir bräuchten, wären Fingerabdrücke, DNA-Spuren oder wenigstens etwas, womit man den Aufenthaltsort der Puppe herausfinden könnte, bevor sie in den Fluss befördert wurde.«

»Wie wäre es mit etwas Staub und zwei winzigen Milben, die sehr häufig bei Katzen vorkommen?«

Lewis' schlechte Laune war Vergangenheit: »Das haben Sie gefunden?«

Müller nickte: »Ich weiß, das ist dünn, aber besser als nichts. Keine Fingerabdrücke, keine DNA-Spuren, aber eben sehr feiner Staub und zwei tote Milben darin.«

Lewis nickte anerkennend: »Nur Puzzleteile, aber immerhin der Anfang eines Bildes. Gute Arbeit, Kollege!«

Der Kriminaltechniker winkte ab: »Kein Problem, dafür sind wir da. Ach ja und übrigens: Sowohl die Plastiktüte als auch die Puppe sind absolute Massenware. Hier eine Spur zu verfolgen, würde sich vermutlich nicht lohnen. Bei dem Klebstoff in der Puppe müssen wir noch auf die Analyse warten, aber ich glaube nicht, dass der Täter etwas Exotisches benutzt hat.«

Nachdem Lewis sich ein weiteres Mal bedankt hatte, verabschiedete er sich und beschloss, doch noch nicht in seine neue Wohnung zu fahren. Stattdessen verließ er Nürnbergs Hauptpräsidium und machte sich zu Fuß auf den Weg zu dem nahe gelegenen städtischen Klinikum.

Trotz des Sonnenscheins wirkte das Gebäude, in der die Klinik für Psychosomatik und psychotherapeutische Medizin untergebracht war, nicht einladend. Es waren derselbe typische Geruch und dieselben trostlosen Wände wie am Abend zuvor, nur dass dieses Mal etwas Tageslicht durch die Fenster schien.

Lewis versuchte, die meist teilnahmslos dreinblickenden Patienten zu ignorieren, ging zu dem bereits offen stehenden Fahrstuhl und drückte auf die mit einer übergroßen »3« markierte Taste. Noch während eine künstlich klingende Frauenstimme seine Wahl bestätigte, schlossen sich die Türen und die Kabine setzte sich träge in Bewegung.

Nachdem sich die Türen in der dritten Etage wieder geöffnet hatten, trat er hinaus und sah sich etwas orientierungslos um. Am Abend zuvor waren sie einfach nur dem Professor gefolgt, heute sah jeder der langen Flure vollkommen identisch aus. Hinzu kam, dass diese Abteilung wie ausgestorben wirkte und noch nicht einmal Pflegepersonal zu sehen war. Lewis versuchte sein Glück, indem er sich zunächst nach links wandte, dort kam er allerdings bald an eine vergitterte Tür, hinter der eine Feuertreppe nach unten führte.

Zurück am Aufzug entschied er sich für den Gang auf der rechten Seite, folgte diesem um weitere zwei Ecken und stand schließlich vor der Sitzgelegenheit, bei der Florian und er am Abend zuvor auf die junge Ärztin gewartet hatten. Da sowieso niemand hier war, den er hätte fragen können, trat er durch die Schwingtür, hinter der ein weiterer kurzer Flur bis zu dem großen Fenster führte.

Lewis konnte das unbehagliche Gefühl nicht abschütteln, und zum ersten Mal in seinem Leben bekam er eine Ahnung davon, was es bedeutete, einen ahnungslosen Menschen zu stalken.

Rita von Ulmenstein lag, scheinbar unverändert, in dem abgedunkelten Zimmer, den Blick starr auf die Wand gegenüber gerichtet. Ab und zu, keiner erkennbaren Regel folgend, hob sie ihre rechte Hand etwas an und machte eine kurze Bewegung damit. Anschließend legte sie diese wieder in ihren Schoß, wo sie regungslos verharrte. Lewis Augen benötigten eine Weile, um sich an das dämmrige Licht zu gewöhnen, dann veränderte er seinen Standpunkt so, dass er ihrem Blick folgen konnte, und glaubte zunächst an eine optische Täuschung. Erst als er sein eigenes Gesicht gegen das Licht im Flur abschirmte, war er sich sicher, dass die junge Frau nicht einfach irgendwohin starrte. Es war ein etwa backsteingroßer heller Fleck an der Wand, verursacht von einem der Geräte neben ihrem Bett, der die Frau in seinen Bann zog.

Als würde sie sehnsüchtig zu einem kleinen Fenster blicken, kam es Lewis in den Sinn, wobei ihm ein ganz und gar nicht angenehmer Schauer über den Rücken jagte.

10

Judith erwachte am späten Nachmittag. Vom Blutverlust in der Nacht noch immer geschwächt zog sie die Zudecke vom Kopf und blinzelte gegen das Licht, ehe ihr die Bandage um das Handgelenk wieder vor Augen führte, in welcher Situation sie sich befand. Trotz des gedämpften Straßenlärmes erschien ihr die Wohnung eigenartig still und für einen kurzen Augenblick stellte sie sich vor, wie es sein würde, wenn sie hier nicht mehr allein leben würde. Wie so oft lauschte sie in sich hinein, legte die Hand auf die gespannte Haut ihres Bauches und fragte sich, ob sie dieses Kind jemals lieben konnte. Und wie so oft schien das kleine, unfertige Wesen dies zu spüren und die Frage mit einem sanften Tritt gegen ihren Bauch zu beantworten.

Für einen kurzen Moment überlegte Judith, den Kopf einfach wieder unter die Decke zu stecken, doch ihre volle Blase und der brennende Durst hielten sie davon ab. Mit einer inzwischen gekonnten Drehung rollte sie sich halb aus dem Bett, setzte die nackten Füße auf den Boden und zuckte zurück. Dort, wo sie eigentlich den weichen Teppich erwartet hatte, berührte ihre Haut etwas, das mit Sicherheit noch nicht dort lag, als sie ins Bett gegangen war. Judiths Hände verkrampften sich in die Matratze, während ihr bewusst wurde, dass er schon wieder hier gewesen war … oder immer noch hier war. Ohne darüber nachzudenken, zog sie die Zudecke vor ihren Körper und sah sich panisch um, doch außer ihrem Spiegelbild war niemand in dem Zimmer zu sehen. Mit einer Mischung aus Angst und Wut stemmte sie sich schließlich in die Höhe, warf nur einen flüchtigen Blick auf das am Boden liegende Foto ihres Exfreundes und schrie herausfordernd: »Los, zeig dich, du falsches Arschloch«, und ging taumelnd zu der offenen Tür, die in ihr Wohnzimmer führte. Auf die erste Erleichterung, allein zu sein, folgte der Schock über das, was sich in dem Raum verändert hatte. Zunächst fiel ihr Blick nur auf den leeren Holzblock, in dem sonst die sieben Küchenmesser Platz fanden und der jetzt in der Mitte des Raumes auf ihrem einzigen Fotoalbum stand. Dann sah sie, wozu die Messer benutzt worden waren. Wie in einem Kabinett des Grauens steckte ein jedes von ihnen in einem anderen Bild.

Ihre Mutter, ihr Vater, der Bruder, Paul, ihr Exfreund, Laura, ihre Freundin und Lisa, ihre Oma … Jedes dieser Fotos war mit Wucht an den Türrahmen zum Badezimmer geheftet worden und bei jedem ging das Messer durch eine andere Körperstelle.

Judith ging auf die Knie und übergab sich. Mit letzter Kraft robbte sie auf den Holzblock zu und zog den eingeklemmten Zettel heraus. Die Augen so voller Tränen, dass sie kaum lesen konnte, entzifferte sie die gedruckten Buchstaben und übergab sich erneut. Dann wischte sie sich die Augen ein wenig trocken und las noch einmal, was da in dicken roten Buchstaben geschrieben stand:

Du hast letzte Nacht gegen meine Regeln verstoßen … EINER wird STERBEN!

Zunächst konnte sie keinen klaren Gedanken fassen, sondern saß einfach nur da und las den Zettel ein drittes Mal. Dem ersten Reflex, die Polizei anzurufen, folgte die Erkenntnis, dass dies nur noch mehr Schaden anrichten würde. Er hatte seine Regeln klar formuliert und ihr damit keinen Ausweg gelassen … Noch nicht einmal Selbstmord kam infrage.

Zitternd stemmte sie sich vom Boden in die Höhe und schaffte es trotz ihrer nachgebenden Beine vorbei an den Bildern bis zum Waschbecken im Bad. Dort schaufelte sie sich so lange kaltes Wasser ins Gesicht, bis die Haut brannte und ihre Gedanken wieder klarer wurden. Vater und Mutter waren mit ihrer Oma in Hannover, um einen Onkel zu besuchen. Ihr Bruder hatte gerade Abschlussfahrt und würde erst in drei Tagen zurückkommen. Blieben nur ihre Freundin Laura und Paul als leichte Ziele übrig. Ohne auf ihre noch immer volle Blase zu achten, ging sie zurück ins Wohnzimmer, fand ihr Handy in der Handtasche, die noch immer im Flur lag, und öffnete die Kontaktliste. Unfähig mit ihren zitternden Händen einen Buchstaben einzugeben, scrollte sie Namen für Namen durch und stockte, als sie bei Pauls Eintrag angekommen war. Statt der beiden Herzen, die sie vor und hinter seinem Namen plaziert hatte, waren dort nun zwei schwarze Totenköpfe abgebildet … Er hatte seine Wahl getroffen.

Begleitet von einem Schweißausbruch drückte sie auf die grüne Schaltfläche, doch statt des erhofften Freizeichens begann augenblicklich Pauls Anrufbeantworter mit seiner Ansage. Bevor sich Judith die richtigen Worte zurechtgelegt hatte, brach die Verbindung wieder ab. Nun noch nervöser wiederholte sie den Vorgang und schaffte es, wenigstens »Hallo Paul, hier ist Judith, bitte melde dich so schnell wie möglich« in das Gerät zu sprechen.

In den folgenden zehn Minuten versuchte sie es noch weitere zehn Mal, doch Pauls Handy war und blieb abgeschaltet. Unruhig lief sie in der Wohnung umher und schaffte es kaum, einen klaren Gedanken zu fassen. Erst als ihr Blick erneut auf den Türrahmen mit den aufgespießten Fotos fiel, beschloss sie, direkt zu Pauls Wohnung zu fahren. Noch immer zitternd bestellte sie sich ein Taxi, das schon wenige Minuten später vor ihrem Haus hupend auf sich aufmerksam machte.

Es war eine ruhige Wohngegend am Rande der Stadt und wie immer wirkte Pauls schweres Motorrad ziemlich deplatziert. Eigentlich hasste Judith die Maschine, doch heute war sie einfach nur erleichtert, dass sie dort stand und Paul nicht damit unterwegs war. Sie bezahlte den Fahrer, stieg aus und ging unsicher auf den gepflegten Hauseingang zu. Was sollte sie ihm sagen? Wie ihn warnen, ohne dass er misstrauisch wurde?

Derart in Gedanken versunken traf sie die schwere Haustür beinahe am Bauch, doch der Schrei blieb ihr in der Kehle stecken. Paul hatte es offenbar eilig, murmelte ein schnelles »Entschuldigung« und wollte schon weiterlaufen, als er Judith erkannte. Wie von Donner gerührt blieb er stehen, drehte sich schließlich ganz zu ihr und fragte verunsichert: »Du hier?« Dann verfinsterte sich sein Gesichtsausdruck, bevor er leise hinzufügte: »Ich hoffe, du willst dich entschuldigen, sonst war dein Weg nämlich umsonst. Außerdem habe ich keine Zeit, meine Bank hat gerade angerufen, ich muss zu einem dringenden Termin.«

Judith knabberte kurz an ihrer Lippe herum, suchte nach den richtigen Worten und begann zögerlich: »Paul, hör mir bitte zu … Es ist alles nicht so, wie du denkst, und wenn du willst, entschuldige ich mich auch bei dir, aber …«

Paul schüttelte den Kopf, bevor er ihr wütend entgegnete: »ABER? Es gibt kein Aber, Judith. Wenn du dich zu einer Entschuldigung durchringen musst, dann lass es lieber.« Ungehalten stülpte er sich den Helm über den Kopf, drehte sich zu seinem Motorrad und setzte sich drauf. Judith folgte ihm die wenigen Schritte, legte ihre Hände auf seinen Arm und bettelte: »Bitte, Paul, fahr jetzt nicht … Ich kann dir nichts erklären, aber bitte lass die Maschine wenigstens heute stehen.«

Paul hielt inne, klappte das Visier nach oben und legte den Kopf ein wenig schief. Er sah Judith einige Sekunden in die Augen, stieg wieder ab und sagte mit scheinbar verständnisvollem Ton: »Ah, jetzt wird mir einiges klar. Dein neuer Stecher ist eifersüchtig und nun hast du Angst, dass er meine Maschine manipuliert hat.«

Judith hätte fast widersprochen, aber um Pauls Leben zu retten, deutete sie ein Nicken an. Paul schob sie unsanft zur Seite, kontrollierte einige Schrauben, die Kette und die Bremszüge, setzte sich wieder auf die Maschine und drückte den Starter. Anschließend ließ er den Motor zweimal aufheulen, legte den Gang ein und verschwand wenige Sekunden später an der nächsten Kreuzung.

Nachdem Paul sich sicher war, dass ihn seine Exfreundin nicht mehr sehen konnte, fuhr er an den Straßenrand und stellte den Motor wieder ab. Ein Blick auf die Uhr zeigte ihm, dass er noch fünfzehn Minuten Zeit hatte, bevor die Bank schloss. Und auch wenn er sich den Anruf des Bankangestellten überhaupt nicht erklären konnte, eine Kontosperrung so kurz vor dem Wochenende wollte er nicht riskieren. Trotzdem nahm er Judiths Warnung ernst, stieg erneut von seinem Motorrad und kontrollierte noch einmal alle sicherheitsrelevanten Teile. Erst nachdem er wieder keine Unstimmigkeiten erkennen konnte, fuhr er los und fädelte sich wieder in den Verkehr ein.

Unter normalen Umständen hätte er die wenigen Kilometer locker geschafft, aber natürlich hatte es der Fahrer des Kleintransporters vor ihm überhaupt nicht eilig. Immer nach einer Lücke suchend, versuchte Paul mal links, dann wieder rechts an ihm vorbeizukommen. Auf den ersten Metern schien sich der Fahrer des grauen Transporters einen Spaß daraus zu machen, jede Lücke zu blockieren. Dann wurde die Straße endlich breiter und der Kastenwagen fuhr brav auf die rechte Spur, wobei der Fahrer ihn noch mit einer freundlichen Handbewegung zum Überholen aufforderte.

Paul dankte mit einer kurzen Handbewegung, gab Gas und sah den auf der linken Seite stehenden Bagger erst, als er schon fast an dem Transporter vorbei war. Trotz seiner schnellen Reaktion kamen die langen Zinken der Baggerschaufel unbarmherzig schnell näher. Pauls Versuch, das Motorrad auf die Seite zu legen, funktionierte nur kurz. Zusammen mit der schweren Maschine schlitterte er dem Hindernis nun seitlich entgegen, dann fand der Gummi seiner Reifen wieder Haftung, das Motorrad stellte sich auf und schleuderte ihn damit quer auf zwei der spitzen Stahlzähne der Schaufel.

Fünf Minuten später hörte Judith, während sie vor Pauls Haus auf ein Taxi wartete, eine Vielzahl von Sirenen, dachte sich aber nichts dabei.

11

Lewis konnte sich der grauenhaften Faszination, die Rita von Ulmensteins Anblick auf ihn ausübte, nur schwer entziehen. Zehn Minuten lang tat er nichts anderes, als sie in ihrem Krankenbett zu beobachten. Erst als sich von der anderen Seite der Schwingtür Stimmen näherten, riss er sich los und trat einen Schritt zurück.

Weiterhin in ihr Gespräch mit einem Pfleger vertieft, stieß Frau Dr. Leitner die Tür auf, stockte und lächelte erst, als sie Lewis wiedererkannte. Nachdem sie dem Pfleger eine letzte Anweisung gegeben hatte, reichte sie Lewis die Hand. »Heute alleine hier?«, stellte sie scheinbar beiläufig fest.

Lewis erwiderte den festen Händedruck. »Ja, Kommissar Ritter hat andere Stärken als die Ermittlungen in freier Wildbahn.« Und als der Gesichtsausdruck der jungen Ärztin ins Verständnislose abdriftete, fügte er hinzu: »Seine Stärken liegen wohl eher bei allem, was die moderne Technik so hergibt.«

Nun lächelte Frau Dr. Leitner, wobei ein kleines Grübchen am Kinn zum Vorschein kam, was ihr ein etwas kindliches Aussehen gab. Trotzdem fragte sie mit professionellem Ernst: »Haben Sie schon eine Ahnung, wer Frau von Ulmenstein das angetan haben könnte oder wo der Säugling sein könnte?«

»Leider nein. Alles was wir inzwischen wissen, ist, dass sie vor ein paar Wochen spurlos verschwunden ist … Sonst leider keine heiße Spur.« Nun deutete Lewis auf die Scheibe. »Hat sie denn inzwischen etwas gesagt?«

Dr. Leitner schüttelte den Kopf. »Nein, nichts. Ich bin schon froh, dass ich ihr inzwischen das Essen hinstellen kann, ohne dass sie wieder einen dieser Schreikrämpfe bekommt.« Sie ließ eine Pause folgen, bevor sie mit bedauerndem Tonfall hinzufügte: »Mir ist schon klar, dass Sie sich wichtige Hinweise von ihr erhoffen. Aber ich befürchte, ehrlich gesagt, dass es noch sehr, sehr lange dauern wird, bis sich ihr Trauma löst. Und selbst dann weiß keiner, ob sie sich überhaupt an etwas erinnern kann oder will.«

»Feiner Staub und eine Milbe«, sinnierte Lewis leise.

»Wie bitte?«

Lewis löste seinen Blick von der Scheibe, hinter der Rita von Ulmenstein lag. »Meine Kollegen haben feinen Staub und eine Milbe, die häufig bei Katzen vorkommt, gefunden«, wiederholte er laut, worauf die junge Ärztin mit einem »Hmm« reagierte, näher an die Scheibe trat und ihn zu sich winkte. Dann zeigte sie auf ihre Patientin und stellte fest: »Ich frage mich schon die ganze Zeit, an was mich ihre Handbewegung erinnert … Meinen Sie, das könnte das Streicheln einer kleinen Katze simulieren?«

Auch Lewis war dieses unregelmäßige Anheben der rechten Hand aufgefallen, und wie Frau Dr. Leitner hatte auch er einen nicht sofort greifbaren Gedanken dabei gehabt. Nun standen sie beide vor dem Fenster und tatsächlich, da war es wieder. Wie in Trance hob Rita von Ulmenstein die rechte Hand etwas an, strich ein kurzes

Stück nach unten und ließ sie wieder auf das weiße Laken zurücksinken.

»Sie haben recht, das könnte es sein«, stellte Lewis fest. »Können Sie aus psychologischer Sicht einschätzen, warum sie gerade diese Bewegung so verinnerlicht hat?«

Dr. Leitner überlegte kurz: »Nun ja, möglicherweise war es ihr einziger Halt. Das ist im Grunde wie bei kleinen Kindern, die sich in der Dunkelheit an ihren Eltern festklammern. Es sind unsere Urinstinkte, die uns so handeln lassen.«

Lewis ließ seinen Blick noch einmal durch das Krankenzimmer schweifen, dabei dachte er über seine zweite Entdeckung nach. Im Grunde ahnte er bereits, was gleich folgen würde, trotzdem bat er: »Wäre es möglich, dass sie diesen Monitor neben dem Bett kurz einmal abschalten?«

»Sie meinen die Kontrolle der Vitalfunktionen? Warum?«

»Ich habe das Gefühl, dass Frau von Ulmenstein jedes Mal ein wenig zusammenzuckt, wenn ein neuer Punkt über den Bildschirm läuft. Vielleicht verändert sich ihr Verhalten, wenn es diese Ablenkung nicht mehr gibt«, log Lewis.

Frau Dr. Leitner war anzusehen, was sie davon hielt. Trotzdem zuckte sie mit den Schultern. »Kann ich machen. Das Gerät hat eine Nachtfunktion und lässt sich verdunkeln, einen Moment …«

Lewis warf noch einen letzten Blick auf das schwach erleuchtete Feld an der Wand, das die Patientin so sehr in seinen Bann zog. Dann sah er dabei zu, wie die Ärztin den Raum betrat und, während sie einige leise Worte sagte, zu dem Gerät ging. Dort drückte sie auf eine der

Schaltflächen, worauf der Monitor erst langsam dunkler wurde und schließlich nur noch eine schwarze Fläche darstellte.

Rita von Ulmenstein reagierte augenblicklich und mit einer Wucht, die auch Lewis nicht erwartet hätte. Die Augen weit aufgerissen, grub sie zunächst ihre Finger tief in die Matratze, begann dann damit, den Kopf hin- und herzuwerfen, und öffnete schließlich ihren Mund. Die Höhe der Tonlage machte den Schrei nicht sonderlich laut, doch vielleicht gerade deswegen klang es, als würde sich der Teufel höchstpersönlich Gehör verschaffen wollen.

Im ersten Augenblick wusste Dr. Leitner nicht, was sie zuerst tun sollte, sich die Ohren zuhalten, der Patientin helfen oder das Gerät wieder heller stellen. Mit hektischen Bewegungen drückte sie an dem Monitor herum und legte ihre andere Hand beruhigend auf Ritas Arm, was allerdings nur für einen kurzen Moment half. Nach einem Augenblick der Stille bäumte sich ihre Patientin auf und begann auch noch, nach der Hand zu schlagen. Frau Dr. Leitner schaffte es irgendwie, an den Notrufknopf zu kommen, bevor sie Rita von Ulmenstein mit einem gekonnt resoluten Griff auf dem Bett fixierte.

Die beiden Krankenpfleger kamen nur wenige Sekunden später, rannten Lewis fast über den Haufen und verschwanden in dem Zimmer. An derartige Ausbrüche gewöhnt sorgten sie schnell dafür, dass die Patientin keinerlei Bewegungsspielraum mehr hatte und die Ärztin ihr ein starkes Beruhigungsmittel spritzen konnte. Als der markerschütternde Schrei verstummt und jegliche Körperspannung aus Rita gewichen war, wurden ihre Arme und Beine mit breiten Lederriemen fixiert und der Kopf wurde so gelegt, dass sie sich nicht verschlucken konnte.

»Was zum Teufel ist hier los?«

Lewis, der das Geschehen hinter der Scheibe mit der Faszination des Schreckens beobachtet hatte, zuckte merklich zusammen.

»Waren Sie etwa da drinnen?«, fragte Professor Doktor Hegner ohne ein Wort der Begrüßung und warf Lewis einen vernichtenden Blick zu.

Dieser schüttelte den Kopf, schluckte einmal und erklärte: »Natürlich nicht, auch wenn ich der armen Frau eigentlich ein paar Fragen stellen müsste. Ihre Kollegin, Frau Dr. Leitner, hat nur einen Monitor abgedunkelt, daraufhin ist die Patientin kollabiert.«

Selbst wenn die Antwort den Professor überzeugte, wusste er es gut zu verbergen. Ohne Lewis eines weiteren Blickes zu würdigen, öffnete er die Tür zu dem Krankenzimmer, wartete, bis seine Stationsärztin herausgekommen war, und nahm sie ein paar Schritte mit, bis sie sich außer Hörweite befanden. Alles, was Lewis erkennen konnte, war, dass diese entgegen seinen Befürchtungen keine Rüge für ihr Verhalten bekam. So wie es aussah, wollte ihr Chef nur über den Stand der Dinge informiert werden. Professor Doktor Hegner machte eine kleine Bewegung, als wollte er Frau Dr. Leitner am Oberarm tätscheln, zog die Hand aber kurz davor zurück und wischte sich diese an seinem Mantel ab.

Als die junge Ärztin zu Lewis zurückkam, war jede Freundlichkeit aus ihrem Gesicht gewichen. Die Stirn in Falten gezogen, sagte sie mit rein dienstlichem Tonfall: »Sie haben es geahnt, oder? Sie wollten genau diese Reaktion hervorrufen … Sind Sie ein Sadist oder was sollte das eben?« Lewis wollte gerade zu einer Antwort ansetzen, als Dr. Leitner ihre Hand hob: »Das war das letzte Mal. Ohne eine richterliche Anordnung werden Sie diesen Teil unseres Hauses nicht mehr betreten!« Dann drehte sie sich um und verschwand erneut im Zimmer von Rita von Ulmenstein. Natürlich wollte Lewis die Sache nicht auf sich beruhen lassen, musste aber einsehen, dass es keine gute Idee war, der Ärztin zu folgen.

Etwas niedergeschlagen verließ er das Krankenhaus und machte sich auf den Weg in seine Wohnung, wo er, ohne dass er einen klaren Gedanken fassen konnte, drei Stunden lang weiße Farbe auf den Wänden verteilte.

12

Wie bei seinen früheren Opfern fiel es Adam Voss unendlich schwer, sich Zeit zu lassen, doch gerade dies machte den Reiz aus. Jede Stunde, in der er das Ziel seiner Begierde einfach nur studierte, würde aus der anfänglichen Glut in seinem Inneren ein loderndes Feuer werden lassen, das schließlich in einem Inferno endete. Nach der Nacht in einer kleinen Nische zwischen den Häusern besorgte er sich am nächsten Morgen etwas Backwaren und einen heißen Kaffee. Gegen acht Uhr morgens glaubte er, sie kurz hinter den Vorhängen zu sehen, dann blieb wieder alles still.

Um zehn Uhr öffnete die Alte, welche ihm am Abend zuvor die Suppe gebracht hatte, kurz das Fenster, blickte zu ihm herunter und schüttelte verständnislos den Kopf. Offenbar hatte sie das kurze Gespräch genauso vergessen wie den Zustand ihres verstorbenen Mannes, der den Zweiten Weltkrieg offenbar nicht sonderlich gut überstanden hatte.

Nach der allmorgendlichen Hektik auf den Straßen wurde es am späten Vormittag etwas ruhiger und vor allem die Hundebesitzer hatten oft Mühe, ihre Tiere von ihm fernzuhalten. Anders als die gestressten Berufstätigen, die an ihm vorbeieilten, ohne ihn eines Blickes zu würdigen, konnten ihn die Hundehalter nicht so einfach ignorieren, was Adam immer wieder aufs Neue belustigte.

Gewohnt zu warten, saß er Stunde um Stunde an die Hauswand gelehnt und beobachtete das Geschehen. Einmal betrat ein etwas sonderbar wirkender Mann das Mehrfamilienhaus und Adam bildete sich ein, dass sich kurz danach der Vorhang im zweiten Stock ein wenig bewegt hatte, doch sicher war er sich nicht. Nur kurze Zeit später verließ der Mann das Haus, schlenderte augenscheinlich gut gelaunt die Straße hinunter, stieg in einen grauen Kastenwagen und fuhr davon.

Zwei Stunden, einen weiteren Kaffee aus der Bäckerei und einen dieses Mal wieder freundlichen Blick der Alten später passierte endlich etwas, was Adams Puls sich beschleunigen ließ. Zuerst sah er, wie die junge schwangere Frau einige Male oben aus dem geschlossenen Fenster blickte, dann bog ein Taxi in die Straße und blieb genau vor ihm stehen.

Zwei Minuten später trat die junge Frau aus dem Haus, sah sich verstört wirkend in alle Richtungen um, überquerte die Straße und kam ihm auf dem Weg zur Beifahrertür des Taxis beinahe so nahe wie in der U-Bahn am Tag zuvor.

»Einen Euro bitte … nur einen einzigen«, bat Adam mit ausgestreckter Hand, worauf die Schwangere kurz zusammenzuckte und sich dann beeilte, in das Taxi zu steigen.

Adam konnte seine Erregung kaum unter Kontrolle bringen. Natürlich war sie ihm gestern nicht ohne Grund aufgefallen, doch dieses zweite Mal der Nähe war überwältigend. Vor seinem inneren Auge sah er, wie sich diese schon jetzt vorhandene Verzweiflung in ihrem Blick bis zur Ekstase steigern würde. Und obwohl er noch nicht einmal wusste, wie ihre Stimme klang, hörte er schon jetzt ihr heißeres Schluchzen und Flehen.

Schwer atmend schaffte er es gerade noch abzuwarten, bis das Taxi außer Sichtweite war, dann stand er auf, nahm seinen alten verschlissenen Rucksack und ging hinüber zu dem Hauseingang, in dem er sie noch immer riechen konnte.

Die Tasse der Alten als augenscheinlichen Grund dafür, dass er in diesem Haus herumschlich, vor sich haltend, überwand er die beiden kurzen Treppen bis hinauf in die zweite Etage. Da er den Namen der Alten bereits kannte, konnte sein Ziel nur hinter der anderen Tür liegen. Adam wandte sich nach rechts und ergänzte seine Informationen über die werdende Mutter durch das Namenschild, auf dem in schöner Handschrift »Judith Seufert« stand. Wieder einmal leistete ihm der gestohlene Ausweis wunderbare Dienste. Gekonnt schob er die feste Plastikkarte in den Spalt zwischen Tür und Rahmen, zog ihn einige Male am Schloss vorbei und grinste, als das ersehnte »Klick« ertönte.

Eigentlich war es einer dieser Augenblicke, die er geradezu zelebrierte, doch das Schlagen einer Tür ein oder zwei Etagen über ihm zwang ihn zur Eile. Schnell machte er einen Schritt in den kurzen dunklen Flur, zog die Tür hinter sich ins Schloss und atmete tief ein … Irgendetwas stimmte hier nicht. Irritiert schloss er die Augen und wiederholte sein Ritual, indem er die stickige Luft so langsam wie möglich in sich aufnahm. Die hohe Stirn in Falten gelegt, versuchte Adam eine Erklärung für die Unregelmäßigkeit zu finden, dann traf sie ihn wie ein Fausthieb.

Es war Angst, die er riechen konnte … Dieser ganz besondere Duft eines Menschen, der unter enormem Stress stand. Aber wie konnte das sein? Angst vor ihm konnte sie noch nicht haben und alle anderen Alltagsängste konnten diesen scharf würzigen Geschmack nicht erzeugen.

»Was passiert mit dir, süße Judith?«, fragte er leise in den Raum hinein, stellte die Suppentasse auf den ordentlich eingeräumten Schuhschrank und ging langsam in das Wohnzimmer.

Adam konnte so schnell nichts aus der Ruhe bringen, doch selbst ihn irritierte das, was er hier sah. Die zahlreichen Fotografien waren auf bizarre Weise im Raum verteilt, jedes war mit einem Messer fixiert und offensichtlich zeigten alle einen Judith nahestehenden Menschen. Zumindest glaubte Adam dies, ihm selbst stand schon lange niemand mehr nahe.

Wer war diese Judith Seufert?, fragte er sich, wobei sein Blick durch die offene Badezimmertür fiel. Mit steigendem Interesse stieg er über den Messerblock in der Mitte des Raumes, ging zu dem Badezimmer und schaltete das Licht ein. Ein »normaler« Mensch hätte sich sicher erschrocken abgewendet, Adam jedoch atmete erneut tief durch. Wie gut er die Farbe von getrocknetem Blut doch kannte, und dann noch dieser leicht metallische Geruch … Ohne zu wissen, wie viel Zeit ihm bis zur Rückkehr der jungen Frau blieb, legte er sämtliche Kleidungsstücke ab, stieg in die verkrustete Wanne und gab sich seinen Fantasien hin.

Obwohl Adam seine Opfer schon früher mit großer Sorgfalt auserwählt hatte, stellten sich die meisten als große Enttäuschung heraus. Jammernde schwache Kreaturen, deren zerschundene Gesichter ihn nur mit Mühe erregen konnten. Doch mit dieser Frau, das spürte er mit jeder Faser seines Körpers, würde alles anders werden. Jemand, der die Bilder seiner Freunde und Verwandten mit Messern an einen Türrahmen nagelte und literweise Blut aus seinem Körper fließen ließ, mit so jemandem könnte er sich sogar eine Beziehung vorstellen, die einige Tage dauerte.

Betört von seinen Eindrücken und Fantasien rief er sich schließlich zur Ordnung, stieg aus der Wanne und kleidete sich an. Nach einem kurzen Rundgang durch den Rest der Wohnung stand sein Beschluss fest. So lange wie bei den anderen konnte er hier nicht warten.

»Elisabeth Schwarz« prangte in schwungvollen, in das Messingblech gefrästen Buchstaben über dem Klingelknopf. Adam war lange genug vor dem Haus gesessen, um zu wissen, dass die alte Dame zu Hause war, und drückte weitere drei Mal auf den Knopf. Schließlich folgten erst schlurfende Geräusche, dann das Klappern einer Metallkette, bis sich die Tür schließlich einen Spaltbreit öffnete.

»Sie wünschen?« Die Alte hatte ihn tatsächlich schon wieder vergessen.

Adam erinnerte sich an das Gespräch vom letzten Abend, breitete die Arme aus und sagte in etwas umständlichem Deutsch: »Elsbeth, erkennst du mich denn nicht? Erkennst du deinen Gustaf denn nicht wieder?«

Im ersten Moment befürchtete er, bei Frau Schwarz einen lichten Augenblick erwischt zu haben, doch nachdem sich ihre mit braunen Flecken übersäte Haut in tiefe Stirnfalten gelegt hatte, lief ihr eine kleine Träne aus dem Augenwinkel. Hektisch winkte sie mit der Hand und schrie beinahe: »Gustaf, mein Gustaf, hat dich der Russe endlich gehen lassen.« Der Versuch, die Tür ganz zu öffnen, scheiterte an der noch immer eingehängten Sicherheitskette. Wieder winkte die Alte mit der Hand, bevor sie, einige Entschuldigungen stammelnd, die Tür erst schloss, dann aber ganz öffnete.

Adam war jegliche körperliche Nähe zuwider, trotzdem ließ er die Umarmung so lange über sich ergehen, bis er die Tür hinter sich zuschieben konnte. Anschließend löste er sich aus Elisabeths Armen, worauf diese einen Schritt zurücktrat, die Augen zusammenkniff und kritisch feststellte: »Du kannst nicht Gustaf sein … Der ist ja heute viel älter.«

Adam ignorierte diese Aussage und bestimmte stattdessen: »Du solltest jetzt schlafen, Elsbeth.«

Entschlossen schüttelte sie den Kopf: »Ich darf noch nicht schlafen, die Nachrichten waren noch nicht dran.«

»Die erzähle ich dir später.« Adam machte einen schnellen Schritt auf die alte Frau zu und drehte sie mit dem Rücken zu sich. Während eine Hand ihre schwachen Hände fixierte, hielt er ihr mit der anderen Mund und Nase gleichzeitig zu.

Der letzte Kampf der Elisabeth Schwarz dauerte nur wenige Minuten. Schließlich nahm Adam den erschlafften Körper und legte ihn auf das Bett. Er entkleidete sie, zog ihr das Nachthemd über und deckte sie sorgsam zu … Eine alte, demente Frau, friedlich eingeschlafen – wen interessierte das schon?

13

Wenn Lewis seinen Kollegen für etwas hasste, dann für dieses ständig frische Aussehen. Nach Florians eigener Aussage hatte er in der letzten Nacht bis kurz nach Mitternacht gearbeitet und stand jetzt, um 7:30 Uhr morgens, da wie das blühende Leben. Lewis' Wecker hatte vor zehn Minuten geklingelt, was bedeutete, dass alles, was über ein muffliges »Guten Morgen« hinausging, schlicht zu viel Kommunikation war.

Ohne auf seinen Partner zu achten, verließ Lewis sein Wohnmobil und ging, nur mit einer Unterhose und einem T-Shirt bekleidet, über den Hof bis zu seiner Wohnung. Noch war das kein Problem, da die zweite Wohnung des ehemaligen Bauernhofes noch nicht bewohnt war, doch für Florian schien ein derartiges Auftreten undenkbar. Vermutlich hätte nicht viel gefehlt und er hätte sich die Augen zugehalten, dachte Lewis. Seinen Partner hinderte das alles jedoch nicht daran, einfach immer weiter zu reden. Dabei war es gerade diese Euphorie in seiner Stimme, die Lewis um diese Uhrzeit überhaupt nicht ertragen konnte.

Als Florian munter berichtete: »Also, ich habe da wirklich eine heiße Spur entdeckt …«, drehte sich Lewis auf seinen alten Gartencrocs um, hob die Hand und erklärte so freundlich wie möglich: »Erst Zähne putzen, dann Kaffee und dann kannst du mir gerne alles erzählen.«

»Keine Dusche?«, hakte Florian mit seiner leicht arroganten Art ein, worauf Lewis in der Bewegung innehielt, kurz zu dem herbstblauen Himmel aufblickte, mit dem Finger auf seinen Partner zeigte und hinzufügte: »Stimmt, die Frühstückszigarette hätte ich jetzt fast vergessen.« Und um wenigstens noch zehn Minuten für sich allein zu haben, bestimmte er: »Du weißt, wo die Küche ist. Mach uns doch schon einmal einen Kaffee und spiel noch ein wenig mit deinem Smartphone.« Anschließend schloss er die Tür zu seiner neuen, fast fertig renovierten Wohnung auf und verschwand wortlos im Bad.

Aus den zehn Minuten wurde eine halbe Stunde, aber nun fühlte sich Lewis wieder wie ein Mensch und war so weit aufnahmefähig, dass Florian ihm von den neuesten Erkenntnissen erzählen konnte. Ohne dass es eine Aufforderung gebraucht hätte, zog er seinen Laptop aus der Tasche, die er fast immer dabeihatte, startete erst das Gerät und dann ein Videoprogramm.

»Also, wie gesagt habe ich gestern noch lange überlegt, wie wir in dem Fall weiterkommen könnten, und habe dann beschlossen, noch einmal ganz von vorne anzufangen. Alles begann doch damit, dass Rita von Ulmenstein dieses kleine Wäldchen durchquerte und dann zum Fluss stolperte. Was wir allerdings nicht wirklich untersucht haben, ist die Zeit davor.«

Lewis nickte zustimmend: »Du meinst die Zeitspanne vor ihrem Erscheinen am Fluss?«

»Genau, denn von irgendwoher muss sie ja schließlich gekommen sein. Im Grunde gibt es da nur zwei Möglichkeiten – entweder sie wurde dort in der Nähe gefangen gehalten und misshandelt oder sie kam auf einem uns nicht bekannten Weg dorthin.«

Wieder nickte Lewis, bevor er erklärte: »Version A halte ich für relativ unwahrscheinlich. Ich kenne die Gegend ein wenig, und wenn sie dort auch schon so geschrien hat, wie sie es im Krankenhaus tut, hätte es jemand mitbekommen müssen.«

»Dachte ich mir auch«, stimmte Florian zu. »Ich habe mir die infrage kommenden Häuser bei Google Maps angesehen. Wenn wir einmal davon ausgehen, dass unser Opfer so nackt, wie sie war, aufgefallen wäre, könnte sie nicht weit gelaufen sein. Und in dem dann noch verbleibenden Umkreis gibt es kaum Gebäude, die für eine solche Tat geeignet wären.«

»Also muss sie auf eine andere Weise dort hingekommen sein«, resümierte Lewis.

»Genau, und ich weiß auch wie!« Florians Triumph war nicht zu überhören. Er rückte den Laptop zurecht, klickte auf eine kleine Schaltfläche und überließ es seinem Partner, sich selbst ein Bild zu machen.

Der kurze Film zeigte erst eine große Kreuzung, die Lewis sofort wiedererkannte. Als Polizist musste er oft genug bei Gericht aussagen, um zu erkennen, dass es sich bei der Kreuzung um die Ecke Maximilian-/Fürther Straße handelte.

Florian hatte sich offenbar sämtliche Aufzeichnungen der Überwachungskameras in der Gegend angesehen. Nun deutete er auf die Zeitangabe in der Ecke des Films und flüsterte: »Achte bei 14:43 und 10 Sekunden auf den dunklen Lieferwagen.«

Nachdem die Zeit abgelaufen war, erschien am Rande

des Bildes erst die schwarze Front, dann war für einen kurzen Augenblick das Innere des Wagens zu sehen, bevor dieser zügig durch das Bild fuhr und auf der anderen Seite verschwand. Nun wurde der Monitor kurz dunkel, bevor Florian die vergrößerte Windschutzscheibe als Standbild einblendete.

Lewis brauchte keine Fantasie, um die nackte, auf dem Beifahrersitz zusammengekauerte Frau als Rita von Ulmenstein zu identifizieren. Anders verhielt es sich allerdings mit dem Fahrer des Kleintransporters, da dessen Gesicht beinahe komplett von dem Sonnenschutz verborgen wurde.

»Kann ich es weiterlaufen lassen?«, fragte Florian und startete eine weitere Sequenz. Dieses Mal war es offenbar eine Außenkamera der JVA Nürnberg, die den Transporter direkt von vorn gefilmt hatte. Neben dem Kennzeichen war nun auch das Gesicht des Fahrers gut zu erkennen, dessen Gesichtsausdruck äußerst gestresst wirkte. Rita von Ulmensteins Mund war geöffnet und hätte für einen Unbeteiligten sicherlich ziemlich albern ausgesehen, aber Lewis und Florian konnten sich den Schrei, den sie in dieser Szene gerade ausstieß, lebhaft vorstellen.

»Super Arbeit«, stellte Lewis durchaus beeindruckt fest, als auch dieses Bild verschwunden war, wurde dann aber schlagartig ernster. »Warum zeigst du mir das erst jetzt? Wir haben ein verschwundenes Baby und du wartest die halbe Nacht. Die Fahndung könnte schon lange laufen.«

Florian machte eine beschwichtigende Geste: »Die Fahndung läuft natürlich auch schon lange. Das Fahrzeug ist aus dem Fuhrpark eines Großhändlers und bereits sichergestellt. Allerdings hat der Mitarbeiter, der es an dem Tag benutzt hat, seit gestern Urlaub und ist in die Türkei geflogen.« Florian ließ eine kurze Pause folgen, bei der er auf seine Uhr blickte. »Ist aber auch kein Problem, die türkischen Kollegen haben ihn bereits ausfindig gemacht. Wir sollten dann auch langsam los, in einer Stunde landet die Maschine mit Ingo Lahnig, so heißt der Mann.«

Nürnbergs Flughafen hatte für Lewis' Geschmack genau die richtige Größe. So, wie ihm die Stadt Berlin zu groß und zu voll war, mochte er auch keinen dieser Megaflughäfen, in denen man schon beim Betreten die Orientierung verlor.

»Noch zwanzig Minuten«, stellte Florian sinnloserweise fest, da sie genau vor der einzigen Tafel standen, die alle ankommenden Flüge anzeigte.

»Das reicht noch für ein schnelles Bier«, erwiderte Lewis, der sich jedes Mal über das schockierte Gesicht seines jungen Partners amüsierte, wenn er derart Unerhörtes vorschlug. Doch noch bevor Florian den Mund öffnen konnte, tätschelte Lewis dessen Schulter und stellte klar: »War nur ein Scherz. Wenn du nichts dagegen hast, würde ich draußen noch eine rauchen, und danach melden wir uns beim Diensthabenden der Flughafenpolizei an.«

»Alles klar«, stimmte Florian zu. »Ich rufe kurz den Chef an und halte ihn auf dem Laufenden.«

Entgegen ihren Befürchtungen war der Chef der Flughafenpolizei kein Paragrafenreiter, der jedes Quäntchen seiner Macht auszuspielen versuchte. Nach einem kurzen Anruf bei Kriminalrat Gernot einigten sie sich darauf, dass seine Männer Ingo Lahnig in Empfang nehmen würden, Lewis und Florian den Gefangenen aber direkt im Flughafen vernehmen konnten.

Aus dem Büro des Kollegen sahen die beiden dabei zu, wie die Air-Berlin-Maschine auf der Landebahn aufsetzte und anschließend zu ihrer Parkposition rollte. Dort angekommen, verließen erst sämtliche Reisende das Flugzeug, und als weitere fünf Minuten verstrichen waren, führten drei schwer bewaffnete Beamte einen Mann die Treppe herunter, den Lewis von Weitem auf Anfang zwanzig schätze.

»Das ist nicht der Täter!«

Florian riss sich von dem Geschehen hinter der Scheibe los: »Was hast du gesagt?«

»Ich sagte, das ist nicht unser Täter.« Und nach einem weiteren Blick aus dem Fenster fügte er hinzu: »Der junge Mann hatte Rita von Ulmenstein vielleicht im Auto, aber ich bin mir ziemlich sicher, dass er ihr diese Grausamkeiten nicht angetan hat.«

»Wie kommst du darauf?«, fragte Florian irritiert.

Lewis suchte einen Augenblick nach den richtigen Worten. »Als ich gestern Abend meine Wände gestrichen habe, dachte ich über den Fall nach und eine Sache ging mir dabei nicht aus dem Kopf. Warum diese alte Schnitttechnik bei der Entnahme des Säuglings, du erinnerst dich? Als wir das erste Mal im Krankenhaus waren, sagte Frau Dr. Leitner, dass der Kaiserschnitt zwar ordentlich, aber mit einer Schnitttechnik ausgeführt wurde, die schon eine ganze Zeit lang nicht mehr praktiziert wird.«

»Aber vielleicht hat sich der Täter im Internet darüber informiert«, warf Florian ein, doch Lewis schüttelte den Kopf. »Vergiss mal deinen Technikkram und versuch, selber zu denken. Erstens ergibt es keinen Sinn, extra eine alte Technik zu lernen, da man es heute mit Sicherheit besser und einfacher macht. Und zweitens schien der Täter mehr oder weniger Übung zu haben. Nein, wenn du mich fragst, suchen wir einen Mann, der im medizinischen Bereich gearbeitet hat, es noch tut oder zumindest in seinem Umfeld damit zu tun hat.« Weiter kam Lewis nicht, da im selben Augenblick die Tür aufging und ein junger Beamter sie aufforderte: »Wenn Sie mir folgen wollen, Sie können Ihren Verdächtigen jetzt vernehmen.«

14

Lewis hatte den kargen Raum noch nicht ganz betreten, da sah er sich schon in seiner Annahme bestätigt. Ingo Lahnig blickte ihnen mit einer Mischung aus Aggressivität und Unsicherheit entgegen. Die gespielt lässige Körperhaltung bewirkte genau das Gegenteil von dem, wie er offenbar wirken wollte. Lewis kannte diese Art Typen, die immer schräg auf ihrem Stuhl hingen, zur Genüge. Das klägliche Versagen der Körperspannung zeigte sich meist in einem ebenso kläglichen Versagen der Hirnwindungen.

Selbst Florian schien diese Erfahrung schon gemacht zu haben und verzichtete auf die zuvorkommende Art, mit der er sonst anderen Menschen gegenübertrat. Ohne den Verdächtigen ein weiteres Mal anzusehen, gab er dem Kollegen der Flughafenpolizei ein Zeichen, dass sich dieser nun entfernen könne. Nachdem der Beamte den Raum verlassen hatte, setzten sich die beiden Kommissare an die andere Seite des Tisches, legten ihre Hände zum Zeichen ihrer Offenheit auf die Tischplatte und sahen Ingo Lahnig einfach nur an. Lewis und Florian arbeiteten zwar noch nicht lange zusammen, aber wenn es darauf ankam, stimmte die Chemie zwischen ihnen.

Mit jeder Minute, die verstrich, wurde Lahnig wie geplant unsicherer, bis er es schließlich nicht mehr aushielt und ein aggressives »Was?« ausstieß.

Lewis legte den Kopf ein wenig schief: »Was meinen Sie mit WAS? Sie wissen doch, weswegen wir Sie aus der Türkei zurückgeholt haben, oder?«

Während sich der junge Mann mit den gefesselten Händen durch das halblange Haar strich, entdeckte Lewis ein kleines Tattoo an dessen Unterarm, das wesentlich schlechter gestochen war als von Ulmensteins Engelsschwingen.

Lahnig hatte offenbar seinen Blick bemerkt, hob den Arm extra noch einmal in die Höhe und fragte abfällig: »Gefällt es Ihnen?«

Die Kommissare ignorierten die Provokation, stattdessen ergriff nun Florian das Wort: »Ihre letzte Tour vor Ihrem Urlaub, von einem Schlachthof in Bamberg zurück nach Nürnberg – was fällt Ihnen dazu ein?«

Nun raufte sich Lahnig erneut die Haare, schüttelte den Kopf und murmelte ein kaum hörbares »Scheiße«. Als die Kommissare auch darauf nicht eingingen, versuchte er es erneut mit Angriff. Zum ersten Mal, seit sie den Raum betreten hatten, brachte er Spannung in seinen Körper, setzte sich aufrecht hin und keifte: »Was hat Ihnen die Kleine erzählt? Hat sie behauptet, ich hätte ihr etwas angetan?« Wieder schüttelte er den Kopf: »Die Schlampe war eindeutig nicht ganz dicht!«

Lewis hätte den Mann einfach weitererzählen lassen, doch Florian sagte mit ruhiger Stimme: »Warum beruhigen Sie sich nicht einfach und erzählen uns, was passiert ist?«

Nun passierte genau das, was Lewis befürchtet hatte. Lahnig lehnte sich zurück, zog die Arme an seinen Körper und machte dicht: »Ne, ne. Das habt ihr euch fein ausgedacht. Egal, was ich hier erzähle, ihr werdet es so hindrehen, dass ich an irgendetwas schuld bin. Holt mir einen Anwalt.«

Lewis gab seinem Partner ein Zeichen, lehnte sich nach vorn und sagte bestimmt: »Erstens, Herr Lahnig, haben wir Ihnen zu keiner Zeit das Du angeboten, und zweitens sollten Sie wissen, dass ich kein Interesse daran habe, jemanden einzusperren, der nicht schuldig ist. Die Sache ist im Grunde ganz einfach ... Sie können uns jetzt erzählen, was passiert ist, und, wenn es mich überzeugt, in einer halben Stunde nach Hause gehen, oder wir holen einen Anwalt, fahren ins Hauptpräsidium und haben so lange zusammen Spaß, bis morgen Früh der erste Bäcker öffnet. Denken Sie bitte kurz darüber nach ...« Lewis lehnte sich wieder zurück und senkte den Blick, um den Verdächtigen nicht noch mehr unter Druck zu setzen.

Nach fünf Minuten bedrückender Stille kniff Lahnig kurz die Lippen zusammen, ließ seine Hände auf die Tischplatte fallen und sagte friedlich: »Also gut.«

Lewis tat so, als hätte man ihn aus seinen Gedanken gerissen, hob den Blick und fragte: »Also gut, was? Wollen Sie einen Anwalt oder reden?«

»Reden.«

»Dann bitte.«

»Nun ...«, begann Lahnig zögerlich, »... es war auf der Rückfahrt von Bamberg. Ich hatte dort eine Ladung Schlachtabfälle abgeliefert und sollte danach nur noch den Transporter in Nürnberg abgeben. Kurz vor Erlangen zeigte das Navi einen Stau an und empfahl eine Route über die scheiß Landstraße.« Lahnig machte eine kurze Pause, fragte nach einer Zigarette, erhielt aber eine

Absage von Florian Ritter, der grundsätzlich etwas gegen das Rauchen hatte. Lahnig versuchte, sich etwas zu entspannen, doch der Schweiß auf seiner Stirn sprach Bände.

»Was passierte dann?«, hielt ihn Lewis bei der Sache und war beinahe geneigt, sich selbst eine Zigarette zu drehen.

»Na, was schon?«, antwortete der junge Mann nun deutlich gestresster. »Ich bin kurz vor Erlangen rausgefahren. Am Anfang dachte ich schon, das Navi hat sich vertan, da auf der schmalen Landstraße kein Mensch unterwegs war, am Ende hat der Weg aber doch gestimmt.«

»Ist es dort passiert?«, hakte Lewis ein, da er spürte, dass der Mann um den heißen Brei herumredete. Dieser zögerte, bevor er ein Nicken andeutete. »Ja, Mann … Die blöde Kuh ist wie ein Reh aus dem Unterholz gebrochen und auf die Straße gestolpert.«

»Meinen Sie mit blöde Kuh die nackte Frau?« Lewis mochte derartige Redensweisen überhaupt nicht, hielt sich aber zurück.

»Ja … die … na diese Frau eben. Verstehen Sie? Ich konnte gerade noch rechtzeitig bremsen und kam nur knapp vor ihr zum Stehen. Dabei schien sie meinen Wagen noch nicht einmal wahrzunehmen. Stand einfach da und glotzte mich durch die Scheibe an. Im ersten Moment war ich natürlich zu Tode erschrocken, dann wollte ich ihr helfen.« Wieder setzte Lahnig aus, als aber keiner der beiden Kommissare ein Wort sagte, fuhr er fort: »Ich stieg aus und wollte sie ansprechen, dann lief sie weg.«

»Sie lief weg?«, versicherte sich Lewis, richtig gehört zu haben.

Lahnig bemerkte seinen Fehler, verdrehte die Augen

und fiel wieder in die gelangweilt coole Körperhaltung zurück, wobei seine Stimme deutlich zu laut wurde. »Ja, Mann … Sie lief weg und ich ihr hinterher. Ich meine, man kann doch eine so hübsche junge Frau nicht nackt und alleine im Wald herumlaufen lassen. Sie hatte doch nichts außer dieser komischen Puppe bei sich.«

»Die Puppe«, hakte Lewis ein: »War die in einer Tüte?«

Lahnig sah ihn irritiert an: »Nein, die Tüte hab ich ihr gegeben. Ich kann Puppen nicht ausstehen.«

Bei einem Seitenblick zu seinem Partner sah Lewis, dass sich auch bei Florian eine immer größere Wut regte.

»O. k., was dann?«

Der junge Mann versuchte eine ausladende Geste, was die Handschellen verhinderten. »Sie erstarrte, sobald ich sie eingeholt und meine Hand auf ihre Schulter gelegt hatte. Vermutlich doch froh darüber, einen Beschützer gefunden zu haben, ging sie mit mir zum Wagen und setzte sich brav auf den Beifahrersitz.«

Florian unterdrückte den Wunsch nachzufragen, was dieser Arsch mit ihr vorgehabt hatte, und fragte stattdessen: »Wo wohnen Sie?«

Lahnig zuckte kurz zusammen. »In der Nähe des Westbads. Warum?«

»Dann wollten Sie die junge Frau also nicht zu einem Arzt oder zur Polizei bringen, sondern sie mit zu sich nach Hause nehmen?«

Ein kurzes Nicken bestätigte die Frage. Nun deutlich kleinlauter erklärte er: »Ja, wollte ich. Aber kurz vor meinem Haus bekam die Tussi diese Schreikrämpfe und ich schmiss sie aus dem Wagen.«

»Wo war das?«

»Auf dem Parkplatz des Freibads. Ich dachte mir, im

Wiesengrund neben der Pegnitz sind immer so viele Leute unterwegs, da wird ihr sicher jemand helfen.«

»Wie großherzig«, reagierte Lewis kaum hörbar, besann sich dann aber auf das Wesentliche. Er schluckte seinen Hass auf diesen Mann, der ernsthaft erwogen hatte, eine derart malträtierte Frau auszunutzen, hinunter und dachte an den Säugling, der nach wie vor bei dem echten Täter war.

Nachdem er wieder etwas entspannter war, erhob er sich, sah in Lahnigs kleine braune Augen und bestimmte: »Aus der halben Stunde wird wohl nichts. Sie werden uns jetzt zu der Stelle führen, an der die Frau aus dem Wald kam. Danach können Sie vermutlich nach Hause, aber das muss der Staatsanwalt entscheiden.«

»Scheiße, aber ich habe doch nichts gemacht«, beschwerte sich Lahnig, worauf Florian sich bedrohlich zu ihm hinüberbeugte und mit dem Finger auf sein Gesicht zeigte. Eine Geste, die der junge Mann tatsächlich begriff und kleinlaut sagte: »Alles klar, mache ich doch gerne.«

15

Während der Rückfahrt mit dem Taxi schrieb Judith Paul noch weitere fünf Nachrichten, die alle ungelesen blieben. Nicht ungewöhnlich, da er mit seinem Motorrad unterwegs war und nicht ständig auf das Handy sehen konnte, doch ihre innere Unruhe blieb. Wenn sie eines wusste, dann, dass mit dem Mann, der ihr das alles antat, nicht zu scherzen war. Wie aus dem Nichts hatte er die Kontrolle über ihr Leben übernommen und nie einen Zweifel daran gelassen, dass er es ernst meinte. »Du bist jetzt ein Teil von mir«, hatte er gesagt. »Ich werde auf dich aufpassen«, waren seine Worte, wobei er offengelassen hatte, was dies alles beinhaltete.

Kurz vor ihrem Haus steckte Judith das Handy in die Tasche, bezahlte den Fahrer und stieg aus. Wenigstens dieser gruselige Penner ist nicht mehr hier, ging es ihr durch den Kopf, dabei spürte sie, wie sich die feinen Härchen in ihrem Nacken aufstellten. Auf dem Weg zu Paul war sie zu sehr in Panik gewesen, um den kurzen Blickkontakt bewusst wahrzunehmen. Jetzt kam diese Erinnerung zurück und damit auch diese diffuse Angst, die ihr der Bettler gemacht hatte.

Erschöpft und voll Sorge um Paul fummelte sie ihren Hausschlüssel aus der Tasche, doch nur um festzustellen, dass die Tür zu dem Mehrfamilienhaus unverschlossen war. Der Altbau hatte inzwischen jeden Charme verloren. So gerne sie früher hier gelebt hatte, so sehr machte ihr nun jedes Knarren der alten Holztreppe Angst. Hinzu kam, dass es ihr immer weiter wachsender Bauch nicht einfacher machte, die vielen Stufen bis in das zweite Stockwerk hinaufzugehen. Oben angekommen steckte sie den Schlüssel ins Schloss und trat in ihre Wohnung, wo sie erschöpft die Tasche fallen ließ. Nach ihrem inzwischen zur Gewohnheit gewordenen Rundgang ging sie in die offene Küche, um ein großes Glas Wasser zu trinken. Sosehr sie sich auch bemühte, den Anblick der im Raum verteilten Warnungen zu ignorieren, die aufgespießten Bilder hatten nichts von ihrem Schrecken verloren.

»Ich stehe das durch … ich stehe das durch …«, kam flüsternd über ihre Lippen und im Geiste fügte sie hinzu: »Noch zwei Monate, dann hat das alles hier ein Ende.« Der Gedanke, dass nach der Geburt des Kindes alles wieder gut werden würde, war ihr heute Morgen nach ihrem verhinderten Selbstmordversuch gekommen. Und auch wenn sie sich die Motivation ihres Peinigers nicht erklären konnte, glaubte sie inzwischen fest daran. So eine Aktion wie gestern Abend in der Badewanne würde es nicht mehr geben. Dieser Irre bekam vielleicht seinen Willen, aber ihr Leben würde sie ihm nicht überlassen … Noch zwei Monate, dann war sie wieder frei!

Mit Wut im Bauch stellte Judith das Glas auf die Anrichte, ging hinüber zur Badezimmertür und begann damit, die Messer aus den Bildern ihrer Lieben zu ziehen. Nach dem zweiten Messer hielt sie inne und atmete noch einmal bewusst ein. Auch wenn sie bereits einen Blick in das Badezimmer geworfen hatte, spürte sie plötzlich diesen Kloß im Hals. Sie ließ das kurze Messer fallen, ohne sich um das Geschepper zu kümmern, und zog stattdessen die größte Klinge aus dem Holz des Türrahmens und nahm sie so in die Hand, dass sie jederzeit zustechen konnte. Mit angehaltenem Atem stieß sie die halb geöffnete Badezimmertür auf und drückte gleichzeitig auf den Lichtschalter. Der Raum war leer und doch war etwas hinzugekommen. Es war nichts, was sich greifen ließ, aber dieser schwere, Übelkeit erzeugende Gestank war eindeutig menschlicher Natur und gehörte ganz sicher nicht hierher. Für einen kurzen Augenblick glaubte sie, dass er von dem angetrockneten Blut in der Wanne ausging, doch das war es nicht. Sie war im Bad, bevor sie zu Paul gefahren war, und da hatte sie das Blut gerochen … Dieser Gestank war eindeutig anders.

Verunsichert warf sie einen Blick hinter sich ins Wohnzimmer, machte dann einen Schritt auf die Badewanne zu und erstarrte. Dort, wo das Blut vorher zu einer beinahe geschlossenen Fläche getrocknet war, wurde es nun von ungleichmäßigen Kratzspuren durchzogen und der verwaschene, aber gut sichtbare Fußabdruck war eindeutig zu groß für ihre eigenen Füße.

Judith taumelte an die nächste Wand, schloss die Augen, und während sie die kalten Fliesen durch den Stoff ihrer Bluse spürte, erklärte sich alles wie von selbst. Dies hier war ihre Bestrafung für den versuchten Selbstmord an sich und dem Kind in ihrem Bauch. Er wollte, dass sie Angst hatte … Todesangst um ihre Familie und ihre eigentliche Liebe … Und weil ihm das alles nicht reichte, zeigte er ihr auch noch, wie sehr er ihr Blut liebte.

Judith hielt die Augen geschlossen und ließ diese Erkenntnis einige Sekunden auf sich wirken. Mit der Angst um sich selbst konnte sie inzwischen umgehen und der Umstand, dass er es nicht an ihren Angehörigen ausgelassen hatte, erleichterte sie ein wenig. Mit neuem Mut löste sie sich von der Wand, holte den Badreiniger aus dem kleinen Schränkchen unter dem Waschbecken und sprühte damit die gesamte Wanne ein.

Zehn Minuten später waren alle Spuren der letzten Nacht beseitigt, und als auch noch der Messerblock wieder in der Küche stand, drehte sie sich einmal um die eigene Achse und rief: »Du bekommst mich nicht … du nicht!«

Es war schon einige Zeit her, dass sich Judith um ihren Haushalt gekümmert hatte. Ihre Arbeit schaffte sie gerade so und auch nur, weil sie bei der Behörde, in der sie arbeitete, ein Büro für sich allein hatte. Zu Hause war ihr in letzter Zeit alles ziemlich egal – so egal, dass sie inzwischen auch keine Bekannten mehr in ihre Wohnung ließ. Wütend auf sich selbst fiel ihr Blick nun auf die fast leere Weinflasche und das Päckchen Zigaretten. Beides noch aus der ersten Zeit ihrer Schwangerschaft, einer Zeit, in der sie nicht anders mit der Situation umgehen konnte, als sich zu betäuben. Der Wandel kam erst am Ende des dritten Monats. Nach zweieinhalb Flaschen Wein und einem vollen Aschenbecher herrschte Stille in ihrem Bauch. Mit dem Restalkohol im Blut verspürte sie so etwas wie Erleichterung, doch am zweiten Tag nach diesem Besäufnis wandelte sich dieses Gefühl. Angsterfüllt hatte sie sich drei Tage freigenommen. Drei Tage, in denen sie Gott wiederentdeckt und ihre Mutterschaft zum ersten Mal akzeptiert hatte. Und als wäre ihre Sorge um das Kind noch nicht genug, hatte auch ER sie für ihr

Fehlverhalten gestraft. In einer Zeit, wo sie Mutter und Vater gebraucht hätte, trieb er diesen Keil in ihre Familie. Ohne jeden Skrupel schrieb er einen Brief, angefüllt mit den schlimmsten Vorwürfen, die ein erwachsenes Kind seinen Eltern gegenüber vorbringen konnte, und traf damit den empfindlichsten Punkt ihres Vaters. Vier Monate war das nun her, vier Monate ohne jeden Kontakt zu ihren Eltern, die noch nicht einmal wussten, dass sie bald Großeltern wurden.

Der Tritt war heftig und schmerzte unter ihrer Bauchdecke, aber er holte sie aus ihren düsteren Erinnerungen und erinnerte sie daran, dass sie eigentlich aufräumen wollte. Beinahe liebevoll legte sie ihre Hand auf die Stelle, wartete, bis das kleine Wesen ruhiger wurde, und wandte sich dann ihrer Küchenzeile zu. Die gröbsten Arbeiten waren schnell erledigt, und weil es ihr guttat, etwas zu tun, griff sie sich auch noch den Korb mit der Bügelwäsche. Angetrieben von den rhythmischen Melodien aus dem Radio glättete sie Stück für Stück, ohne auch nur einmal in die sonst allgegenwärtige Schwermut zu verfallen. Erst als der Radiosprecher um Punkt zwanzig Uhr von einem schweren Verkehrsunfall im Stadtgebiet von Nürnberg berichtete, zuckte sie kurz zusammen. Nachdem sich der erste Schrecken gelegt hatte, beruhigte sie sich aber damit, dass Pauls Eltern sie längst darüber informiert hätten, wenn ihm etwas zugestoßen wäre.

Etwas verärgert über die Unterbrechung der Musik, die ihr so gutgetan hatte, stellte Judith das Bügeleisen beiseite und ging zu ihrer Stereoanlage, um eine CD einzulegen. Die Stille zwischen dem Ausschalten des Radios und dem Start der CD dauerte höchstens fünf Sekunden, und doch genügte diese kurze Zeitspanne, um sie innehalten zu lassen. Zunächst wusste Judith nicht so recht, was es war, das sie irritierte, dann stellte sie den gerade beginnenden Song ab und lauschte. Noch immer nicht ganz sicher ging sie näher an die Wand zur Nachbarwohnung, drückte schließlich ihr Ohr an die Wand und tatsächlich, Frau Schwarz, ihre senile Nachbarin, schien heute einen guten Tag zu haben. Judith wunderte sich zwar über die ziemlich rockige Musik, freute sich aber auch darüber, dass die alte Dame sich offenbar etwas Spaß gönnte.

16

»Da vorne müsste es gewesen sein.« Ingo Lahnig zeigte mit dem Finger auf eine leichte Rechtskurve, worauf Florian Ritter vom Gas ging und den Wagen ausrollen ließ.

»Sicher?«

»Ja, verdammt.«

»Warum so sicher? Hier sieht doch alles gleich aus.«

Der junge Mann atmete hörbar aus: »Halten Sie einfach an, es war genau die Stelle hier. Sehen Sie den umgefallenen Begrenzungspfosten? Den habe ich bei meiner Vollbremsung erwischt.«

»Und nicht gemeldet«, stellte Florian fest.

»Ey, Mann, natürlich nicht. Mein Chef reißt mir den Kopf ab, aber vielleicht bemerkt er die Beule nicht.«

»Ich dachte schon, Sie haben es nicht gemeldet, weil Sie die Notlage einer misshandelten Frau ausnutzen wollten«, konnte es Florian nicht lassen.

»Ist sie links oder rechts aus dem Wald gekommen«, versuchte Lewis der Unterhaltung eine andere Richtung zu geben. Lahnig war im Augenblick ihre einzig heiße Spur und mit jeder Stunde, die verging, wurde es für das verschwundene Baby kritischer. Andererseits war es eine Tatsache, dass dieses Kind nur noch am Leben war, wenn der Täter das auch wollte.

»Sie kam von rechts.«

»Von wo genau?« Florian hatte inzwischen angehalten und die Warnblinkanlage eingeschaltet.

Lahnig drehte sich auf dem Rücksitz um und deutete nun ein Stück nach hinten. »So genau habe ich es nicht gesehen, aber ich denke, bei dem schiefen Baum dahinten könnte es gewesen sein.«

Florian nahm die Aussage zur Kenntnis, sah Lewis im Rückspiegel an und fragte: »Soll ich den KTUlern Bescheid sagen, oder willst du dich erst einmal umsehen?«

Lewis dachte kurz darüber nach und wandte sich dann an Lahnig: »Und Sie sind sich absolut sicher, dass Ihre Geschichte stimmt und das hier die richtige Stelle ist?« Dann ließ er eine kurze Bedenkpause folgen und fügte hinzu: »Wenn ich jetzt nämlich meine Kollegen hierher zitiere und es stellt sich alles als Lüge heraus, würde Sie diese Falschaussage einen vierstelligen Betrag kosten.«

Lahnig riss die Hände nach oben, wobei ihm die Handschellen schnell seine Grenzen aufzeigten: »Alles richtig, Mann … Ich schwöre, dass es so war.«

Lewis sah dem Mann in die Augen und nickte seinem Partner zu: »Hol die Kollegen.«

Nun war der junge Kommissar in seinem Element. Schnell zog er sein Smartphone aus der Jackentasche, ermittelte ihre genauen GPS-Daten und schickte diese gleich per Mail an die Zentrale. Anschließend telefonierte er noch kurz mit Paul Müller von der KTU, um ihm alles Nötige mitzuteilen, und öffnete dann ein Satellitenbild der Gegend, bevor er in wichtigem Tonfall feststellte: »Ziemlich unwegsames Gelände, teilweise mit Felsen durchsetzt.«

»Was hast du gesagt?«, fragte Lewis durch das geöffnete

Beifahrerfenster, da er inzwischen mit Lahnig ausgestiegen war, um eine Zigarette zu rauchen.

Sein Partner wedelte theatralisch den ins Fahrzeuginnere geblasenen Rauch beiseite und wiederholte, während er Lewis das Smartphone hinhielt: »Ich sagte, die Gegend ist ziemlich unwegsam. Es gibt viele Felsen und kleinere Abhänge, vielleicht sogar Höhlen.«

»Schade, dass Hunde keinen Sinn machen«, stellte Lewis mit einem Blick in den dicht bewachsenen Mischwald fest.

»Wir hätten ein paar von Frau von Ulmensteins Haaren mitnehmen können«, entgegnete Florian, worauf ihn Lewis zweifelnd anblickte: »Und wer hätte die abschneiden sollen? Die arme Frau kollabiert schon, wenn sich nur die Lichtverhältnisse ändern.«

»Auch wieder wahr.«

Als Paul Müller und sein Team endlich eingetroffen waren, glich die schmale Landstraße einem Tatort.

Um keine möglichen Spuren zu verwischen, stellte man die beiden VW-Busse mit allen vier Rädern auf den Asphalt der Straße, musste dabei allerdings in Kauf nehmen, dass vorbeikommende Fahrzeuge den linken Grünstreifen befuhren. Alles hing nun davon ab, dass Ingo Lahnig die Wahrheit gesagt hatte, sonst würden sie hier nur ihre Zeit verschwenden.

»Hier, sagten Sie?«, fragte Müller Lahnig, den man langsam die Straße entlanggeführt hatte. Dieser nickte und deutete auf den Asphalt: »Ja, das da müssten meine Bremsspuren sein, und wie ich schon sagte, bin ich kurz vor der Frau zum Stehen gekommen. Die blöde Kuh hat weder nach links noch nach rechts geschaut.«

Müller, der noch nichts mit dem Mann zu tun hatte,

war von dessen Ausdrucksweise ebenso wenig begeistert wie seine Kollegen, beließ es aber bei einer hochgezogenen Augenbraue. »Und die Frau kam, von Ihrer Fahrtrichtung aus gesehen, sicher von rechts?«

»Ey, ist es normal, dass ich hier alles dreimal wiederholen muss?«, schimpfte Lahnig, worauf Florian, der seine Hand auf dessen Schulter hatte, den Griff schmerzhaft verstärkte.

»Ja, sie kam sicher von rechts«, war die gelangweilt klingende Reaktion.

»O. k.«, stellte Müller fest, »dann brauchen wir den jungen Mann hier erst einmal nicht mehr.«

Florian übergab Lahnig an die zusätzlich eingetroffenen Streifenpolizisten und bestimmte: »Bringen Sie ihn bitte nach Nürnberg ins Hauptpräsidium, er wird leider in einer Arrestzelle auf uns warten müssen.«

Es dauerte genau drei Sekunden, bis der Groschen fiel, dann sah Florian amüsiert dabei zu, wie Lahnig erst ausflippte, dann zu Boden ging und unsanft, aber laut schimpfend in den Streifenwagen verfrachtet wurde.

Müller war inzwischen ganz bei der Sache. Nachdem er seine Männer eingewiesen hatte, suchte er persönlich nach dem Ende der Bremsspuren, stellte sich in die vermutliche Position der Frau und verkündete laut: »Dann lasst uns mal Indianer spielen.«

Lewis, der sich bis jetzt im Hintergrund gehalten hatte, trat nun zu seinem geschätzten Kollegen und fragte: »Können wir helfen?«

Müller grinste: »Wenn Sie erst einmal hinter uns bleiben. Tiefer im Wald können wir bestimmt jeden Mann gebrauchen.«

»Sie sollten Lampen mitnehmen, in dieser Gegend könnte es auch einige Höhlen geben.«

Lewis verdrehte die Augen. Sein junger Partner war seit einiger Zeit ein nicht mehr ganz so großer Klugscheißer, doch ab und zu flammte diese Unart wieder auf. Müller sah es offenbar genauso, er ignorierte die Aussage, schulterte die Tasche mit seinen Gerätschaften und machte die ersten vorsichtigen Schritte auf den Grünstreifen zu.

Flankiert von zwei seiner Männer ging er mit sehr kleinen Schritten bis zu der Stelle, wo dichtes Buschwerk den Wald von der Straße trennte. Für Lewis und Florian hatte die Szene beinahe etwas Rituelles, auch weil die Männer sich immer wieder bückten, um eine vermeintliche Spur genauer zu untersuchen.

Dann traten sie zwischen die ersten Pflanzen, wo einer der Beamten stehen blieb, den Arm hob und »Hier, Chef« rief.

»Alles klar«, gab Kriminaltechniker Müller zurück, holte seine Videokamera aus der Tasche und ging, langsam das Unterholz filmend, zu seinem Kollegen. Anschließend folgte auch der dritte Kollege, der sich genau in der Spur seines Vorgesetzten bewegte, um auch ja keine möglichen Hinweise zu zerstören.

»Was haben Sie?«, rief Lewis, der noch immer am Straßenrand stand.

»Gebrochene Zweige«, antwortete Müller über die Schulter. »Hier muss die Frau aus dem Wald gekommen sein. Sie können uns jetzt folgen, aber bitte immer schön auf den Boden schauen, vielleicht haben wir etwas übersehen.«

Wie sie erwartet hatten, waren die einzigen Hinweise im Bereich der dichter bewachsenen Waldgrenze zu finden. Schon wenige Meter dahinter wuchsen die Bäume in den Himmel und auf dem Boden gab es kaum etwas, an dem ein Mensch Spuren hinterlassen konnte. Alles, was Müller tun konnte, war den ungefähren Winkel zu bestimmen, in dem Rita von Ulmenstein das Gestrüpp durchbrochen hatte, um so eine grobe Richtung vorzugeben.

Nachdem er sich die Spinnweben aus dem Gesicht gewischt hatte, zeigte er auf einen leichten Anstieg und bestimmte: »Lasst uns erst die Gegend dahinten absuchen. Hauptkommissar Schneider und sein Kollege gehen mit Herrn Kreuzer links über die Fläche mit den vielen Felsbrocken, Harald und ich sehen uns entlang dieses Grabens um.«

17

»Lange nicht mehr im Wald gewesen?«, stichelte Lewis, nachdem er eine Weile dabei zugesehen hatte, wie Florian mit seinen italienischen Schuhen die moosigen Stellen umrundete.

»Wenigstens laufe ich nicht herum, wie ein …« Weiter kam sein Partner nicht. Wie auf Kommando waren alle drei stehen geblieben und lauschten nun in das sanfte Rauschen des Waldes hinein. Es war nur ein kurzer Ton, klang aber wie das verzweifelte Jammern einer Frau. Paul Kreuzer, der Kollege aus der KTU, drehte sich einmal um sich selbst, doch das Geräusch wiederholte sich nicht.

»Vielleicht von dort?«, zeigte Florian auf eine entfernte Stelle links von ihnen, wo sich der Boden zu einer tiefen Mulde abgesenkt hatte und einige umgefallene Bäume wie ein übergroßes Mikadospiel wirkten.

Wieder ertönte dieses Geräusch, dieses Mal etwas leiser. Lewis signalisierte seinen beiden Kollegen, leise zu sein, bevor er Kreuzer zuflüsterte: »Sie bleiben hinter uns.« Dieser nickte, ihm war anzusehen, dass er absolut kein Problem damit hatte, jemandem mit Waffe die Führung zu überlassen. Der normale Polizeidienst war lange her und die beiden von der Kripo waren eindeutig versierter, was Festnahmen und Flüchtende anging.

Ohne die Mulde aus den Augen zu lassen, bewegten sich die drei nun deutlich vorsichtiger durch den Wald und sogar Florian schaffte es, auf keinen einzigen Ast zu treten. Vermutlich jahrelange Übung, sich die Schuhe nicht schmutzig zu machen, dachte Lewis, der dies aus dem Augenwinkel mitbekam.

Kurz bevor sich der Waldboden absenkte, mussten sie das Loch ein Stück umrunden, da es auf ihrer Seite viel zu steil nach unten ging. Auf der hangabwärts gelegenen Seite angekommen, hörten sie ein leises Rascheln aus dem Durcheinander aus dichtem Gestrüpp und umgefallenen Bäumen. Die Polizisten wurden nun noch aufmerksamer. Lewis musterte das Gelände und stellte fest, dass sie nun an der einzig geeigneten Stelle für eine Flucht standen. Mit einem kurzen Blick zu seinen Kollegen öffnete er den Druckknopf seines Waffenholsters, trat einen Schritt nach vorn und rief: »Hier ist die Polizei. Kommen Sie mit erhobenen Armen heraus und zeigen Sie mir Ihre Handflächen.«

Tatsächlich folgten beinahe unmittelbar auf diese Aufforderung deutlich lauteres Geraschel und das Brechen von kleinen Ästen, dann standen sie nur einen Steinwurf entfernt vor ihnen.

Die vier ausgewachsenen Wildschweine waren im ersten Augenblick kaum vom Hintergrund zu unterscheiden, was sich schnell änderte, als sich das erste von ihnen in Bewegung setzte.

Kreuzer brüllte »Scheiße!«, Lewis »Lauft« und Florian rannte bereits den Hang hinunter. Auf den ersten Metern glaubte Lewis noch, das Rennen gewinnen zu können, dann kamen sie zu einer Stelle, an der sich ein Rinnsal in den felsigen Untergrund geschnitten hatte und ihnen jede

Fluchtmöglichkeit zur Seite nahm. Florian und Kreuzer ging es schon nach kurzer Zeit wie ihm selbst, und vor allem der Mann aus der KTU wurde immer unsicherer auf den Beinen. Bei dem schnell näher kommenden Trommeln von Wildschweinhufen auf trockenem Waldboden fasste Lewis einen Beschluss. Ohne seinen beiden Kollegen eine Warnung zuzurufen, blieb er stehen, riss noch in der Drehung seine Waffe heraus und feuerte zwei Mal in die Luft. Was er zuvor nur gehört hatte, wurde nun zur Gewissheit. Die beiden größten Schweine hatten ihn bis auf zehn Meter eingeholt, reagierten aber glücklicherweise auf die Schüsse. Nur eine Sau aus der zweiten Reihe hielt sich offenbar für besonders mutig. Das hüfthohe Tier wurde zwar langsamer, machte aber keine Anstalten stehen zu bleiben. Lewis hatte keine andere Wahl, er legte an, zog den Zeigefinger durch und sah zu, wie das Tier fünf Meter vor ihm zusammenbrach.

Erschöpft und mit pochendem Puls beobachtete Lewis, wie die Augen seines Opfers ihren Glanz verloren und die anderen Tiere zurück in den Wald flüchteten, dann hörte er die Stimme seines Partners und bekam eine Gänsehaut.

Kreuzer und Florian waren noch ein gutes Stück weitergerannt und standen nun kurz vor einer Lichtung, an deren Rand einige sehr alte Bäume standen. Während Kreuzer sich offenbar etwas ansah, hatte sich sein Partner davon abgewandt und rief jetzt erneut mit belegter Stimme: »Lewis …«

Lewis versicherte sich mit einem letzten Blick, dass von den Schweinen keine Gefahr mehr ausging, folgte dem Rinnsal bis zu der Lichtung, ging mit der Frage »Was?« an seinem Partner vorbei und trat auf die andere Seite der dicken Bäume.

Alte Menschen, die tot in ihrer Wohnung lagen … o. k. Mordopfer mit Schussverletzungen … o. k. Halb verweste Frauenleichen, deren lange Haare nicht mehr zu einem Schädel ohne Augen passten … waren eindeutig nicht o. k.

Ohne dass es Lewis mitbekommen hatte, war Paul Kreuzer neben ihn getreten, und da der KTUler offenbar davon ausging, dass einen Mann der Mordkommission nichts mehr erschüttern konnte, zählte er einfach die Fakten auf: »Drei Leichen, eindeutig weiblich und eindeutig in unterschiedlichen Phasen der Verwesung. Und da alle drei an einen Baum gefesselt wurden, gehe ich davon aus, dass sie bei ihrer Ankunft hier noch lebten.«

Lewis nahm die Worte wie durch Watte wahr, konnte sich aber nicht von dem Bild des Schreckens losreißen. Zusammengesunken, von der Sonne und hungrigen Insekten malträtiert, kauerten die drei menschlichen Überreste wie in ein Gebet versunken vor den Bäumen. Dicke Stricke um den Oberkörper und die Füße gebunden hielten sie in dieser Stellung, und das, obwohl sie kaum noch aus mehr als aus Knochen bestanden. Mit Blick über das weite Land unterhalb dieses Hügels war ihnen offenbar nichts weiter übrig geblieben, als auf den erlösenden Tod zu warten.

»Ach ja, diese armen Geschöpfe konnten noch nicht einmal um Hilfe rufen«, ergänzte Kreuzer, der Lewis Verfassung entweder nicht mitbekam oder ignorierte. »Es ist kaum noch zu erkennen, aber die Linke hat etwas Klebeband auf den Zähnen. Ich vermute stark, dass man sie damit geknebelt hat. Und durch die fehlende Kleidung sind sie aus einiger Entfernung nicht mehr von den

Baumstämmen zu unterscheiden. Wirklich perfide, wie ich zugeben muss.«

Lewis löste den Blick von den Opfern, drehte den Kopf langsam zu seinem Kollegen und sagte leise: »Hätten Sie die Güte, einfach kurz den Mund zu halten?« Dann entfernte er sich ein paar Schritte die Lichtung hinunter, setzte sich ins hohe Gras und rauchte eine Zigarette.

»Schneider, wo sind Sie?« Der Chef des KTU-Teams klang hörbar außer Atem, als er sich ein gutes Stück unterhalb der Leichen einen Weg durch das Dickicht bahnte. Lewis stemmte sich in den Stand, trat seine Kippe aus und rief müde: »Hier drüben.«

Müller und sein Kollege zwängten sich durch die kleinen Laubbäume am Rand der Lichtung: »Ist alles in Ordnung? Wir haben Schüsse gehört.«

Lewis wartete, bis die zwei ihn sehen konnten, und winkte ab: »Ja, nur ein paar Wildschweine«, dann deutete er nach oben: »Nichts im Vergleich dazu …«

Müller folgte seinem Fingerzeig, brauchte einige Sekunden, um das, was er sah, einzuordnen. »Ach du Scheiße«, rief er geschockt, »was zur Hölle ist mit denen passiert?«

Lewis hatte sich inzwischen so weit gefasst, dass er zusammen mit dem Beamten die zwanzig Meter zurückgehen konnte. Oben angekommen brachte Paul Kreuzer seinen Vorgesetzten auf den neuesten Stand, wobei Lewis langsam zu der Einsicht kam, dass den Mann offenbar nichts mehr erschüttern konnte. Kreuzer schien den skeptischen Blick zu spüren, wandte sich Lewis zu und erklärte: »Bitte entschuldigen Sie, ich muss vorhin furchtbar gefühlsarm gewirkt haben. Ich war als Student bei den Rettungssanitätern, von daher bin ich einiges gewöhnt.«

Lewis nickte: »Kein Problem. Konnten Sie noch weitere Erkenntnisse gewinnen, während ich diesen Anblick erst einmal verdauen musste?«

Nun lachte der Kriminaltechniker, hörte aber sofort damit auf, als er Müllers strafenden Blick bemerkte. Er dachte kurz nach und zeigte nacheinander auf jede der Frauenleichen. »Also, wie ich gerade schon erklärt habe, weisen alle drei einen anderen Stand der Verwesung auf. Von rechts nach links würde ich einen Abstand von etwa drei Monaten schätzen. Bei den beiden rechts ist ja leider kaum noch etwas übrig und ich bin auch kein Gerichtsmediziner, trotzdem würde ich behaupten, dass bei der linken Frau an der Bauchdecke herumgeschnitten wurde. Jedenfalls deuten die wenigen, ungleichmäßig ausgefransten Hautreste darauf hin.«

Lewis wechselte einen bedeutungsvollen Blick mit seinem Partner, der sich ebenfalls vom ersten Schock erholt hatte und zuhörte. Ohne etwas zu erklären, deutete er auf einen vierten Baum, dessen Rinde einige abgeschabte Bereiche aufwies, und fragte: »Haben Sie sich das auch schon angesehen?«

»Hab ich, und bei dem wenigen, was ich über Ihren Fall weiß, würde ich behaupten, dass der Stamm für die Frau im Krankenhaus vorgesehen war. Auf den ersten Blick sieht es so aus, als hätte sie das Seil der oberen Fessel so lange rauf und runter bewegt, bis sich etwas Rinde gelöst hat und sich so einige scharfe Kanten bildeten. Jedenfalls könnten das, was ich auf der Rückseite gesehen habe, die Fasern eines Seiles sein. Aber genau wissen wir es natürlich erst nach der Untersuchung.«

Lewis nickte anerkennend: »Gute Arbeit«, dann wandte er sich an Müller. »Können Sie die notwendigen Leute anfordern? Ich muss meinen Chef über den Fund informieren.«

Der Chef der KTU winkte ab: »Kein Problem, wir beginnen auch gleich damit, die Spuren zu sichern.« Und lauter fügte er in Richtung Florian, der inzwischen vor der am besten erhaltenen Leiche stand, hinzu: »Da wäre es gut, wenn hier keiner mehr herumläuft.«

Florian hob entschuldigend die Hände, bat Lewis aber trotzdem: »Kommst du mal, bitte.« Dieser warf Müller einen unschuldigen Blick zu, ging so vorsichtig wie möglich zu seinem Partner und folgte dessen Fingerzeig. Die beiden Schwingen waren schwer zu erkennen und doch waren sie keine Laune der Natur, sondern in etwa zwei Meter Höhe sehr filigran in die Rinde geschnitzt.

»Sind diese Engelsschwingen auf allen Bäumen?«

Kreuzer zuckte mit der Schulter: »Die sind mir noch gar nicht aufgefallen.«

Florian ignorierte auch weiterhin die Ansage, keine Spuren zu vernichten, und ging erst die drei Leichen, dann den Baum mit den Fesselungsspuren ab. »Ja, immer das gleiche Motiv«, stellte er fest, dann fiel sein Blick auf eine weitere Birke. Dort angekommen genügte ein kurzer Blick, bevor er sich umdrehte und an Lewis gewandt feststellte: »Und ich befürchte, es wird noch mindestens ein weiteres Opfer geben.«

18

Raphael, wie er sich nannte, wenn er sich auf seiner anderen, seiner dunklen Seite befand, blickte hinauf zu den dunklen Wolken. Immer wieder durchbrachen einzelne Sonnenstrahlen die finstere Masse und jedes Mal wusste er, dass sie von da oben auf ihn herabblickten. Diese Säulen aus purem Licht waren nichts anderes als Energie … Energie, die er empfing und die ihn immer weiter vorantrieb.

Irgendwann verschwanden die Wolkenlücken und beim Einsetzen der Dämmerung erreichten erste Regentropfen den Boden. Raphael löste den Blick vom Himmel und fixierte stattdessen einen Mann, der einen gefährlich schwankenden Infusionsständer neben sich herschob. Zwei Minuten später war der Mann hinter einer Schiebetür verschwunden und auch er musste sich nun auf den Weg machen.

Strengste Geheimhaltung an einem Ort wie diesem, wie lächerlich. Der eine Pfleger erzählte es dem nächsten, der sprang dann während einer Nachtschicht mit einer Krankenschwester in eines der vielen leeren Betten und erzählte es nach seinem Orgasmus weiter. Und da Krankenschwestern nun einmal Frauen waren, drang es nur wenige Stunden später über Umwege auch an seine Ohren.

In den letzten Tagen war weiß Gott nicht alles so gelaufen, wie er sich das vorstellte, und doch handelte er mit der Sicherheit eines Mannes, dessen Mission nur gelingen konnte.

Mit jeder Sekunde, in der er sich länger im Freien befand, lief er Gefahr, dass sich der Kleber durch den Regen löste und sein falscher Bart zu rutschen begann. Die Zeitung zum Schutz über den Kopf haltend, stand er auf und ging schnellen Schrittes zum Hintereingang des schlichten Gebäudes, in dessen Innerem sich die wahren Dramen des Lebens abspielten.

Nachdem sich die Tür hinter ihm geschlossen hatte, verlangsamte er seinen Schritt. Gesprächsfetzen von schockierten Angehörigen vermischten sich mit dem Anfall eines offenbar an Tourette-Syndrom erkrankten jungen Mannes, der gerade eine ältere Frau anbrüllte. Raphael ließ sich davon nicht ablenken, was nicht hieß, dass er all dies nicht in sich aufnahm. Sein Verstand wusste seit einiger Zeit um die Hintergründe solcher angeblichen Erkrankungen. Diese Menschen waren weder bekloppt, noch hatten sie eine organische Fehlfunktion … Diese Menschen waren schlicht und einfach in einer anderen Realität und diese war nicht weniger wahr als die angeblich so normale Welt.

Wie immer verzichtete er darauf, den Fahrstuhl zu nehmen, denn inzwischen wusste er, was derart enge Räume aus einem Menschen machen konnten. Schritt für Schritt folgte er den abgetretenen Stufen nach oben, öffnete in der dritten Etage die schwere Brandschutztür und folgte dann den kleinen Edelstahlschildern bis zu der richtigen Station.

Geheimhaltung erforderte auch geschlossene Türen,

und so war es nicht weiter verwunderlich, dass auch bei dieser Glastür ein Schild mit dem Hinweis hing, dass man nur in Begleitung einer autorisierten Person hineingelangen konnte. Von dieser Warnung völlig unbeeindruckt, zog er den gestohlenen Ausweis aus der Tasche seines ebenfalls nicht ihm gehörenden Arztkittels und hielt diesen an das dafür vorgesehene Gerät. Die kleine LED wechselte von Rot auf Grün und ein leises Klicken signalisierte das Entriegeln des Schlosses. Raphael öffnete die Tür und wäre fast mit einem der Pfleger zusammengestoßen, der eilig nach draußen strebte. Und wieder zeigte sich, dass das Schicksal seinen eigenen Regeln folgte, denn hätten sich nicht einige unvorhergesehene Dinge ereignet, wäre er erst in der Nacht hierhergekommen. So aber war er gezwungen, die Dinge schon jetzt am frühen Abend zu regeln, und die Zeit des Schichtwechsels eignete sich hervorragend für sein Vorhaben. Der Pfleger murmelte einen flüchtigen Gruß, verschwand durch die Tür in Richtung Feierabend. Raphael hatte die Abläufe im Krankenhaus gut erklärt bekommen, um zu wissen, dass die Spätschicht erst einen Kaffee trinken würde, dann vom diensthabenden Arzt eingewiesen wurde und frühestens in zwanzig Minuten hier sein würde.

Gut gelaunt folgte er dem langen Flur, blieb kurz an der Pinnwand mit der Zimmerbelegung stehen und ging dann, laut das alte Schlaflied summend, bis zu der Tür mit der Nummer 21 a. Dort atmete er einmal tief durch, drückte die Klinke herunter und trat in den verdunkelten Raum. Ohne jede Hektik schob er die Tür leise zurück ins Schloss, drehte sich zu dem Krankenbett und ließ seinen Blick auf ihrem Gesicht ruhen.

Rita von Ulmensteins sterbliche Hülle hatte sich deutlich verändert und doch wusste er, dass auch die inzwischen wieder rosigen Wangen nicht über den Schaden in ihrer Seele hinwegtäuschen konnten. Sie alle waren gebrochene Engel, dem Untergang geweiht, auch wenn diese es erstaunlicherweise bis hierher geschafft hatte.

Nach einigen Sekunden schien sie seinen Blick zu spüren, öffnete die Augen und schloss sie sofort wieder, gleichzeitig zog sich ein Krampf durch ihren Körper. Noch während ihre Handgelenke gegen die breiten Lederfesseln ankämpften, mit denen man sie nach ihrem letzten Anfall fixiert hatte, trat er an ihr Bett und strich sanft über die beiden tätowierten Engelsflügel, von denen er genau wusste, wo sie sich unter dem dünnen Nachthemd befanden.

Rita öffnete den Mund zu einem Schrei, doch Raphael war schneller. Es war nur eine Geste und doch genügte der erhobene Zeigefinger vor seinem Mund, um sie augenblicklich verstummen zu lassen.

»Möchtest du es sehen … dein Baby?«, fragte er mit dieser charismatischen Stimme, die sein neues Wesen ausmachte. In Ritas Augen zeigte sich ein Hauch von Hoffnung, allerdings nur so lange, bis er hinzufügte: »Aber ich muss dich enttäuschen … Es ist ein Junge und kann damit unmöglich die Wiedergeburt meiner kleinen Jasmin sein.«

Die Hoffnung verschwand, wandelte sich in Angst und trotzdem forderte Ritas Verstand, ein Bild des kleinen Wesens zu sehen, mit dem sie neun Monate lang so eng verbunden war.

»Du möchtest ihn sehen?«

Ritas Augen deuteten Zustimmung an, wobei ihre spröden Lippen ein flehendes »Ja« formten.

»Nun gut«, stellte er gönnerhaft fest, holte das Foto aus seiner hinteren Hosentasche und schaltete ihre Leselampe ein.

Raphael hatte den Schrei erwartet und seine Hand schneller auf ihrem Mund, als sie den Ton erzeugen konnte.

Rita atmete schwer, presste die Augen fest zusammen, doch als sie diese wieder öffnete, hielt er das Bild noch immer vor ihr Gesicht. In einem kurzen Augenblick der absoluten Klarheit spürte sie, wie auch das letzte bisschen ihres Verstandes zu zerbrechen drohte. Natürlich hatte sie dieses Kind nie gewollt, im Grunde war es ganz allein sein Kind gewesen, doch diese Bindung war nun einmal da. Mütter waren mit ihren Babys verbunden, egal, auf welche Weise diese entstanden waren. Wieder schloss sie die Augen, doch nur, um sie kurz darauf erneut zu öffnen, und dieses Mal sah sie diesen kleinen Menschen auf dem Foto ganz genau an. Der Kleine hatte ihren Mund und diese leicht nach oben gezogene Nase, und mit dieser Erkenntnis erwuchs etwas in ihr.

Es war eine neue Art von Stärke, die sich aus Wut nährte und die alles, was er ihr angetan hatte, zu einer Kraft wandelte, wie sie sie noch nie gespürte hatte.

Wie durch einen Schleier sah sie, wie er das Foto wegsteckte und stattdessen eine kleine Kapsel zwischen den Fingern hielt. Dann hörte sie seine Worte, gesprochen mit dieser widerlichen Tonlage: »Dein Weg ist nun zu Ende, doch als gefallener Engel wirst du ewig weiterleben.« Es folgte eine Pause und die Frage: »Möchtest du es selbst tun? Dann binde ich dich jetzt los.«

Rita musste die Tränen nicht künstlich erzeugen, hätte es aber getan, um schwächer zu wirken. Mit entrücktem

Blick sah sie ihm in die Augen und bat flüsternd: »Bitte gib sie mir, ich möchte den Weg zu meinem Sohn alleine gehen.«

Raphael nickte zustimmend: »Nicht viele Menschen haben die Größe, am Ende ihrer Zeit zu ihren Taten zu stehen, und ich respektiere deinen Wunsch, dich selbst zu richten.« Nun legte er die Kapsel in ihre rechte Hand, öffnete das Lederband an ihrem Handgelenk und sah erregt dabei zu, wie sie die Hand zum Mund führte.

Natürlich dachte Rita keine Sekunde daran, das Ding zu schlucken. Kurz vor ihrem Gesicht ballte sie die Hand zu einer Faust, sammelte alle Kraft, die ihr geschwächter Körper aufbringen konnte, und schlug zu.

Die Stelle zwischen seinen Beinen erschien ihr als einzig möglicher Punkt, um ihn zumindest kurz außer Gefecht zu setzen. Was sie dabei allerdings nicht wissen konnte, war der Umstand, dass die Schmerzen an diesem Körperteil eines Mannes nicht sofort einsetzten. Raphael blieb noch genügend Zeit, um ihre Hand zu packen und diese wieder zu fixieren. Als dann dieser fiese, ziehende Schmerz einsetzte, hatte sie ihm nichts mehr entgegenzusetzen. Während er mit einer Hand seinen Hoden hielt, presste seine andere Hand die Kapsel in ihren Mund und hielt ihr anschließend Mund und Nase gleichzeitig zu. Zwei Minuten lang konnte Rita ihre Reflexe unter Kontrolle halten, dann spürte sie, wie ihr Gaumen dem Schluckreiz nachgab und das Gift durch ihre Speiseröhre schickte. Es war nur ein kurzer Krampf, gefolgt von einem Stich, der sich durch den ganzen Körper zog und jedes einzelne Organ abschaltete. Ihr letzter Gedanke galt dem kleinen Wesen in seiner kalten dunklen Welt, und schließlich wurde es auch für sie kalt und dunkel und ihre Reise begann.

19

Nachdem Lewis auch noch dem herbeigerufenen Förster gezeigt hatte, wo er das Wildschwein erschossen hatte, verließen sie am späten Nachmittag den Wald. Während der ersten Kilometer sprach keiner der beiden Kommissare ein Wort, viel zu schwer lasteten die Eindrücke der letzten Stunden auf ihren Seelen. Erst als Florian bei Fürth die Autobahn verließ, bat Lewis: »Kannst du mich beim Krankenhaus aussteigen lassen? Du musst nicht mit, aber Rita von Ulmenstein sollte Polizeischutz bekommen und dazu muss ich noch mit dem Leiter der psychiatrischen Abteilung reden.«

Florian nickte. »Kein Problem und ich komme gerne mit. Wenn ich zu früh heimkomme, muss ich noch mit Anita in die Stadt, und danach steht mir heute gar nicht der Sinn.«

»Dann geh doch einfach spazieren.«

Florian warf seinem Partner einen Blick zu, der so viel heißen sollte wie »Hast du noch alle Tassen im Schrank«, antwortete aber: »Danke, aber nein. Ich glaube, wir hatten heute genug frische Luft.«

Natürlich wusste Lewis, dass wohl eher die junge Ärztin der Grund für Florians Ansinnen war. Allerdings hatte sein Partner keine Ahnung davon, dass diese inzwischen gar nicht mehr gut auf sie zu sprechen war … Aber das sollte er mal schön selbst herausfinden, daher sagte er nur: »Gut, dann machen wir das zusammen.«

»Was denkst du über den Fall?«, brach Florian das erneute Schweigen.

Lewis atmete hörbar aus: »Schwer zu sagen. Bis vor ein paar Stunden tendierte ich eher in Richtung Beziehungstat.«

»Und jetzt?«

»Ehrlich gesagt … keine Ahnung.«

»O. k., dann lass uns mal die Fakten aufzählen«, schlug Florian vor und begann auch gleich damit. »Wir haben eine junge traumatisierte Frau, der man offenbar das Baby gegen ihren Willen auf die Welt geholt hat. Entgegen unserer ersten Annahme wurde Rita von Ulmenstein aber nicht freigelassen, sondern konnte sich befreien. Außerdem gibt es mindestens drei weitere Frauen, die ziemlich sicher das gleiche Schicksal erlitten haben, aber auf langsame und qualvolle Weise in diesem Wald starben.« Florian unterbrach kurz, um auf einen anderen Autofahrer zu schimpfen, sammelte sich danach wieder und fuhr fort: »Und nicht zu vergessen ist da dieser fünfte Baum, der schon so weit vorbereitet ist, dass wir von mindestens einem weiteren Opfer ausgehen müssen.«

Lewis schüttelte den Kopf, während er sich selbst laut fragte: »Warum diese furchtbare Brutalität und wo sind die Babys?«

»Vielleicht ist der Täter auf einem Trip, den man mit normalem Verstand nicht begreifen kann«, schlug Florian vor.

»Oder es ist ein Racheakt, wobei ich mir die Sache mit den Babys nicht erklären kann«, sinnierte Lewis und fügte hinzu: »Es wäre ja schon ein extremer Zufall, wenn die, ich gehe einmal von fünf Opfern aus … also, wenn die fünf Frauen alle etwas mit dem Täter zu tun hätten und alle ausgerechnet jetzt mehr oder weniger gleichzeitig schwanger wären.«

Florian nickte: »Stimmt. Also, was bleibt?«

»Ein Serienmörder mit einer Leidenschaft für ungeborene Säuglinge.« Lewis kamen seine Worte irgendwie falsch vor, er führte den Gedanken aber weiter: »Oder etwas anderes, was wir uns schlicht nicht vorstellen können.«

Florian dachte kurz darüber nach, bevor er zu bedenken gab: »Adam Voss ist auch noch auf der Flucht«, doch Lewis schüttelte den Kopf. »Ich habe mir jede seiner Taten angesehen. Voss ist zwar sicherlich ein Psychopath, aber ihm ging es ausschließlich darum, seine Opfer möglichst lange zu quälen. Das einzige Kind, das bei ihm ins Spiel kam, war seine eigene Tochter, die er, wie du weißt, für seine Zwecke ausnutzte. Außerdem glaube ich kaum, dass er wieder nach Nürnberg zurückkehrt.«

»Da muss ich dir widersprechen«, warf Florian ein. »Voss dürfte keine Ahnung haben, was mit seiner Tochter passiert ist. Er weiß nicht, ob sie tot ist oder im Gefängnis sitzt, und auch wenn er zu keiner Empathie fähig ist, interessieren dürfte es ihn trotzdem.«

»Könnte sein«, antwortete Lewis und fügte wenig überzeugt hinzu: »Trotzdem, ich bleibe dabei, dieser Fall passt nicht zu ihm.«

Florian beließ es dabei, zeigte dem Pförtner an der Krankenhauseinfahrt seinen Dienstausweis und steuerte den BMW auf eine Parkfläche, die eigentlich für einen Oberarzt namens Professor Doktor Martens reserviert war. Lewis dachte mit einem Schmunzeln an die erste Zeit mit seinem jungen Kollegen. Florian hätte sich damals mit Sicherheit einen Parkplatz vor dem Klinikum gesucht und vermutlich auch noch einen Parkschein gezogen … So schlecht konnte sein Einfluss auf ihn also gar nicht sein.

»Machen Sie das mit Absicht?« Professor Doktor Hegner blickte über die Ränder seiner schmalen Lesebrille.

»Was meinen Sie?«, fragte Lewis, während er an den großen Schreibtisch trat und dem Leiter der Psychiatrie seine Hand entgegenstreckte. Dieser erwiderte den Händedruck. »Ich meine damit, dass Sie hier immer kurz vor meinem Feierabend erscheinen.« Er deutete auf die beiden Stühle und erklärte auch gleich ungefragt: »Ich vermute, Sie sind wegen Frau Rita von Ulmenstein hier. Leider sind wir mit der Patientin noch keinen Schritt weitergekommen, ganz im Gegenteil. Dank Ihrer Aktion mit der Gerätebeleuchtung hat sie sich jetzt noch mehr in sich zurückgezogen.«

Lewis sah aus dem Augenwinkel, wie sein Partner dazu ansetzte nachzufragen, unterband dies aber mit einer kurzen Handbewegung und antwortete stattdessen: »Ich weiß, worauf Sie anspielen, aber ich musste diesem Hinweis nachgehen.« Mehr wollte Lewis nicht erklären, da ihm dieser Professor irgendwie nicht sehr offen erschien. Da er allerdings auf die Zusammenarbeit mit Hegner angewiesen war, beschloss er, sich wenigstens zu entschuldigen. Dieser lehnte sich nun etwas zurück, machte eine großzügige Geste und sagte gönnerhaft: »Halb so schlimm, Herr Kommissar, halb so schlimm. Allerdings kann ich Sie nun nicht mehr ohne Begleitung eines Arztes in die Nähe der Patientin lassen.«

»Deswegen sind wir auch gar nicht hier.«

Hegner runzelte die Stirn: »Weshalb dann?«

Lewis suchte kurz nach den richtigen Worten: »Viel kann ich Ihnen aus ermittlungstaktischen Gründen leider nicht erzählen, sagen wir einfach, es haben sich Umstände ergeben, die einen Personenschutz nötig machen.«

Auch wenn der Professor sich nichts anmerken ließ, sah man ihm an, wie gerne er mehr gewusst hätte. Trotzdem blieb er in seiner entspannten Position und erwiderte: »Und ich denke, dass dies nicht nötig sein wird. Wir haben Frau von Ulmenstein inzwischen auf eine andere Station verlegt und dort haben nur wenige eine Zutrittsberechtigung.«

»Leider reicht das aus unserer Sicht nicht aus, wir müssen sicherstellen …«, weiter kam Lewis nicht, da gleich zwei Geräte gleichzeitig einen Alarmton von sich gaben. Für den Professor schien dies nichts Ungewöhnliches zu sein. »Bitte entschuldigen Sie«, sagte er ruhig. Dann stellte er bei dem Pager und anschließend bei seinem Handy den Alarm ab und griff schließlich ohne jede Hektik zu seinem Diensttelefon. Dort drückte er eine Kurzwahltaste, nannte seinen Namen und hörte dann einfach nur zu. Zwanzig Sekunden später legte er auf und erklärte mit deutlich weniger Farbe im Gesicht: »Man hat Frau Rita von Ulmenstein eben gerade tot in ihrem Bett gefunden und so, wie es aussieht, wurde sie vergiftet.«

Lewis und Florian waren als Erste zur Tür hinaus, bis ihnen einfiel, dass sie weder wussten, auf welche Station von Ulmenstein verlegt worden war, noch, in welcher Etage sich diese befand. Trotz der erschütternden

Nachricht schien es der Professor weniger eilig zu haben. Auch er verließ sein Büro, sperrte es aber gewissenhaft ab und vergewisserte sich noch zwei Mal, dass die Tür auch wirklich zu war.

Erst als Lewis ihn mit den Worten »Können wir dann endlich« drängte, steckte er den Schlüssel ein und ging zum Fahrstuhl, den Florian bereits geholt hatte.

»Welches Stockwerk?«, fragte Lewis den Professor etwas zu scharf.

»Drittes.«

»O. k.« Lewis drückte erst die Drei und dann noch den Knopf für das Erdgeschoss. »Florian, du fährst runter, nimmst dir ein paar Männer vom Krankenhauspersonal und lässt keinen mehr aus dem Gebäude. Ich informiere Gernot, die KTU und hole ein paar Leute, um Befragungen durchzuführen.«

»Alles klar, Chef«, bestätigte Florian, wartete, bis die beiden im dritten Stockwerk ausgestiegen waren, und drückte dann den Knopf, damit sich die Türen schneller wieder schlossen.

20

Es dauerte gerade einmal fünf Minuten, um die psychiatrische Abteilung des Klinikums in den Ausnahmezustand zu versetzen. Verängstige Angehörige draußen vor den Türen und laut schimpfende Menschen, die das Gebäude verlassen wollten, machten die Lage zunächst unübersichtlich. Florian war einer kleinen Gruppe von drei Pflegern, die gerade Dienstschluss hatten, über den Weg gelaufen. Nach einer kurzen Diskussion bezüglich der anfallenden Überstunden erklärten sie sich schließlich bereit, sämtliche Zugänge zu dem Gebäude zu sichern. Florian selbst blieb vorn am Haupteingang und versuchte, bis zum Eintreffen seiner Kollegen schon etwas Ordnung in das Chaos zu bringen. Nachdem er sämtliche Stationsschwestern angewiesen hatte, alle Patienten in ihre Zimmer zu bringen, kümmerte er sich um die zahlreichen Besucher. Nachdem er auch diese auf die zahlreichen Sitzecken, die es im ganzen Haus gab, verteilt hatte, warf er einen Blick nach draußen, wo gerade drei Streifenwagen vorfuhren.

Im ersten Moment glaubte er, sich getäuscht zu haben, doch auf den zweiten Blick war er sich sicher. Zu den draußen wartenden Angehörigen gehörte auch die gesamte Familie von Ulmenstein. Florian murmelte ein leises »Scheiße«, dann griff er zum Handy und wählte die Nummer seines Partners. Nachdem er die Lage geschildert hatte, bat dieser: »Warte mal kurz …«, worauf Florian nur noch Bruchstücke einer Unterhaltung hörte. Nach einigen Sekunden war Lewis wieder am Apparat und wies ihn an: »Lass die Familie rein, sage ihnen aber noch nicht, was passiert ist. Wir haben hier zufällig einen Seelsorger im Haus, den ich zu dir runterschicke.«

»Ist sie wirklich tot?«, fragte Florian, der noch immer keine Ahnung hatte, was eigentlich passiert war.

Lewis atmete hörbar ein: »Ja, ist sie. Der Professor vermutet ein starkes Gift.«

»Und was noch?«, hakte Florian nach, da er seinen Partner inzwischen ganz gut kannte und an dessen Stimme hörte, dass noch etwas ungesagt geblieben war.

Wieder waren erst Atemgeräusche zu hören, bevor Lewis antwortete: »Es ist ihr Gesichtsausdruck … Er wirkt, als hätte sie den Teufel persönlich gesehen.«

»Können wir die Angehörigen zu ihr lassen?«, versuchte Florian sachlich zu bleiben.

»Nein, auf keinen Fall, aber Herr Öger, der Seelsorger, weiß Bescheid.«

»Alles klar«, entgegnete Florian mit Blick zu dem sich gerade öffnenden Aufzug und fügte hinzu: »Ich glaube, er kommt gerade. Ein großer hagerer Mann mit lichtem Haar, gekleidet in ein graues Hemd mit Schweißflecken unter den Achseln?«

»Ja, genau«, bestätigte Lewis, »bis gleich.«

Florian schaffte es, die Familie von Ulmenstein bis in den nächsten Pausenraum zu bringen, ohne sich groß mit ihnen unterhalten zu müssen. Danach schloss er die

Tür, stellte sich in eine Ecke des Raumes und beobachtete den Seelsorger dabei, wie dieser die schlechte Nachricht überbrachte.

Im ersten Augenblick reagierten alle drei wie jede andere Familie, die gerade vom Verlust eines nahen Angehörigen erfuhr. Marie, Ritas kleine Schwester, erstarrte förmlich in der Bewegung, ihre Hände fingen an zu zittern. Ritas Mutter begann erst leise, dann herzzerreißend zu schluchzen, erinnerte sich aber schnell an ihre noch lebende Tochter und nahm diese in den Arm. Einzig Herr von Ulmenstein schien sich noch beherrschen zu können, was allerdings nicht lange anhielt.

Florian hatte mit vielem gerechnet, allerdings nicht damit, dass der Trauernde aufsprang, dabei seinen Stuhl umstieß und auf ihn losging. Aus dem Augenwinkel sah er gerade noch, wie der Seelsorger halbherzig versuchte, den Mann am Arm festzuhalten, dann stand von Ulmenstein auch schon vor ihm. »Sie sind schuld, Sie waren für meine Rita verantwortlich!« Laut brüllend packte er Florian am Kragen und drückte ihn gegen die nächste Wand.

Im ersten Moment bremste das Bewusstsein, was dieser Mann gerade erfahren hatte, seine Gegenwehr, dann ging es nicht mehr anders. Mit einer schnellen Drehung entwand er sich dem festen Griff, tauchte unter dem linken Arm seines Gegners durch und drehte den Arm gleichzeitig auf dessen Rücken. Florian wusste genau, welchen Schmerz er bei dem Bankdirektor gerade erzeugte, und versuchte, es nicht zu übertreiben. Nachdem er den Druck zehn Sekunden aufrechterhalten hatte, fragte er: »Kann ich Sie wieder loslassen?« Von Ulmenstein stand schwer atmend, das Gesicht seitlich gegen die Wand gedrückt da und versuchte ein letztes Mal, sich aus dem Griff zu winden.

Florian wartete wieder ein paar Sekunden, bevor er seine Frage wiederholte: »Kann ich Sie jetzt loslassen und wir reden über alles, oder muss ich Ihnen Handschellen anlegen?«

Nun rannen einige Tränen über die Wange des Mannes, bevor er die Augen schloss und keuchend ausstieß: »Es ist gut … es ist gut …«

»Sicher?«

Von Ulmenstein deutete ein Nicken an: »Ja, es ist gut.«

Florian löste den Griff, blieb allerdings bereit, um sofort wieder eingreifen zu können. Dann trat er einen Schritt zurück und sah dabei zu, wie von Ulmenstein sich langsam zu ihm umdrehte, die überdehnte Schultermuskulatur massierte und etwas kleinlaut fragte: »Zeigen Sie mich jetzt an?«

»Wird er nicht!«, mischte sich nun der Seelsorger ein. Dabei suchte er den Augenkontakt zu Florian und fragte erst dann: »Es ist doch so, oder, Herr Hauptkommissar?«

Natürlich hatte Florian nicht vor, etwas wegen dieses Angriffs zu unternehmen, allerdings passte ihm diese Einmischung überhaupt nicht. Nach einem wütenden Blick zu diesem Herrn Öger wandte er sich an von Ulmenstein und antwortete dieses Mal selbst: »Nein, natürlich nicht.« Anschließend deutete er zu dessen Frau und Tochter: »Sie sollten Ihre Kraft besser auf Ihre Familie verwenden.«

Von Ulmenstein nickte, wobei seine Gesichtszüge eine Mischung aus Dankbarkeit und Schmerz ausdrückten.

Während der Seelsorger sich ebenfalls wieder setzte, zog Florian sein tonlos vibrierendes Handy aus der Tasche, nahm das Gespräch an und sagte dann laut in den Raum: »Ich muss Sie jetzt leider alleine lassen, wir kommen später noch einmal auf Sie zu.«

»Wie lief es da drinnen?«, fragte Lewis, nachdem sein Partner aus der Tür gekommen war und sich die Klamotten wieder zurechtgezogen hatte. Dieser winkte ab: »Frag nicht.«

»So schlimm?«

Florian hob den Blick: »Dass die Familie durch den Wind ist, verstehe ich ja, aber dieser Typ, den du mir geschickt hast …«

Lewis nickte wissend: »Ich weiß … Manchmal fragt man sich, wie Leute zu ihrem Beruf kommen.«

Florian beließ es dabei und erkundigte sich stattdessen: »Wie geht das hier jetzt weiter?«

Lewis deutet in Richtung Eingangsbereich: »Unser Chef ist gerade gekommen und hat die Leitung übernommen. Gernot will alle sich im Gebäude befindlichen Personen befragen lassen. Außerdem versucht die KTU, verwertbare Spuren zu finden.«

»Und wir?«

»Wir sollen ins Präsidium und die Fakten des heutigen Tages dokumentieren. Danach haben wir befohlenen Dienstschluss, doch natürlich nur, weil er uns morgen früh um sieben wieder in seinem Büro erwartet.«

Florian nickte, bat aber: »Gehen wir später noch ein Bier trinken? War alles ein bisschen viel heute.«

Lewis nickte mit einem gezwungenen Lächeln: »Der Vorschlag hätte von mir sein können.«

21

Adam Voss liebte die ekstatischen Klänge, mit denen Freddie Mercury seinen Gefühlen Ausdruck verlieh, doch es sorgte auch noch etwas anderes für die Hochstimmung, in der er sich befand. Vom Fenster aus hatte er gesehen, wie sie aus dem Taxi gestiegen war. Nun hörte er ihre langsamen Schritte im Treppenhaus und wagte es nicht zu blinzeln, als er sie durch den Türspion beobachtete. Ob sich eine Schwangere anders verhalten würde, fragte er sich, während er seinen Unterkörper dabei an der Tür rieb. Nur noch wenige Stunden, dann war seine Zeit gekommen, denn wie immer, sollte es auch dieses Mal um drei Uhr in der Nacht beginnen … Dann war die Nacht am dunkelsten und, ob in der Stadt oder tief in im Wald, die Stille am stillsten.

Judith Seufert war schon lange in ihrer Wohnung verschwunden, bis auch er sich endlich losriss, um die nötigen Vorbereitungen zu treffen. Angefüllt mit einem Hormoncocktail, der ihn beinahe schweben ließ, entledigte er sich all seiner Kleidungsstücke und steckte diese in die alte Waschmaschine der noch älteren toten Frau, die drüben im Schafzimmer auf ihrem Bett lag. Sauberkeit war wichtig, denn keine Frau wollte von einem stinkenden Mann zum Höhepunkt ihres Lebens begleitet werden.

Sowohl beim Sex als auch bei dem, was er mit dieser jungen Göttin vorhatte, es war ihm wichtig, dass sie gut fand, wie er roch.

Adam sah eine Zeit lang verträumt dabei zu, wie sich die Wäsche drehte und dabei Blasen warf, die bald wieder zerplatzten. Anschließend stieg er in die gleiche Badewanne, wie er sie schon aus Judiths Wohnung kannte. Mit den Worten »Das Wasser muss dampfen, sonst reinigt es nicht« hatte ihm seine Mutter damals die Schmerzen erklärt, die er als Kind so schlecht ausgehalten hatte. Jetzt aber war er kein Kind mehr und das Wasser konnte gar nicht heiß genug sein. Verzückt sah er dabei zu, wie es erst dampfend über seinen flachen Bauch lief und dann mit kleinen Stückchen von Judiths getrocknetem Blut über seinen Penis rann.

Adam duschte lange und sehr gründlich. Zum einen, weil er ihr natürlich gefallen wollte, zum anderen aber auch, weil die Polizei keine genetischen Spuren finden sollte. Und genau hier zeigte sich sein Weitblick, denn bevor er den Mann, mit dessen Identität er nun unterwegs war, in dem Kanal entsorgt hatte, nahm er ihm noch eine kleine Tüte mit allerlei Gewebeproben ab. Achtsam musste er natürlich trotzdem bleiben, aber wenn er der Polizei einige Haare und vielleicht sogar einen Fingernagel hinterließ, würde man sicher nicht noch nach Hautschuppen von ihm suchen.

Nach der Dusche ging er wieder zu dem Plattenspieler, drehte die Platte um und stellte den Ton noch ein wenig lauter. Warum die alte Dame aufgerechnet eine Platte von Queen in ihrer Sammlung hatte, würde er nie erfahren.

Als die Musik endlich einsetzte, begann er sich erst sanft, dann euphorisch danach zu bewegen. Von starken

Klängen getragen tanzte er nackt durch die Wohnung, stellte sich erst über die alte Elizabeth Schwarz, die ihn selbst mit ihren toten Augen zu bewundern schien, dann ergötzte er sich an seinem eigenen Anblick in dem großen Spiegel an der Wand.

Als es hinter den Fenstern dunkel wurde, drehte er die Musik wieder etwas leiser und stellte die beiden Kerzen auf, die er in der Kommode gefunden hatte. Das Licht der leicht flackernden Flammen spendete kaum Helligkeit, genügte aber, um alles gut erkennen zu können. Zuerst strich Adam liebevoll mit dem Handrücken über den seidenen Schal, mit dem er Judiths Augen daran hindern wollte, aus ihren Höhlen zu fallen. Anschließend prüfte er die Zugfestigkeit der drei Damengürtel, die sich bald tief in das Fleisch der Schwangeren schneiden würden, dann kam er zum Höhepunkt seiner Sammlung. Ein Metallsieb in dieser Größe war wirklich ein außerordentlicher Glücksfall und würde seiner Göttin sicherlich allerhöchste Genüsse bescheren. Adam hatte in seinem Leben schon auf jede erdenkliche Art das letzte bisschen Angst aus seinen Frauen herausgekitzelt, doch mit Strom zu arbeiten war auch für ihn eine gänzlich neue Erfahrung.

Beinahe zufrieden legte er das Sieb zu den anderen Dingen, nahm sich eine Kerze und ging zu dem Sicherungskasten, gleich neben der Wohnungstür. Wie erhofft, war die Elektrik genauso alt wie das Haus selbst. Statt der neuen FI-Schalter kamen hier noch die guten alten Sicherungen zum Einsatz. Adam drehte eine von ihnen heraus, nahm sie mit zum Tisch und entfernte den dünnen Draht, der bei einem Kurzschluss durchbrennen sollte. Hier leistete die Alufolie aus der Küche gute Dienste, die sich durch Einrollen in ein kurzes Stück Draht verwandelte und sicherlich viel mehr Strom aushalten würde. Zufrieden schraubte er die Sicherung zurück, schaltete kurz das Licht ein und sah befriedigt dabei zu, wie die Deckenlampe aufleuchtete. Dann entnahm er die Sicherung wieder, legte sie in das Sieb und entfernte das Kabel der alten Stehlampe, welches er ebenfalls mitnehmen wollte.

Nach einem Blick auf die Standuhr kam erneut Freddie Mercury zum Einsatz. Adam warf seine nassen Klamotten noch schnell in den Trockner, legte sich dann neben die tote Frau Schwarz und gab sich seinen Fantasien hin.

Es war genau halb drei, als die schwere Standuhr mit einem kurzen »Bong« die nächtliche Stille durchbrach. Adam hatte nicht geschlafen, war aber so in seiner ganz eigenen Welt gefangen, dass er sich erst sammeln musste. Nach einem Blick zu Frau Schwarz, die noch immer die Decke anzustarren schien, stieg er aus dem Bett und holte seine Kleidung aus dem Trockner.

Er war jetzt wieder in dieser Phase, die er jedes Mal anders empfand. Im Kopf schon ganz bei seinem Spiel, die Nerven angespannt, aber eigenartig ruhig, verschwand die normale Welt um ihn herum. In stiller Eintracht mit sich und seinen Werkzeugen nahm er jedes der Utensilien einzeln in die Hand, sah es prüfend an und steckte es in die dünne Stofftasche. Zuerst das große Sieb, dann ein Messer, gefolgt von den drei Ledergürteln und schließlich das seidene Tuch. Als sein Blick dann auf eine der beiden Kerzen fiel, regte sich eine alte Erinnerung in ihm. Es war lange her, dass er heißes Wachs benutzt hatte und die Reaktion seines Körpers zeigte ihm, dass es wieder einmal Zeit dafür wurde.

Als er seine Vorbereitungen abgeschlossen hatte, setzte er sich ein letztes Mal nackt auf den Boden, kreuzte seine Beine und begann, langsam und gleichmäßig zu atmen. Nach einer viertel Stunde erhob er sich, streifte seine Kleidung über, wobei er aber auf Socken, Schuhe und den Mantel verzichtete.

Eigentlich hatte er sich schon darauf eingestellt, das Schloss von Judith Seuferts Tür richtig aufbrechen zu müssen, doch auch dieses Mal genügte der laminierte Ausweis, um den Bolzen zurückzuschieben. Fast ein wenig enttäuscht ließ er das vorbereitete Stück Draht zurück in die Tasche fallen, drückte die Tür leise nach innen und schlüpfte durch den Spalt.

Warum Wohnungen von alleinstehenden Frauen so rochen, wie sie rochen, wusste er nicht, aber er liebte diesen ganz eigenen Duft. Nach einem kurzen Augenblick der Unkonzentriertheit schloss er die Tür hinter sich und machte einen vorsichtigen Schritt in Richtung Wohnzimmer, wo die Stand-by-Lämpchen einiger Geräte für etwas Licht sorgten. Hier verharrte er einen Moment und lauschte in die Stille der Nacht, immer darauf bedacht, dass ihn seine Göttin jetzt noch nicht bemerkte. Erst als er das leise Röcheln, gefolgt von gleichmäßigen Atemzügen, hörte, erlaubte er sich etwas Entspannung.

Adam ließ die Stofftasche leise auf den Boden gleiten, blickte sich um und erfuhr die nächste Enttäuschung. Sollte er sich so in dieser Schlampe geirrt haben? Noch vor wenigen Stunden wirkte diese Wohnung so herrlich surreal. Die mit Messern aufgespießten Familienfotos, der Messerblock in der Mitte des Raumes und geronnenes Blut in der Badewanne … schon allein diese Dinge hatten etwas in ihm ausgelöst, was so mancher Schmerzensschrei nicht vollbringen konnte … Und jetzt war all dies verschwunden. Die Sofakissen, die Küchengeräte, ja sogar die Gardinen … Alles stand und hing so, wie man es von einer guten Hausfrau erwartete … All das bewirkte eine nur schwer zu kontrollierende Wut in ihm. Wie im Fieber, jede Vorsicht vergessend, durchquerte Adam den Raum, schaltete die Badezimmerlampe ein und fand auch die Wanne so sauber, wie er es befürchtet hatte. Dann stand sein Entschluss fest, diese Fotze hatte eindeutig eine Bestrafung verdient!

22

Judiths Schlaf war unruhig, doch inzwischen war sie fast daran gewöhnt. Trotzdem musste sie das klingelnde Handy in einer Phase relativ tiefen Schlafes erwischt haben, da sie zunächst orientierungslos hochschreckte. Erst als das Motorengeräusch vor dem Haus verstummt war, der Klingelton aber noch ein letztes Mal erklang, wurde ihr klar, was sie geweckt hatte. Die kleine Digitalanzeige ihres Weckers zeigte drei Uhr in der Nacht, was absolut keine Uhrzeit für einen normalen Anruf war. Trotz ihrer Neugierde ließ sie sich noch einmal kurz zurücksinken, legte die Hand auf ihren Bauch und fühlte nach dem Kind. Ein leichter Tritt signalisierte Normalität. Aus dem Bett zu kommen, war nicht mehr so leicht, aber mit der richtigen Technik auch kein Problem. Nach dem Aufstehen meldete sich wie immer ihr niedriger Blutdruck, doch der leichte Schwindel verschwand gleich wieder.

Die Stille des Hauses war schwer zu ertragen, vor allem wenn man derart angespannte Nerven hatte. Andererseits würde sie so leichter hören, wenn er wieder in ihre Wohnung eingedrungen wäre, und im Augenblick deutete absolut nichts darauf hin. Hinzu kam, dass sie im Grunde nichts befürchten musste, denn warum sollte er sie vor dem Verbluten retten und ihr dann etwas antun? Judith wollte es sich auf keinen Fall eingestehen und doch hatte dieser Gedanke etwas Beschützendes. So deutlich ihr dieser Zusammenhang gekommen war, so sehr erzeugte er auch diese Wut auf sich selbst. Es war diese oft in Filmen und Dokumentationen gezeigte Paradoxie, die man nicht begreifen konnte – Täter und Opfer finden zusammen … undenkbar! Sie wusste weder, wer er war, noch welcher Sinn hinter allem steckte. Alles, was sie wusste, war die Tatsache, dass sie für die Dauer der Schwangerschaft gehorchen musste … Dazu gab es keine Alternative. Natürlich hätte sie zur Polizei gehen können und natürlich hätte die sie dann beschützt. Aber was war mit all den anderen, die ihr am Herzen lagen?

Judith versuchte, diesen immer wiederkehrenden Film in ihrem Kopf zu beenden, knipste die kleine Leselampe an und ging hinüber ins Wohnzimmer, wo das Handy erneut zum Leben erwacht war.

Während ihr Kopf den Geruch von frisch gewaschener Wäsche zwar wahrnahm, aber verdrängte, fand sie das immer stärker vibrierende Gerät auf der Arbeitsfläche ihrer Wohnküche. Mit der Unsicherheit, die jeder nächtliche Anruf erzeugte, nahm sie es in die Hand, las »Unbekannte Nummer« und hob ab.

Der Satz »Er ist tot. Judith, unser Paul ist tot« klang hässlich verzerrt, trotzdem erkannte Judith die Stimme der Frau, die eigentlich einmal ihre Schwiegermutter werden sollte. Das Zittern ihrer Hand setzte ein, noch bevor ihr Bewusstsein die Worte einordnen konnte.

»Wie?«, war das Einzige, was sie gepresst herausbrachte, und dann hörte sie, immer wieder von herzzerreißendem Schluchzen unterbrochen, dass man die Liebe ihres Lebens auf seinem Motorrad abgedrängt hatte. Der vermeintliche Unfall musste sich kurz nach ihrem Gespräch am Nachmittag ereignet haben. Zunächst dachte man, dass Paul den Aufprall auf eine Baggerschaufel ganz gut überstanden hatte, einige Stunden später wusste man, dass dem nicht so war. Unfähig, auch nur einen klaren Gedanken zu fassen, sagte sie sinnloserweise: »Danke«, legte mit letzter Kraft auf und ließ das Handy fallen. Während sie den Blick starr auf die weißen Küchenfliesen richtete, jagte nur ein einziger Gedanke durch ihren Kopf: Er hat es getan und ich bin schuld … Ich bin schuld … Ich bin schuld … Ich bin … Dann unterbrach eine kalte Hand auf ihrer Schulter diesen Gedankengang.

Wie in Trance drehte sie sich um, sah dem Mann ins Gesicht und wusste, dass sie nun trotz allem die Hilfe ihres Peinigers brauchen würde.

Starr vor Schreck, unfähig auch nur einen Schrei auszustoßen, war ihr erster Sinneseindruck ausgerechnet der Geruch von frischem Weichspüler, bevor der Mann sie mit einem einfachen »Hallo« ansprach.

Judith versuchte, etwas zurückzuweichen, doch die Hand auf ihrer Schulter duldete keinen Bewegungsspielraum. Stattdessen fragte der Mann mit monotoner emotionsloser Stimme: »Wo willst du hin?«

»Wer sind Sie?«, hörte sich Judith selbst reden. »Was wollen Sie?«

Ihre Frage verschwand in der Stille der Nacht, nur das Funkeln in den Augen ihres Gegenüber schien mehr zu werden. Sein Versuch eines Lächelns scheiterte, hätte aber auch nicht zu seinen Worten gepasst. Mit verschwörerischer Tonlage und ein wenig zu leise erklärte er nun: »Ich glaube, du sehnst dich nach allem, was ich dir geben kann. Neulich in der U-Bahn sah ich es in deinen

Augen. Sah den Schmerz und die Abgründe in deiner Seele.« Mit dem Selbstverständnis, dass sie ihm nichts entgegenzusetzen hatte, schloss er kurz die Augen, bevor er mit einem Hauch Euphorie in der Stimme verkündete: »Ich werde dich tief hineinführen in diesen Schmerz, werde dir zeigen, was völlige Hingabe bedeutet. Ich …«, nun schwoll seine Stimme an, »… werde dich zu meiner Göttin machen.«

Judiths Verstand versuchte, das Gehörte zu sortieren, versuchte, den Sinn dahinter zu erkunden, doch offenbar gab es keinen. Der feste Tritt des noch ungeborenen Lebens in ihrem Bauch holte sie ein Stück weit in die Realität zurück. Mit einer Entschlossenheit, die sie nicht bewusst steuerte, nutzte Judith den Augenblick, als er seine Hand kurz löste. Doch statt weiter zurückzuweichen, schob sie ihre linke Schulter etwas vor und versuchte die Flucht nach vorn, vorbei an diesem Irren. Dieser geriet tatsächlich kurz ins Straucheln, wurde aber von dem großen Kühlschrank hinter seinem Rücken aufgehalten. Judith spürte, wie etwas seitlich gegen ihre Beine schlug, kam ins Stolpern und schaffte es gerade noch, nicht auf ihren Bauch zu fallen. Aus Angst vor Schlägen legte sie nur die Arme um ihren Kopf und erwartete das Unausweichliche.

Sekunden vergingen … Sekunden, in dem sich das Geräusch ihres eigenen Atems mit dem ihres Peinigers vermischte. Er kam langsam näher, das spürte sie, und fast wünschte Judith, dass er endlich anfangen würde, sie zu schlagen.

Dann war sie da, diese Stimme direkt über ihrem Ohr, und seine Worte waren schlimmer als der erwartete Schmerz: »Keine Angst, ich werde dich in Liebe töten, und du wirst es genießen.«

Judith versuchte, einen Schrei auszustoßen, wurde aber unsanft in die Höhe gerissen. Seine Hand auf ihrem Mund unterband alles, selbst das Atmen. Dann drückte er auch noch ihre Nase zu und das Letzte, was es in ihr Bewusstsein schaffte, waren die leisen Worte: »Keine Sorge, du wirst jetzt noch nicht sterben, das ist alles erst der Anfang einer langen Reise.« Judith versuchte ein letztes Mal einzuatmen, dann übermannte sie die Ohnmacht.

Ihr Blackout konnte höchstens Minuten, vielleicht sogar nur Sekunden gedauert haben, das spürte sie. Und es war der Schrei desselben Mannes, der ihr gerade noch ins Ohr geflüstert hatte, auch das erkannte sie. Im ersten Moment wusste sie allerdings nicht, ob ihr mangelndes Sehvermögen dem Sauerstoffentzug oder der Dunkelheit geschuldet war.

Als Erstes erkannte sie die Kante ihres Küchentresens, neben dem sie lag, dann schlug nur wenige Zentimeter von ihr entfernt ein Kopf auf den Boden. Der Mund des Mannes war leicht geöffnet und eine schaumige Flüssigkeit tropfte heraus. Seine Augen waren nur noch zu einem Spalt geöffnet. Judith begegnete seinem Blick und erkannte, dass seine Überheblichkeit der hilflosen Verzweiflung gewichen war. Schließlich blinzelte er noch kurz, schloss langsam seine Augenlider und der Körper entspannte sich.

»Wir müssen gehen!« Judith erkannte die Stimme. Es war dieselbe, welche ihr seit Monaten Befehle erteilte, und wieder verfluchte sie sich selbst für die Dankbarkeit, die sie ihm gegenüber empfand.

23

Lewis erwachte mit einem leichten Kopfschmerz. Aus dem einen Feierabendbier mit seinem Partner waren doch ein paar mehr geworden und natürlich ging es bei ihrem Gespräch nur um den Fall. Nach dem Fund der Frauenleichen und dem Tod der jungen Frau war an Abschalten nicht zu denken. Hinzu kam langsam das Begreifen, in wessen Händen sich die vermissten Babys befanden, und der Druck, welcher dadurch entstand. Nach dem dritten Bier waren sich Florian und er einig, dass durchaus die Möglichkeit bestand, die Säuglinge noch lebend zu finden. Wer auch immer der Täter war, er funktionierte nicht wie ein normaler Mensch. Dreh- und Angelpunkt schienen diese Kinder zu sein, und warum sollte er sich die Mühe machen, diese auf die Welt zu holen, wenn er sie dann doch nur töten wollte.

Das Schöne an seinem Leben im Wohnmobil war die Enge. Jedes Fach war nur eine Armlänge weit entfernt und so hatte Lewis alles, was er brauchte, in kürzester Zeit beisammen. Er überquerte den Innenhof des restaurierten Bauernhofes, schloss seine Wohnung auf und rief: »Ich bin es, raus aus den Federn.« Eigentlich hätte er es sich ja denken können und war deswegen auch nicht wirklich verwundert, als Florian bereits fix und fertig in seiner Küche stand und sich gerade eine Tasse Kaffee einschenkte. Lewis kniff ein Auge zusammen, musterte seinen Partner und fragte misstrauisch: »Keine Kopfschmerzen?«

Florian lächelte ein wenig überheblich, riss sich dann aber zusammen und verkündete munter: »Nein, keine Probleme, nur die Isomatte war ein wenig hart. Lass das nächste Mal einfach die Zigaretten weg, dann geht es dir am nächsten Tag besser. Außerdem hast du ein wirklich gutes Bier, da gibt es gewaltige Unterschiede. Also ich habe einmal …«

Lewis winkte ab und flüchtete vor dem Gequatsche in sein frisch gestrichenes Badezimmer, wo sein Blick auf eines seiner Trinkgläser fiel und er erneut den Kopf schüttelte. Florian war am Vorabend völlig ungeplant hier geblieben und hatte trotzdem eine Zahnbürste dabei … das war eindeutig nicht normal!

Eine knappe Stunde später standen die beiden Kommissare vor Gernots Schreibtisch. Statt ihnen einen Stuhl anzubieten, sah ihr Chef abwechselnd von einem zum anderen, bevor er deutlich zu leise fragte: »Warum hatte Rita von Ulmenstein keinen Bewacher vor der Tür?«

Lewis dachte kurz über eine Ausrede nach, antwortete aber wahrheitsgetreu: »Der Gedanke kam uns leider erst nach dem Fund der Frauenleichen«, und Florian ergänzte: »Zuvor sind wir davon ausgegangen, dass es der Täter nur auf das Kind und nicht auf die Frau abgesehen hatte. Da sie mitten in Nürnberg aufgetaucht war, mussten wir von ihrer Freilassung ausgehen.«

Gernot Augen verengten sich zu Schlitzen: »Statt von

irgendetwas auszugehen, kann man von einem guten Kommissar erwarten, dass er alle Möglichkeiten in Betracht zieht. Sie, meine Herren, haben auf der ganzen Linie versagt und deswegen ist die junge Frau jetzt tot!«

Lewis ließ die Worte kurz im Raum stehen, bevor er nüchtern fragte: »Ziehen Sie uns jetzt von dem Fall ab?«

»Oh nein, so einfach ist das nicht«, grinste der Chef böse. »Sie werden ab jetzt doppelt so viel Einsatz bringen und diese Säuglinge finden. Von Ulmenstein will sich heute an die Presse wenden, und was das für uns und unseren Ruf bedeutet, brauche ich Ihnen ja wohl nicht zu erklären.« Nun ließ Gernot die beiden doch noch Platz nehmen, nahm ein paar Züge aus seiner E-Zigarette, faltete die Hände ineinander und begann, als wäre nichts passiert: »In Ihrem Bericht steht, dass es der Täter ziemlich sicher auf ein weiteres Opfer abgesehen hat?«

»Ja, wir haben in diesem Wald einen weiteren ebenfalls mit diesen Engelsflügeln markierten Baum gefunden, dem wir noch kein Opfer zuweisen können.«

»Haben Sie einen Anhaltspunkt, wer dieses Opfer sein könnte?«

Lewis schüttelte den Kopf: »Nichts, außer dass es mit großer Wahrscheinlichkeit eine schwangere Frau sein dürfte.«

»Das ist reichlich wenig«, stellte Gernot fest und erklärte ungefragt: »Die Befragungen im Krankenhaus haben ebenfalls kaum Spuren ergeben. Ein paar Mitarbeiter wollen einen mittelgroßen Mann mit Vollbart und Arztkittel gesehen haben, den sie nicht kannten. Außerdem wurde die Tür zu dem Trakt, in den man Rita von Ulmenstein verlegt hatte, mit einem gestohlenen Mitarbeiterausweis geöffnet. Wir haben den Besitzer heute Nacht mit ein paar Kollegen der Sondereingreiftruppe besucht, aber der Pfleger konnte uns glaubhaft versichern, dass er nichts mit dem Vorfall zu tun hat. Der Mann hatte noch nicht einmal bemerkt, dass sein Ausweis fehlte.«

Lewis dachte kurz über die Informationen seines Chefs nach, bevor er einwarf: »Also, für mich klingt das so, als würde sich unser Täter ziemlich gut in der Klinik auskennen. Auch weil kaum jemand wusste, dass sich Frau von Ulmenstein überhaupt dort befand … Das schränkt den Kreis der Verdächtigen wenigstens etwas ein.«

»Aber es muss sich ja nicht um einen Mitarbeiter handeln, es könnte sich genauso gut um einen Patienten handeln. Immerhin reden wir von der Psychiatrie«, gab Florian zu bedenken.

»Wie auch immer«, befand Gernot mit einem Blick auf die Uhr. »Ich habe gleich einen Termin mit dem Polizeichef, wie sieht Ihr weiteres Vorgehen aus?«

Lewis dachte kurz darüber nach und bat dann: »Können wir noch ein paar Kollegen zu Unterstützung bekommen? Ich würde jetzt in zwei Richtungen ermitteln: Zum einen brauchen wir schnellstmöglich die Untersuchungsergebnisse der drei toten Frauen aus diesem Wald. Zum anderen, und dafür bräuchte ich die Unterstützung, sollten wir noch einmal Befragungen im Klinikum durchführen. Vielleicht ist dort in der letzten Zeit jemand aufgefallen, der sich stark verändert hat oder anderweitig auffällig geworden ist.«

Gernot nickte: »Sie können drei Kollegen von ihren Fällen abziehen, die meisten arbeiten im Moment sowieso nur Altlasten auf.«

»O. k., und jetzt?« Florian hatte seinen geliebten Computer gestartet und sah seinen Partner erwartungsvoll an.

Lewis überflog die neuen E-Mails, deutete dann auf das große Smartboard an der Wand und bat: »Kannst du bitte alle alten und neuen Fakten zu einer Übersicht zusammenfassen? Ich werde in der Zwischenzeit die KTU und den Gerichtsmediziner zu uns bitten. Es macht keinen Sinn, mit jeder Abteilung einzeln zu sprechen. Was wir jetzt brauchen, ist ein Gesamtbild der Lage.«

»Alles klar, mache ich.« Florian begann sofort damit, seine Tastatur zu malträtieren. Lewis griff zum Telefon, sprach erst ruhig mit dem Kollegen Müller von der KTU, der sofort dabei war. Dann ließ er sich mit der Gerichtsmedizin verbinden, deren untersuchender Arzt weniger begeistert war. Nach einer fünfminütigen Debatte legte Lewis auf, ging zur Tür und rief in das angrenzende Großraumbüro: »Frau Haagen, Herr Obold und Herr Wegner, könnte ich Sie bitte kurz sprechen?«

Lewis wartete, bis alle drei Kollegen im Büro waren, schloss die Tür und erklärte kurz, worum es ging. Am Ende seiner Einweisung fragte er Kommissarin Haagen: »Ist alles in Ordnung mit Ihnen? Sie sehen etwas blass aus.« Diese wies auf das sich langsam füllende Smartboard hin, auf dem Florian gerade seine selbst gemachten Fotos von den halbverwesten Frauenleichen im Wald einblendete. Lewis folgte ihrem Fingerzeig und nickte: »Das sind die Opfer des Mannes, den wir suchen.« Und als er seinen Fehler bemerkte, fügte er hinzu: »Jedenfalls gehen wir davon aus, dass es sich um einen männlichen Täter handelt.«

»Und die Frauen waren alle schwanger?«, fragte der schon etwas ergraute Hauptkommissar Obold.

»Es ist noch nicht sicher, aber wir gehen davon aus«, erwiderte Lewis.

»Scheiße«, reagierte Obold leise und murmelte dann: »Wenn eine davon meine Tochter wäre, ich würde durchdrehen … Gabi ist gerade im siebten Monat.«

Lewis runzelte die Stirn: »Fühlen Sie sich dem Fall gewachsen?«

Obold schien einen Augenblick zu brauchen, bevor er sich selbst aus seinen Gedanken riss: »Auf jeden Fall, lassen Sie uns dieses Monster fangen.«

»Gut, dann wissen Sie nun, um was es geht«, versuchte Lewis möglichst locker zu wirken. »Ich schlage vor, Sie fahren jetzt sofort zum Klinikum und beginnen mit Ihren Befragungen. Bei einer konkreten Spur können Sie uns natürlich jederzeit anrufen, ansonsten erwarte ich Ihre Berichte heute Abend um achtzehn Uhr im Besprechungszimmer.«

Nachdem die drei zu Tür hinaus waren, wandte sich Lewis an seinen Partner: »Wie sieht es bei dir aus, kommst du voran?«

Florian nickte, ohne aufzublicken: »Hab's gleich. Müller hat mir gerade die Fotos der KTU geschickt, jetzt fehlen nur noch die Bilder der Gerichtsmedizin.«

»Alles klar, beide Kollegen kommen in etwa einer Stunde zu uns«, bestätigte Lewis und fragte: »Was hältst du von einem kurzen Frühstück drüben in dem kleinen Café, in der Fußgängerzone?«

»Jetzt?«, erwiderte Florian beinahe schockiert, worauf sein Partner den Kopf schüttelte: »Nein, wir essen erst wieder etwas, wenn der Fall gelöst ist.«

Florian verdrehte die Augen, sperrte seinen PC und stand auf: »Also dann, worauf warten wir.«

24

Judiths Erinnerungen glichen einem Glas Wasser, in das man einen Tropfen Tinte fallen lässt. Erst alles noch klar, vereinigten sich bald dunkle Streifen zu einer undurchsichtigen Wand, die kaum Platz für Lücken ließ. Gedankenfetzen flogen vorbei und jeder Versuch, diese einzufangen, scheiterte an diesem stechenden Kopfschmerz. Das einzig klar definierte Gefühl war der Puls in ihren Schläfen. Schmerzhaft rhythmisch, doch als Signal des Lebens irgendwie trostspendend. Zeit war unwichtig, alles, was zählte, war dieser Sturm in ihrem Kopf, von dem sie instinktiv wusste, dass er vorübergehen würde. Viele Atemzüge folgten und mit jedem einzelnen drehte sich das Karussell ein winziges bisschen langsamer. Bruchstücke vereinigten sich, flogen wieder auseinander und formierten sich neu.

Da war dieser Mann, der plötzlich hinter mir gestanden hatte und in dessen Augen sich der Wahnsinn einen Weg nach außen suchte …

Die Erinnerung brach so schnell ab, wie sie gekommen war, und zurück blieb nur die Frage, ob er sich noch immer hier befand. Doch, wo war sie hier eigentlich? Es war kalt, zu kalt für ihre Wohnung, und es gab hier diesen Geruch, der sie entfernt an ein Krankenhaus erinnerte … an ein sehr altes Krankenhaus.

Das Pochen in den Schläfen ebbte langsam ab, was dem Kopfschmerz einen gleichmäßigeren Charakter gab.

Nein, der Mann kann nicht hier sein, kam es ihr in den Sinn, wobei sie innerlich zusammenzuckte.

Er schlug neben mir auf den Boden auf, spuckte blutigen Schaum. Da war der andere, der, von dem ich mir Hilfe erhofft hatte. Der, dessen Kind ich im Leib trage …

Auch diese Welle der Erinnerung brach in sich zusammen, dieses Mal aber nur, um sie endlich in einen wacheren Bewusstseinszustand zu befördern.

Zu den Schmerzen im Kopf gesellten sich nun das unangenehme Kribbeln tauber Hände und Füße sowie Druckschmerzen an ihrem Beckenknochen und an der Schulter. Der Geschmack in ihrem Mund war ungewohnt. Metallisch, vielleicht sogar ein wenig fruchtig. Gerne hätte sie geschluckt, doch dafür hatte sie einfach nicht genug Speichel. Und auch ihr Rachen fühlte sich an, als hätte sie tagelang nichts getrunken. Wenig besser ging es offenbar ihren Augenlidern, die sich zunächst jedem Öffnungsversuch widersetzten. Dann versuchte sie diese mit ihren Händen zu erreichen und aus ihrer eigenartigen Gelassenheit wurde schlagartig eine Panikattacke. Da waren dieses metallische Klirren und das kalte Gefühl um ihre Handgelenke. Ihre Augenlider gaben den Widerstand auf und schon mit dem ersten Blick war nichts mehr in Ordnung.

Alles um sie herum war dunkel, grau und staubig. Es gab Licht, aber nur eine Ahnung davon, und es kam nicht von einer Lampe oder einem Fenster. Der Durchbruch in einer der Wände war gerade groß genug, um einen Menschen durchzulassen, was sich dahinter befand, entzog sich jedoch ihrem Blickfeld. Wieder bewegte sie ihre

Hände und wieder folgte erst metallisches Klirren, dann schnitten grob geschmiedete Eisenringe in ihre Haut. Judiths Augen folgten den massiven Kettengliedern, die in einem Loch derselben Wand verschwanden, in der sich auch der grob aus dem Stein gehauene Durchbruch befand. Langsam und mit schmerzenden Gliedern setzte sie sich auf und zog so lange an ihren Fesseln, bis die Kette auf Spannung war. Anschließend packte sie diese mit beiden Händen, um die beiden Armringe zu entlasten, und zog noch fester daran. Es passierte nichts außer dem viel zu lauten Scharren von Metall auf Stein. Beim zweiten Mal versuchte sie es mit einem Ruck, und als auch dies sie keinen Millimeter weiterbrachte, gab sie auf und setzte sich mit dem Rücken zur Wand. Der Raum maß vielleicht sechs Mal sechs Schritte und war vermutlich unter der Erde.

Lange Zeit war das einzige Geräusch nur das leise Rauschen ihres eigenen Atems. Sie atmete ein, atmete aus und manchmal hielt sie die Luft an, doch dann war diese absolute Stille nur noch unerträglicher. Wie schon auf dem Weg aus ihrer Ohnmacht schien Zeit nicht mehr existent zu sein. Ob sie hier Sekunden, Minuten, Stunden oder Tage saß, spielte keine Rolle mehr, vielleicht auch, weil es nicht mehr messbar war. Alles, was blieb, war die Frage nach dem Warum, und Judith hatte nun genügend Zeit, um wieder einmal darüber nachzudenken.

Raphael war nicht sein richtiger Name, das hatte sie bereits in dem Augenblick gespürt, als er sich das erste Mal vorstellte. Raphael hieß einer der Erzengel und dieser Name passte einfach nicht zu ihm. Was allerdings zusammenpasste, waren der Name und sein Auftreten. Es war diese Selbstverständlichkeit, mit der er damals plötzlich in ihrer Wohnung stand. Freundlich, aber ohne ihr eine Wahl zu lassen, hatte er ihr Leben übernommen. Raphael schien sie fast besser zu kennen als Judith sich selbst. Er wusste von all den hellen, aber auch von den dunklen Geheimnissen ihres Lebens. Er brauchte noch nicht einmal physische Gewalt auszuüben, um zu bekommen, was er wollte.

Von ihrem letzten Schuljahr an, das nun bereits drei Jahre zurücklag, bis zum heutigen Tag schien es, als wäre er immer an ihrer Seite gewesen. Er wusste von der alten Clique, von den Drogen, von den Lügen gegenüber ihren Eltern, von dem Seitensprung, den sie Paul niemals gestanden hatte … Er wusste einfach alles und das war mehr als genug, um ihr Leben entgleisen zu lassen. Natürlich versuchte sie, sich zu wehren, und zeigte ihn trotz seiner Drohungen bei der Polizei an. Das Resultat war mehr als ernüchternd und zeigte ihr das ganze Ausmaß ihrer Hilflosigkeit. Nicht nur, dass er es schaffte, völlig unbehelligt aus der Sache herauszukommen, mit einigen gut platzierten Drogen sorgte er dafür, dass sie plötzlich die Verdächtige war. Außer sich vor Wut stemmte sie sich danach noch ein weiteres Mal gegen seine Herrschaft über sie, und dieses Mal regelte er es auf seine Weise. Judith würde den Schrecken in den Gesichtern ihrer Eltern wohl nie mehr vergessen. Raphael hatte ihren Labrador nicht einfach getötet, er hatte ihn bei lebendigem Leib an die Wand von Vaters Geräteschuppen genagelt, und zwar so tief, dass die Ratten ihn gut erreichen konnten.

Judith zuckte zusammen, als ein Knall von den nackten Steinwänden widerhallte, sich an ihnen brach und als dumpfes Echo durch den angrenzenden Gang wummerte. Starr vor Angst drückte sie sich noch ein wenig enger an die kalte Wand und lauschte angestrengt in die erneut einsetzende Stille. Zunächst hörte sie wieder nur das Rauschen ihres Atems, den pochenden Puls in ihren Ohren und das leise Klirren ihrer Fesseln. Erst als sich ihre Körperfunktionen etwas beruhigt hatten, kam noch ein weiteres Geräusch hinzu. Es klang, als ob jemand leise über die raue Fläche von Sandstein scharrte … und es kam eindeutig näher. Viel Zeit zum Nachdenken hatte sie nicht, denn schon wenige Augenblicke später veränderte sich erst das diffuse Licht, dann erstarb das Scharren und Raphaels verschwitztes Gesicht erschien drei Meter neben ihr in dem Durchbruch. Ohne ein Wort von sich zu geben, stellte er eine batteriebetriebene Arbeitsleuchte auf den Boden, schaltete diese ein und musterte sie von oben bis unten. Anschließend nickte er selbstgefällig und begann damit, den herumliegenden Schutt zusammenzukehren.

Judith hatte keine Ahnung, was sie tun sollte. Alles, was sie erkannte, war, dass sich der Mann verändert hatte. Die sonst eher schlaffe Körperhaltung zeugte nun von einer Kraft, die sie bisher nur einmal zu spüren bekommen hatte. Der meist freundliche, wenn auch aufgesetzt wirkende Gesichtsausdruck war genauso verschwunden wie der etwas schläfrige Blick. Raphael wirkte nicht nur konzentriert und voll Spannung, er war es auch.

»Warum bin ich hier?«, fragte sie leise und hoffte inständig, ihn nicht damit zu reizen.

Raphael hielt kurz inne, legte den Kopf leicht schief und sagte verwundert: »Sie waren doch alle hier«, wobei seine Antwort klang, als verstünde er nicht, warum sie dies nicht wusste.

Judith runzelte die Stirn: »Wer ist alle?«, doch dieses Mal blieb er ihr die Antwort schuldig. Den Blick starr auf den Boden gerichtet, beendete er seine Arbeit im Inneren ihrer Zelle, stieg über den Durchbruch nach außen und Judith hörte nur das leise Plätschern von Wasser, gefolgt von einem schmatzenden Geräusch.

»Ich habe auch Durst«, versuchte sie erneut eine Verbindung zu ihm herzustellen und tatsächlich wiederholte sich das Plätschern. Er kam zurück, stellte einen dieser dünnwandigen Plastikbecher vor ihr ab und verschwand wieder. Raphael hatte die Lampe zwar wieder mit nach draußen genommen, trotzdem war der Dreck an seinen Händen nicht zu übersehen. Judith kannte diese graue Schicht auf der Haut nur zu gut. Ein Laie hätte das Material vielleicht für Gips oder Lehm gehalten, doch sie wusste, es war Mörtel … Und mit Mörtel baute man Mauern …

25

Kriminalrat Gernot betrat den Raum als Letzter, schloss die Tür und nahm ganz hinten in der Ecke Platz. Florian Ritter saß vor seinem Laptop, wo er gerade die Fotos der Gerichtsmedizin von einem USB-Stick übertrug, während Lewis Schneider vor dem noch größeren Smartboard des Konferenzzimmers stand und ein wenig verzweifelt auf dessen Fernbedienung herumdrückte. Paul Müller von der KTU war wie immer die Gelassenheit in Person und schien in sich selbst zu ruhen. Ganz im Gegenteil zu Professor Doktor Lubner, der eindeutig lieber an Leichen herumschnitt, als sich mit lebenden Menschen zu beschäftigen.

»Sie können beginnen«, wies Gernot seine beiden Kommissare an, da keiner von beiden Anstalten machte anzufangen.

Lewis nickte, ging zu seinem Partner und fragte leise: »Wie funktioniert das Ding?«

Florian deutete auf die vier wichtigsten Tasten der Fernbedienung und raunte: »Nächstes Bild, letztes Bild, vergrößern, verkleinern.«

Lewis bedankte sich, positionierte sich neben der noch weißen Fläche und begann, als Florian ihm die Fotoserie an die Wand projizierte: »Guten Tag, meine Herren, schön, dass Sie diesen Termin einrichten konnten. Wie Sie inzwischen wissen, hat unser aktueller Fall eine Dimension erreicht, der dringend schnelle Erfolge nötig macht, daher haben wir den kurzen Dienstweg gewählt und Sie hierher bestellt. Ich fasse noch einmal zusammen …«

Nachdem Lewis die Ereignisse in groben Zügen geschildert hatte, übergab er Paul Müller die Fernbedienung, der nun den Platz mit ihm wechselte. Dieser räusperte sich und begann mit dem ersten Foto, einer Luftaufnahme des Waldes, in dem man die Frauenleichen gefunden hatte. Nachdem er den Anwesenden kurz die Gelegenheit gegeben hatte, sich mit dem Foto vertraut zu machen, drückte er eine Taste, worauf das gleiche Bild noch einmal erschien, nun allerdings mit einigen markierten Bereichen. Nun nutzte Müller den Laserpointer und erklärte, während er die einzelnen Stellen anleuchtete: »Das ist der Bereich mit den Bäumen, an denen die Frauen festgebunden waren, und die Platzwahl unseres Täters ist mit Sicherheit kein Zufall. Das Gelände ist relativ abschüssig, die Feld- und Wanderwege weit genug entfernt und die Lichtung unterhalb der Bäume wird von keinem Bauern bewirtschaftet.«

»Ortskenntnis?«, warf Florian ein, worauf der KTUler nickte: »Vielleicht sogar mehr als das. Es ist zwar reine Spekulation, aber der Täter könnte sogar den zuständigen Förster kennen.«

»Wie kommen Sie darauf?« Nun war es Lewis, der sich fragte, ob er irgendetwas übersehen hatte.

»Nun …«, begann Müller, dem man ansehen konnte, wie stolz er auf seine Kombinationsgabe war, »… Sie haben den Förster ja bereits kennengelernt, als Sie ihm das tote Wildschwein zeigten. Der Mann ist alt! So alt, dass er die Abhänge in seinem Waldgebiet meidet …«

Kriminalrat Gernot nickte anerkennend: »Vielleicht ist es Spekulation, aber wir sollten diesen Aspekt auf keinen Fall außer Acht lassen und uns auch auf die angrenzenden Dörfer konzentrieren. Kommissar Ritter, versuchen Sie später herauszufinden, ob dort Leute wohnen, die im Nürnberger Klinikum arbeiten.«

»Alles klar, Chef«, bestätigte Florian, während er sich einige Notizen machte.

»Und was ist mit den anderen markierten Bereichen auf dem Bild?«, fragte Lewis ungeduldig.

»Dazu komme ich jetzt«, brummte Müller in seinen Vollbart und blendete drei kleinere Fotos ein. »Diese zwei Puppen und das Stofftier fanden wir im Radius von zweihundert Metern um die Frauenleichen. Wir vermuten, dass Tiere sie dorthin geschleppt haben, was auch das zerfledderte Aussehen erklären würde.«

»Und Sie glauben, dass dieses Spielzeug zu den drei Frauen gehört?«, mischte sich nun Professor Lubner ein. »Nach meinen ersten Erkenntnissen waren die Opfer alle Anfang zwanzig, da spielt man doch nicht mehr mit Puppen, oder?«

»Das stimmt so nicht«, antwortete Kriminalrat Gernot anstelle des Angesprochenen. »Ich habe zwei erwachsene Töchter und natürlich spielen diese nicht mehr mit ihren Puppen. Aber beide haben diese Kindheitserinnerungen aufgehoben und in ihren Wohnungen ins Regal gesetzt.«

»Das ist das eine«, übernahm Müller. »Und hinzu kommt, dass wir uns ziemlich sicher sind, dass die Puppen und das Stofftier eine Funktion erfüllten. Herr Kommissar Schneider, Sie erinnern sich doch sicher an die Puppe, die Rita von Ulmenstein bei sich hatte. Wie bei dieser, fanden wir auch in den Köpfen der anderen Spuren, die auf eine Manipulation hinweisen. Für mich persönlich ist eine Kamera das Einzige, was Sinn ergibt. Auf diese Weise konnte unser Täter die Frauen völlig unbemerkt beobachten, und das vielleicht bereits, als diese noch nicht einmal ahnten, was ihnen bevorstand. Er hat einfach eine Minikamera hinter das Puppenauge geklebt, diese mit einem kleinen Sender versehen und die Puppe dann so in einem Raum platziert, dass er damit alles im Blick hat.«

»Und warum gab er ihnen die Puppen mit in den Wald? Ich meine, das sind doch alles Beweismittel, die zu ihm führen könnten«, gab Lewis zu bedenken.

Wie in der Schule hob nun Florian die Hand, der schon lange darauf wartete, endlich einmal seine Zusatzausbildung als Profiler ins Spiel bringen zu können. Er wartete, bis sein Partner ihm durch Zunicken das Wort erteilte, und erklärte dann: »So ein Verhalten wäre nicht untypisch für einen Psychopathen, da diese meist ein sehr inniges Verhältnis zu ihren Opfern haben. So sind es gerade diese zwei Facetten der Tat, die einen gestörten Täter erst zu einem gestörten Täter machen. Auf der einen Seite ist da oft eine fast schon liebevolle Beziehung zu ihren Opfern und auf der anderen Seite dann die abschreckend brutale Gewalttat. Daher ist es durchaus vorstellbar, dass der Täter diesen Frauen zwar furchtbare Qualen antut, ihnen aber andererseits die Puppe als Trost zugesteht.« Florian ließ eine Pause folgen, bevor er hinzufügte: »Ich weiß, das klingt alles etwas abgedreht beziehungsweise weit hergeholt, aber es sind nun einmal Verrückte, mit Handlungsweisen, die wir uns noch nicht einmal im Ansatz vorstellen können.«

Wieder nickte Gernot anerkennend, blickte allerdings auf seine Uhr und bat, an Professor Lubner gewandt: »Könnten Sie uns bitte noch kurz auf den neuesten Stand bringen, was die Leichen betrifft? Ich muss in zehn Minuten beim Polizeichef sein.«

Wieder wanderte die Fernbedienung zum nächsten. Der Gerichtsmediziner setzte seine Brille auf und bediente das Gerät, ohne auch nur auf die Tasten blicken zu müssen. Abgeklärt wie immer verkündete Lubner: »Gut, dann werde ich Ihnen einen kurzen Überblick geben und die Details später mit Ihren beiden Kommissaren besprechen.« Zeitgleich mit dem Erscheinen des ersten Bildes erklärte er: »Dies ist das Gesicht der Leiche, die als Erste verstorben ist, und wie Sie unschwer erkennen werden, können wir ihr Gesicht mit keiner Vermisstenanzeige mehr abgleichen. Genau wissen wir es noch nicht, aber vom Verwesungsgrad her würde ich schätzen, dass die Frau vor etwa neun Monaten an diesen Baum gebunden wurde. Frau Nummer zwei, ich habe sie nach ihrem Todeszeitpunkt durchnummeriert, dürfte seit circa sechs Monaten dort hängen. Frau Nummer drei seit drei Monaten, und das Ableben der vierten Frau haben Sie ja quasi selbst miterlebt.« Bei dieser Aussage zuckten Florian und Lewis leicht zusammen, waren aber sofort wieder bei der Sache, als der Professor fortfuhr: »Wie gesagt, gestaltet sich die Identifizierung als ziemlich aufwendig, da bei den ersten drei Leichen nicht mehr viel vom Gesicht übrig ist. Selbstverständlich habe ich alle gängigen Verfahren in Auftrag gegeben, aber das dauert eben seine Zeit.« Jetzt wechselte Lubner zu kleineren Detailbildern und begann: »Nun also zu den Fakten, die wir kennen: Frau Nummer eins und drei waren 21 Jahre alt, Nummer zwei und vier waren beide 22 Jahre. Bei jeder von ihnen wurde kurz vor dem Tod ein Säugling per Kaiserschnitt auf die Welt geholt und alle vier Operationen wurden mehr schlecht als recht durchgeführt, wobei aber keine davon zum Ableben der Mutter geführt haben dürfte. Genauso verhält es sich mit den Säuglingen, die in dieser Phase der Schwangerschaft kurz vor einer natürlichen Geburt standen und lebensfähig gewesen sein dürften. Was haben wir noch …«, überlegte Lubner laut, bevor er erneut auf eine Taste drückte. »Ach ja … jedes der Opfer hatte diese zwei tätowierten Engelsflügel auf dem Oberschenkel und die Hautstrukturen weisen darauf hin, dass diese Tattoos schon älter sind.« Professor Lubner setzte die Brille ab, rieb sich kurz die Augen, was Lewis zu einer Frage nutzte: »Haben Sie irgendetwas gefunden, was auf ihren Aufenthaltsort vor dieser … dieser Hinrichtung hinweist?«

»Stimmt«, bestätigte Lubner und zeigte mit der Brille auf Lewis, »das ist auch noch wichtig: Die Fingernägel der Verstorbenen waren alle bis aufs Fleisch abgerieben. Moment bitte, auch hierzu habe ich natürlich Bilder.«

»Oh Scheiße!« Es war Müller, der als Einziger sagte, was auch alle anderen fühlten, als die neue Fotoserie an der Wand erschien. Für die einzelnen Bilder bedurfte es keines Kommentars, da sich jeder vorstellen konnte, mit welcher Panik die Frauen an etwas gekratzt haben mussten, doch Lubner lieferte die Erklärung in seiner ganz eigenen Art: »Logischerweise konnten wir unter ihren Fingernägeln nichts mehr finden, es gibt ja praktisch keine mehr. Doch glücklicherweise hatte die Frau Nummer eins tiefe Hautabschürfungen an den Fingerkuppen und darin fanden sich Spuren von Mörtel.«

»Mörtel?«, fragte Florian ein wenig dümmlich, was

Lubner mit einem Grinsen zur Kenntnis nahm: »Ja, Mörtel, das ist das Zeug, welches man zwischen Backsteine schmiert, um diese zusammenzuhalten.«

»Irgendein besonderer Mörtel?«, unterbrach Gernot leicht genervt.

»Nein, stinknormaler Mörtel, wie er überall verwendet wird.«

Kriminalrat Gernot erhob sich, gab Müller und Lubner die Hand und wandte sich anschließend ein letztes Mal an seine Kommissare: »Wir treffen uns heute Abend um neunzehn Uhr in meinem Büro und fassen die Ergebnisse des Tages zusammen.« Dann war ihr Chef zur Tür hinaus und alle vier setzten ihren Austausch fort.

26

Irena parkte den winzigen Kleinwagen wie so oft in der zweiten Reihe, drückte ihren ausladenden Bauch am Lenkrad vorbei ins Freie und atmete nach dieser Anstrengung erst einmal tief durch. Sie holte ihre Tasche vom Beifahrersitz, suchte den richtigen Schlüssel an einem Schlüsselbund, der eines Glöckners würdig gewesen wäre, und setzte sich in Bewegung. Bis durch die Eingangstür war noch alles in Ordnung, dann kam die alte Holztreppe und damit der härteste Teil ihrer Arbeit. Schweres zu heben war kein Problem, aber die eigene Körpermasse durch die Gegend zu schleppen eine Qual.

Oben angekommen kam erneut der Schlüsselring zum Einsatz, doch dieses Mal hatte sie sich die Farbe gemerkt, nahm zielsicher den blauen und steckte ihn ins Schloss.

Es war nicht das erste Mal und inzwischen hatte Irena ein beinahe unheimliches Gespür dafür, wenn etwas nicht stimmte. Die zugezogenen Vorhänge waren erst einmal nichts Ungewöhnliches, dass überall Kerzen herumstanden, dagegen schon. Hinzu kam ein leises surrendes Geräusch, das die Gänsehaut auf ihren Armen noch verstärkte. Statt nach der Bewohnerin zu rufen, fiel ihr Blick nun auf den alten Plattenspieler, auf dem sich eine Platte drehte, ohne dass die Nadel aufgelegt war. Irena schluckte den Kloß im Hals hinunter und rief erst leise: »Frau Schwarz, bist du da?«, dann ein wenig lauter: »Frau Schwarz? Irena hier, bist du da?« Nichts regte sich. Mit eindeutig mehr Angst vor den Lebenden als vor den Toten betätigte sie den Kippschalter neben der Tür, doch nichts passierte. Dann griff sie nach dem Schalter der alten Stehlampe, hielt aber nur ein abgeschnittenes Kabel in der Hand. Für die letzte Lösung und inzwischen ziemlich panisch, durchquerte sie das Wohnzimmer und riss die schweren Vorhänge zur Seite. Von einem Augenblick zum anderen flutete das Licht der tief stehenden Herbstsonne den Raum und warf seinen Schein auch in das angrenzende Schlafzimmer.

Die alte Russin hatte schon viele ihrer Patienten in deren Wohnung gefunden. Manchmal auf dem Klo, einige mitten im Raum liegend und wieder andere in ihren Betten. Doch alle hatten eines gemeinsam, keiner von ihnen lag da, als läge er schon im Sarg. Auch wenn keine offensichtlichen Beweise zu erkennen waren, spürte Irena, dass hier irgendetwas ganz und gar nicht in Ordnung war. Mit zitternder Hand zog sie ihr altmodisches Handy aus der Jackentasche und informierte erst die Polizei, dann ihren Chef. Anschließend folgte sie ihrer inneren Stimme, die absolut keine Lust darauf hatte, in der gruseligen Aura dieser Wohnung zu warten. Bemüht, keine Spuren zu verwischen, ging sie hinaus und setzte sich auf eine Stufe im Treppenhaus.

Ihre Arbeit als Altenpflegerin brachte es mit sich, dass sie in jede erdenkliche Art von Wohnhäusern kam. In manchen wohnten nur spießige alte Leute, denen jedes Geräusch zu viel und jede Unregelmäßigkeit zuwider war. Dann gab es noch die Hochhäuser am Rande der

Stadt. Dort lärmten oft Kinder durch das Treppenhaus, die Aufzüge waren mit Farbe besprüht und die Hausordnung wurde mehr recht als schlecht erledigt. Dieses Haus lag irgendwo in der Mitte. Soweit Irena wusste, lebten hier viele Generationen und alle waren mehr oder weniger gesittet.

Nun fiel ihr Blick auf die Wohnungstür neben der von Frau Müller, von der sie wusste, dass dort eine junge hochschwangere Frau wohnte. Die Vorstellung, dass entstehendes Leben und der Tod nur wenige Meter voneinander entfernt waren, schickte einen erneuten Schauer über ihre Haut. Tief in Gedanken hörte sie das leise röchelnde Husten erst, als es von einem schabenden Geräusch begleitet wurde. Etwas irritiert wendete Irena den Kopf, doch das Treppenhaus lag leer und verlassen hinter ihr und auch in den oberen Etagen herrschte absolute Stille. Mit einem Blick auf die Uhr hoffte sie auf das schnelle Eintreffen der Polizei.

Zwei, drei Minuten passierte nichts mehr, dann wieder … Husten, Röcheln, Kratzen. Hatte sie sich getäuscht und Frau Schwarz war gar nicht tot? Aber da war kein Puls mehr gewesen, der Körper war kalt und die Augen geöffnet.

Irena stand auf, ging langsam zu der geöffneten Wohnungstür ihrer Patientin, blieb aber auf der Schwelle stehen und lauschte ins Innere. Doch da war nichts …

Dieses Mal waren die Geräusche näher und viel deutlicher zu hören. So deutlich, dass die Russin zusammenzuckte und panisch einen Schritt zurück machte.

»Frau Irena Koslow?«

Irena stieß einen spitzen Schrei aus, wirbelte herum und sah in die erschrockenen Augen zweier Polizeibeamter, die nicht recht wussten, wie ihnen geschah. Nachdem sich alle drei einen Augenblick lang argwöhnisch gemustert hatten, hob die junge Beamtin eine Hand und erklärte mit ruhiger Stimmlage: »Bitte entschuldigen Sie, wir wollten Sie nicht erschrecken. Sind Sie Irena Koslow? Haben Sie uns angerufen?«

Irena schluckte einmal, atmete tief durch und nickte: »Da … ich meine ja, das war ich. Frau Schwarz, Patientin von mir, ist tot, liegt in ihrem Bett.« Dann deutete sie auf die andere, verschlossene Wohnungstür und erklärte: »Aber da drinnen, nicht in Ordnung etwas ist. Jemand muss husten und klingt ganz sehr seltsam … Vielleicht jemand verletzt«

»Langsam, eins nach dem andern«, versuchte nun der männliche Beamte, die Situation zu beruhigen. »Ich würde vorschlagen, sie führen uns erst einmal …«

Das Kratzen an der Tür war nun unüberhörbar, gefolgt von einem gequält klingenden Husten und einem leisen Knacken sprang der Bolzen des Schlosses aus seiner Verriegelung. Während Irena noch einen weiteren Schritt nach hinten machte, griffen die beiden Polizisten instinktiv zur Waffe. Erst als sich die Tür auch nach einer gefühlten Ewigkeit nicht weiter als den entstandenen Spaltbreit öffnete, rief die junge Beamtin: »Hier ist die Polizei. Ist alles in Ordnung bei Ihnen?«, doch nichts rührte sich.

Nun forderte die Polizistin dazu auf, die Tür weiter zu öffnen, und als auch dies keine Reaktion erzeugte, mussten sie etwas tun. Mit einem Wink gab man Irena zu verstehen, dass sie aus dem Weg gehen sollte, dann nahm die Beamtin eine sichere Position neben der Tür ein, während ihr Kollege, begleitet von den Worten: »Ich komme jetzt zu Ihnen in die Wohnung«, vorsichtig gegen die Tür drückte. Diese gab erst ein wenig nach, federte aber sofort wieder zurück und wäre fast zurück in Schloss gefallen. Der Polizist reagiert schnell, blockierte den Vorgang mit seinem Schuh und öffnete die Tür nun langsam, aber mit mehr Nachdruck. Als der Spalt groß genug war, fiel sein Blick auf einen Garderobenspiegel und damit auch auf den Mann, der davor am Boden lag. Dieser sah ebenfalls in den Spiegel, erkannte die Polizeiuniform, murmelte ein leises »Scheiße« und fiel danach in eine tiefe Ohnmacht.

Eine halbe Stunde später saß Irena noch immer in einem der vielen Polizeibusse, von wo aus sie dabei zusah, wie man erst den Verletzten, dann den Sarg mit der toten Frau Schwarz aus dem Haus trug. Irgendwann kam ein Sanitäter vorbei, kontrollierte ihren Blutdruck und entschied: »Ich denke, eine leichte Beruhigungstablette und etwas Ruhe genügen. Die Polizei wird Sie jetzt nach Hause fahren und morgen geht es Ihnen bestimmt schon viel besser. Wenn Sie jemanden zum Reden brauchen, können Sie diese Nummer anrufen. Die Menschen dort wissen, wie es einem nach so einem Erlebnis geht.« Damit drückte er ihr eine kleine Karte und ein paar Pillen in die Hand und verließ den Wagen wieder.

Nachdem man die Pflegerin vor dem Hochhaus, in dem sie wohnte, abgesetzt hatte, ging sie kraftlos in ihre Erdgeschosswohnung und schenkte sich ein Schlückchen Wodka ein. Im Grunde war es ihr ein Rätsel, warum sie die Sache dieses Mal so mitnahm. Frau Schwarz war eine von vielen und keine Patientin, zu der sie einen besonders guten Draht gehabt hatte. Irena schob es auf ihr eigenes Alter und die schlimmer werdenden Schmerzen in ihrer Brust. Durch ihren Beruf wusste sie, dass Sterben nichts Schlimmes sein musste, doch mit der eigenen Diagnose im Hinterkopf wurde ihr mit jedem Verstorbenen bewusster, wie schnell es gehen konnte.

Nachdem sie den Becher ein weiteres Mal gefüllt hatte, wählte sie die Nummer ihres Chefs und bat darum, von ihm gekündigt zu werden, um Anspruch auf Sozialleistungen zu haben. Seine erste Reaktion waren lautstarke Beschimpfungen, seine zweite die Drohung, ihr den heutigen Tag vom Gehalt abzuziehen. Irena legte auf, trank den Becher in einem Zug leer und holte die Karte des Sanitäters aus ihrer Tasche. Was sie früher immer belächelt hatte, erschien ihr nun umso nötiger. Ohne zu wissen, was sie erwarten würde, tippte sie Zahl für Zahl in das Handy und war kurz darauf mit der Zentrale der Notfallseelsorge verbunden.

Der offenbar relativ junge Mann, mit dem man sie verbunden hatte, erschien erst abweisend und genervt. Da es Irena aber verstand, Geschichten spannend zu erzählen, änderte sich sein Verhalten und abgesehen von einigen wenigen Zwischenfragen hörte er ihr einfach nur zu.

Nach dem Telefonat schluckte sie sämtliche Pillen des Sanitäters auf einmal, leerte den Rest der Flasche und legte sich in ihr Bett. Wenn dieser Lungenkrebs glaubte, über sie bestimmen zu können, hatte er sich getäuscht. Sie allein würde den Zeitpunkt wählen, und dieser war jetzt!

27

Judith hatte das Wasser nicht angerührt. Die schwere Kette mit den Handschellen am Ende gestattete ihr nur einen Meter Bewegungsfreiheit. Viel zu wenig, um durch den sich langsam schließenden Durchbruch blicken zu können. Raphael arbeitete zunächst von beiden Seiten daran, das Loch in der Wand zu schließen, doch irgendwann wäre er selbst nicht mehr nach draußen gekommen. Den Blick starr auf seine Tätigkeit gerichtet, ignorierte er jedes Schreien, jeden Versuch, möglichst partnerschaftlich zu klingen, und schließlich auch Judiths herzzerreißendes Flehen. Mit jedem Stein, den er erst dick mit Mörtel einschmierte und dann sorgsam einsetzte, wurde sie sich ihrer Lage bewusster. Es war nicht nur der Umstand, hier vollkommen allein und nur von Mauern umgeben zu sein, viel schlimmer war ein anderer Gedanke. Judith zweifelte nicht daran, dass dieser Irre sich um sie kümmern werde … Er wollte das Kind und hatte gerade damit begonnen, eine Aussparung in der Wand frei zu lassen … Nein, das war es nicht, was ihr so furchtbare Angst machte.

Es fiel ihr ein, als diesem Raphael oder wie er auch immer hieß, gerade ein Stein auf den Fuß gefallen war. Denn was wäre, wenn ihm etwas zustoßen sollte? Judith versuchte, diese Vorstellung aus ihrem Kopf zu vertreiben, doch es gelang ihr nicht. Sie war ihm auf Gedeih und Verderb ausgeliefert. Die kleinste Kleinigkeit könnte von nun an dazu führen, dass sie hier zusammen mit ihrem ungeborenen Kind zugrunde ging.

Judith hatte inzwischen jedes Zeitgefühl verloren und keine Ahnung, ob er den letzten Stein vor einer oder vor fünf Stunden eingesetzt hatte. Irgendwann hatte sie den Becher doch genommen und in einem Zug geleert, doch ihr Durst war nicht annähernd gestillt. Ihr Verlies war kalt, hart und bis auf einen schmalen Streifen Licht, der durch das kleine Loch hereindrang, dunkel. Manchmal schlief sie etwas ein, doch nie sehr tief. Das Prickeln in ihren gefesselten Händen war einer unangenehmen Taubheit gewichen und der Rücken tat ihr weh. Zwei, drei Mal hatte sie versucht, sich etwas anders hinzusetzen oder sogar aufzustehen, aber nichts brachte eine wirkliche Verbesserung.

Mit einer Mischung aus Hass und Freude hörte sie nun das erste Geräusch seit Langem. Es klang, als würde eine schwere Tür ins Schloss fallen, und war so weit weg, dass sie es nur wegen dieser absoluten, erdrückenden Stille hören konnte. Lange Zeit passierte nichts, dann war er plötzlich da und Judith stieß einen Schrei aus.

»Keine Angst, mein Engel, das ist nicht gut für unser Kind«, waren seine ersten Worte und in derselben, eigenartig ruhigen Tonlage fügte er hinzu: »Du kannst es dir auch gleich bequemer machen. Die Fesseln mussten sein, da sich die anderen viel mehr dagegen gewehrt haben.«

Judith saß wie versteinert da und starrte auf sein Gesicht, das das Loch in der Wand beinahe komplett ausfüllte und dadurch kaum noch Licht hereinließ.

»Die anderen?«, hörte sie sich fragen, worauf er den Kopf etwas neigte: »Ja, natürlich. Hast du es tatsächlich noch nicht begriffen?«

Judiths Hand legte sich automatisch über das Tattoo auf ihrem Oberschenkel, bevor sie feststellte: »Hat es also doch etwas damit zu tun … Luzifers Engel.«

Sein Mund verzog sich zu einem freudlosen Grinsen: »Karin, Iris, Natascha, Rita und Judith … Ja … Luzifers Engel.«

»Aber warum? Und wo sind die anderen jetzt?«

Das Grinsen verschwand, während er ihr die Antwort mit donnernder Stimme entgegenschmetterte: »Die anderen …«, es folgte ein tiefer Atemzug, »… die anderen sehen sich gerade an, wofür ihr alle fünf verantwortlich seid. Die anderen konnten nicht wiedergutmachen, was sie zu verantworten haben.«

»Und ich kann das?« Judith begriff es zwar nicht, wollte aber weiter im Gespräch bleiben. Möglicherweise erzählte er ihr etwas, das ihr später helfen konnte.

»Werden wir sehen«, antwortete er abweisend und forderte dann: »Wenn ich die Kette gelöst habe, kommst du rüber und steckst deine Hände durch das Loch.«

Sein Gesicht verschwand und nach einigen Sekunden spürte Judith, wie die Spannung der Kette nachließ. Mit wackligen Beinen und tauben Händen quälte sie sich mühsam in die Höhe, ging zögernd zu der Öffnung in der Wand und legte ihre Hände auf den Stein.

»Steck sie weiter durch.«

Sie tat, was er befahl, spürte, wie ihr Magen gegen seine Berührungen rebellierte, und zog die Arme schnell zurück, als die Fesseln gelöst waren. Mehr stolpernd als gehend wankte sie rückwärts zu der hinteren Wand und sah nun dabei zu, wie die Kette Stück für Stück durch ein Loch aus ihrem Verlies gezogen wurde. Wenige Augenblicke später erschien sein Gesicht erneut in der Öffnung: »In der hinteren Ecke steht eine Kiste, darin findest du alles, um dir ein Schlaflager zu bauen. Essen und Trinken bringe ich dir frisch.« Dann wandte er sich ab, hielt inne und fügte hinzu: »Mach es dir bequem. Du bist erst im achten Monat, es wird also noch einige Zeit dauern, bis wir wissen, ob du es wiedergutmachen kannst.«

Bis jetzt hatten Judiths Nerven dem Wahnsinn standgehalten, doch dieser letzte Satz riss die Festung ihrer Seele ein. Es ging nicht um ein paar Stunden oder Tage, es ging um Wochen und sie hatte keine Ahnung, was dann passieren sollte. Sie war wie ein Tier im Zoo. Gefangen, abhängig und absolut ohne Rechte.

28

Lewis' kalte Hände schafften es kaum, die Waffe aus dem Koffer seiner Vespa zu holen. Die Zeit der morgendlichen Fahrten mit dem Roller neigte sich mit jedem weiteren Herbsttag ihrem Ende entgegen und so langsam musste ein Auto her. In Berlin konnte er leicht darauf verzichten, hier in Nürnberg war der Nahverkehr dagegen genauso träge wie die ganze Stadt.

Die erste Anomalie dieses Morgens zeigte sich beim Betreten des Büros, denn Florians Platz war leer. Lewis konnte sich nicht daran erinnern, schon einmal vor seinem jüngeren Partner hier gewesen zu sein, was tatsächlich eine gewisse Sorge in ihm auslöste. Die zweite Abweichung war, dass er es schaffte, seinen Computer hochzufahren, ohne dass dieser die üblichen drei Fehlermeldungen anzeigte.

Nachdem er seine Hände an der ersten Tasse Kaffee des Tages aufgewärmt hatte, öffnete er die neuesten Polizeiberichte und lehnte sich zurück, um diese zu überfliegen. Eines der größten Probleme bei der Polizeiarbeit war, dass Fakten oft für sich allein standen und nicht mit anderen Fällen in Verbindung gebracht wurden. Einen Mann in Berlin hatte diese Tatsache das Leben gekostet, und so hatte es Lewis sich angewöhnt, möglichst oft über den Tellerrand seiner eigenen Ermittlungen zu schauen. Hinzu kam, dass in Nürnberg nur ein Bruchteil von dem passierte, was in der Hauptstadt los war, es also kein Problem darstellte, die Berichte des letzten Tages einmal querzulesen.

Für acht Uhr hatte Professor Lubner neue Untersuchungsergebnisse versprochen, es blieb also noch eine gute halbe Stunde, um sich eine Übersicht zu verschaffen. Nach einem kräftigen Schluck aus der Tasse filterte er die aktuellen Berichte nach den Dienststellen, die diese verfasst hatten, und begann dann bei der Verkehrspolizei.

Alles wie immer. Unter den üblichen Blechschäden und einigen uneinsichtigen Autofahrern stach nur der Fall eines jungen Motorradfahrers heraus. Augenzeugen zufolge wurde der Mann mitten in der Stadt zum Überholen aufgefordert und landete dann in einer lang gezogenen Rechtskurve frontal auf einer Baggerschaufel. Die Suche nach dem Fahrer des Kleintransporters blieb bis jetzt erfolglos, würde aber fortgesetzt werden, auch weil der Motorradfahrer inzwischen seinen schweren Verletzungen erlegen war.

So klickte sich Lewis von Bericht zu Bericht und war gerade bei den vermeintlich natürlichen Todesfällen angelangt, als die Tür aufging und Florian mit einem gedämpften »Guten Morgen« das Büro betrat. Lewis hob den Kopf, erwiderte den Gruß und fragte mit in Falten gelegter Stirn: »Harte Nacht gehabt?« Sein Partner winkte ab, hängte die Jacke an die Garderobe und schenkte sich ebenfalls eine Tasse Kaffee ein.

»Los, raus damit«, Lewis sah es Florian an, dass er eigentlich reden wollte.

»Mit Karin ist Schluss.«

Lewis vermied es zu grinsen: »Richtig Schluss oder nur ein bisschen Schluss?«

Florian verdrehte die Augen: »Richtig Schluss … Sie hat mich beim Chatten mit Bettina erwischt.«

»Bettina?«

»Frau Doktor Bettina Leitner.«

»Nein …«, war Lewis erste Reaktion, bevor er erstaunt fragte: »… du hast etwas mit der Psychologin angefangen?«

»Ja«, erwiderte Florian widerwillig und fügte schnell hinzu: »Es ist aber noch nichts passiert. Karin hat einfach überreagiert.«

Lewis dachte eine Weile darüber nach, wusste aber letztendlich nichts dazu zu sagen. Um die entstandene Stille zu beenden, fragte er stattdessen: »Kannst du arbeiten, oder willst du lieber heim und die Sache klären?«

»Arbeiten«, antwortete Florian entschlossen und ging zu seinem Schreibtisch, wo er sich erst in den Stuhl fallen ließ und dann fragte: »Habe ich schon etwas verpasst?«

»Nein, nichts Neues, ich sehe mir gerade die Berichte des letzten Tages an und in ein paar Minuten haben wir eine Videokonferenz mit Professor Lubner«, antwortete Lewis und versuchte, sich wieder auf seinen Monitor zu konzentrieren.

Während Florian alle nötigen Programme und das Smartboard für die anstehende Konferenz startete, blieb sein Partner an einem besonders auffälligen Bericht hängen. Lewis las sich die drei Seiten ein weiteres Mal durch, rief laut: »Das gibt's doch nicht«, und griff zum Telefon. Keine zwei Freizeichen später meldete sich ein Kollege der Kripo. Lewis erklärte kurz, welcher Fall ihn interessierte, und fragte dann nur: »Sind Sie sicher, dass die vermisste Frau schwanger ist, und wo hat man den Verletzten hingebracht?« Anschließend hörte Lewis einfach nur noch zu, knallte dann den Hörer auf das Telefon und rief an Florian gewandt: »Vergiss die Konferenz und leg den Waffengurt an. Wir müssen los!«

»Und du glaubst, dieser Tobias Janek könnte all diese Frauen getötet haben?«, fragte Florian vom Beifahrersitz aus, während er auf seinem Tablet herumtippte.

Lewis nickte: »Es passt alles zusammen. Nach ersten Erkenntnissen hat er eine alte, demente Frau umgebracht, um sich in deren Wohnung einzunisten. Die direkte Nachbarin ist alleinstehend und schwanger, also genau die Zielgruppe unseres Täters. Und gestern kam es offenbar zum Finale, das allerdings anders ablief, als er es gewohnt war. Judith Seufert, so heißt die werdende Mutter, hat sich gewehrt, ihn niedergeschlagen und ist dann vermutlich geflohen.«

Florian schüttelte den Kopf: »Klingt vielleicht logisch, aber warum ist diese Frau Seufert nicht sofort zur Polizei? Außerdem ist Tobias Janek ein polizeibekannter Stadtstreicher aus dem Raum Regensburg, das passt irgendwie nicht zu unserem Täter.«

»Dann lass es uns herausfinden«, erwiderte Lewis und steuerte den Dienstwagen auf einen für Notarztwagen reservierten Parkplatz des Südklinikums.

»Schon wieder in einem Krankenhaus«, brummte Lewis, nachdem sie den Haupteingang passiert hatten und ihnen der typisch chemische Geruch entgegenschlug. Nach einem kurzen Wortwechsel mit der nicht sehr freundlichen Frau am Informationsschalter folgten sie erst einem langen Gang und fuhren von dort mit dem Aufzug zwei Etagen nach oben. Der Kontrast zu dem lauten Eingangsbereich mit seinem Bistro und den kleinen Läden konnte nicht größer sein. Alles, was die Stille in der Intensivstation durchbrach, waren sich leise unterhaltende Angehörige und ab und zu das Surren einer automatischen Tür.

Als Erstes suchten die beiden Kommissare nach dem Schwesternzimmer, von wo sie eine übernächtigt wirkende Pflegekraft in einen etwas abgelegenen Bereich der Abteilung führte. Der wachhabende Polizeibeamte machte zunächst keine Anstalten, sein Wurstbrot beiseitezulegen, verschluckte sich dann aber fast, als Lewis ihm seinen Dienstausweis unter die Nase hielt.

»Ist er da drin?« Lewis deutete auf die Tür, neben der der Beamte saß.

»Ja.«

»Ist er fixiert?«

Nun stutzte der Polizist: »Nein, warum? Er ist doch selbst ein Opfer.«

»Ist er allein?«

»Ja, der behandelnde Arzt hat die Visite gerade abgeschlossen.«

Lewis dachte einen Augenblick nach, wandte sich an die Pflegekraft und fragte: »Wissen Sie, was der Patient hat oder wie es ihm geht?«

Der jungen Frau war die Anspannung anzusehen, trotzdem antwortete sie mit fester Stimme: »Das darf ich Ihnen nicht sagen. Soll ich den Arzt rufen?«

»Was ist hier los?«, mischte sich nun ein Mann im weißen Kittel ein, dessen Namensschild ihn als Dr. Kaiser auswies. Lewis wusste aus Erfahrung, dass man bei Ärzten sehr leicht gegen eine Wand laufen konnte. Er atmete einmal durch, gab dem Doktor die Hand, stellte sich vor und bat darum, einige Meter von der Tür wegzugehen, damit der Patient sie nicht hören konnte. Anschließend erklärte er: »Hören Sie, ich weiß, dass Sie uns nichts sagen müssen, aber bei der Sache hier geht es wirklich um Leben und Tod. Wir gehen dringend davon aus, dass es sich bei Ihrem Patienten um einen Schwerverbrecher handelt. So oder so werden wir gleich in das Zimmer gehen, es wäre aber deutlich sicherer, wenn Sie mir noch ein paar Informationen zum Zustand des Mannes geben könnten.«

Lewis ließ dem Arzt einen Augenblick Zeit zum Nachdenken, dann fragte dieser: »Was hat er getan?«

»Vier schwangere Frauen ermordet und ihnen vorher das Kind entnommen«, antwortete Lewis schonungslos und verstärkte den Druck mit dem Hinweis: »Eine weitere Frau ist vermutlich auf der Flucht und ebenfalls in Lebensgefahr.«

Dr. Kaiser biss sich kurz auf die Unterlippe, schluckte einmal und erklärte: »Der Patient wurde gestern mit einem Schädel-Hirn-Trauma eingeliefert. Sein Zustand ist stabil und er ist wach. Allerdings kann er nur schlecht reden, da er sich bei dem Schlag, den er abbekommen hat, selbst auf die Zunge biss und diese noch geschwollen ist.«

»Wie mobil ist er?«

Der Arzt zuckte mit den Schultern: »Er könnte sicherlich aufstehen, hätte dabei aber mörderische Kopfschmerzen und vermutlich auch einen starken Schwindel.«

»O. k., vielen Dank«, antwortete Lewis. »Bitte rufen Sie Ihre Mitarbeiterin zu sich und sorgen Sie dafür, dass niemand den Bereich vor dem Zimmer betritt. Wir gehen jetzt rein.«

»Und, wie sieht es aus?«, fragte Florian, nachdem sein Partner zurückgekommen war. Lewis schilderte flüsternd, was er eben erfahren hatte, wandte sich danach an den Polizisten, der Wache gehalten hatte, und befahl diesem: »Sie sichern den Bereich hier draußen ab. Sollte irgendetwas schiefgehen, müssen Sie den Mann notfalls auch mit der Waffe stoppen. Klar?« Das Nicken des Mannes genügte Lewis, dann zog er seine eigene Waffe, wechselte noch kurz einen Blick mit Florian und öffnete die Tür.

Lewis wusste nicht, was er erwartet hatte, aber sicher nicht, dass es so einfach werden würde. Vermutlich hatte der Gesuchte etwas von dem Gespräch vor seiner Tür mitbekommen, war aus dem Bett gestiegen und hatte versucht, die Feuertreppe hinter dem Fenster zu erreichen. Doch Dr. Kaisers Prognose stellte sich als richtig heraus, denn nun kniete der Mann auf dem Boden, hielt sich den Kopf mit beiden Händen und stieß einen Ton aus, der an das Winseln eines Hundes erinnerte.

Lewis behielt die Waffe im Anschlag, entspannte sich aber ein wenig. Florian ging an seinem Partner vorbei, um ihn weiter zu sichern, und konnte den Verdächtigen nun aus einer anderen Perspektive sehen. Da der Mann mit dem Rücken zur Tür auf dem Boden kauerte, hatte noch keiner von beiden das Gesicht erkennen können, doch das änderte sich jetzt. Für den Bruchteil einer Sekunde hatte Florian die Körperhaltung des Mannes irritiert beziehungsweise an jemanden erinnert. Nun hob dieser den Kopf und er war sich sicher … Weiter kam er nicht, denn Adam Voss ging es in Wirklichkeit nicht so schlecht, wie er tat. Mit einer schnellen Bewegung hob er etwas auf, was vor ihm gelegen hatte, drehte sich zur Seite und versuchte Lewis mit der Nadel einer großen Spritze in den Fuß zu treffen. Lewis taumelte einen Schritt zurück, dann fiel der Schuss.

Während sich das Loch in seiner Hand mit Blut füllte, sah Voss ungläubig dabei zu, wie die Spritze zu Boden fiel. Lewis und Florian zögerten dagegen keine Sekunde. Sie packten die Arme des Serienmörders, bogen diese ungeachtet seiner Verletzung nach hinten und fixierten ihn mit Handschellen. Schnell drängten sie ihn vor die Tür, wo Lewis den wartenden Arzt zu sich winkte.

29

Natürlich war der behandelnde Arzt gegen eine so frühe Vernehmung des angeschossenen Patienten. Doch Kriminalrat Gernot hatte sich dieses Mal selbst übertroffen und seinen Beamten in nur einer knappen Stunde eine richterliche Verfügung zukommen lassen. Adam Voss stand ganz oben auf den nationalen und internationalen Fahndungslisten, was auch Gernot ein paar Lorbeeren einbringen würde.

Mit der richterlichen Verfügung in der Hand hatte Lewis den Gefangenen in eines der beiden Krankenzimmer bringen lassen, in denen man sonst kranke Häftlinge unterbrachte. Nachdem man Voss' durchlöcherte Hand operiert hatte, dauerte es ganze drei Stunden, bis dieser wieder so weit bei Bewusstsein war, dass man sich mit ihm unterhalten konnte. Voss war kein Unbekannter für Florian und Lewis, sie hatten den Mann schon kurz vor seiner Flucht aus dem Gefängnis kennengelernt und wussten ein wenig, wie dieser tickte. Bei seiner Verfolgung damals entwischte ihnen der Verbrecher im letzten Augenblick. Tatsächlich hatte sich am Verhalten des Serienmörders kaum etwas verändert und selbst jetzt im Krankenbett ging eine nur schwer zu definierende Stärke von ihm aus.

»Wo ist die Frau?«, begann Lewis ohne Einleitung.

Voss zog eine Augenbraue nach oben, setzte dieses ironische Grinsen auf und antwortete langsam: »Das müssen Sie denjenigen fragen, dem ich dies hier zu verdanken habe.«

»Was meinen Sie mit ›dies hier‹?«, übernahm Florian.

»Die Beule am Kopf, das fehlende Stück Zunge und Ihre zweifelhafte Gesellschaft.«

»Wollen Sie damit sagen, dass es noch einen Täter gibt?«

Voss Gesichtsausdruck zeigte Interesse: »Noch einen Täter für was?«

Lewis wechselte einen schnellen Blick mit seinem Partner, wobei er sich Inspiration für die richtige Fragestellung erhoffte. Noch war absolut nicht zu erkennen, ob der Mann sich dumm stellte oder die Wahrheit sagte. Florian schien verstanden zu haben, rieb sich einmal über das Gesicht und fragte dann: »Was wollten Sie in der Wohnung von Judith Seufert? Wir haben einige seltsame Utensilien gefunden, die darauf hindeuten, dass Sie etwas ziemlich Unschönes mit ihr und ihrem ungeborenen Kind vorhatten.«

Voss zeigte generell kaum, was in seinem Inneren vorging, doch das kurze Stirnrunzeln wertete Lewis als Reaktion auf die Frage.

»Also?«, trieb ihn Florian weiter.

Voss wiederholte die Regung, schüttelte leicht den Kopf und antwortete: »Das Kind war mir scheißegal …«

»… aber die Frau nicht«, fiel ihm Lewis ins Wort.

Voss setzte gerade zu einer Antwort an, zuckte etwas zurück und bemerkte: »Warum rede ich eigentlich mit euch?«

Lewis spürte, dass sie gerade dabei waren, ihre wichtigste Spur zu verlieren, und schwenkte um: »O. k., nehmen wir einmal an, Sie sagen die Wahrheit. Hätten Sie dann kein Interesse daran zu erfahren, wer dafür verantwortlich ist, dass Sie nun lebenslänglich zurück ins Gefängnis gehen? Ihre früheren Taten und die Flucht … Mann, Voss, Sie haben doch wirklich nichts zu verlieren.«

»Was ist mit meiner Tochter?«, war es nun Voss, der das Thema wechselte. Florian setzte gerade dazu an, etwas zu antworten, doch eine kurze Geste seines Partners stoppte ihn.

»Antworten gegen Antworten«, forderte Lewis und hielt dem Blickkontakt mit dem Frauenmörder stand, bevor er fragte: »Wo hielten Sie die anderen Schwangeren gefangen, bevor Sie ihnen die Kinder herausschnitten?«

Erneut schüttelte Voss den Kopf und die Kommissare glaubten schon, er werde sich verschließen. Doch statt stumm zu bleiben, überraschte er sie mit der Erkenntnis: »Jetzt verstehe ich. Ihr verfolgt ein Monster und habt keinen Plan, wo ihr suchen sollt.« Er sah von einem zum anderen und wiederholte: »Es ist doch so, oder? Da draußen ist jemand mit einer ganz besonderen Vorliebe für Säuglinge unterwegs und ihr glaubt, dass ich dieser Jemand bin.« Es folgte ein heißeres Lachen: »Mann, Leute, ihr kennt doch meine Akte … Habe ich jemals ein Kind angerührt?«

Lewis neigte fast dazu, ihm zu glauben, blieb aber vorsichtig: »Vielleicht haben Sie recht, aber dazu müssten Sie mir endlich sagen, warum Sie nach Nürnberg zurückgekehrt sind und was Sie von der jungen Frau wollten? Kennen Sie Judith Seufert von früher, war das alles geplant? Und was ist mit der alten Frau aus der Nachbarwohnung passiert?«

Einen Moment lang war Florian versucht, auch nach dem Stadtstreicher zu fragen, für den sich Voss offenbar ausgegeben hatte. Da ihm diese Information aber nicht wirklich hilfreich erschien, ließ er es bleiben.

Wieder musterte Voss die beiden Kommissare und entschloss sich schließlich mitzuspielen, schon weil ihn dieser Gesuchte tatsächlich interessierte. Nachdem er mit der einzig freien Hand das Wasserglas genommen hatte, setzte er sich etwas aufrechter in das Bett, trank einen Schluck und begann: »Nürnberg war kein Zufall, diese junge Frau dagegen schon. Eigentlich wollte ich hier nur in Erfahrung bringen, was mit meiner Tochter passiert ist, nachdem Sie auf uns geschossen haben.«

Florian zwang sich, den Blick auszuhalten und sich nicht von der Vergangenheit ablenken zu lassen. Lewis spürte den Konflikt. »Weiter«, befahl er barsch und hoffte, dass Voss nicht auf Florians Zögern einging.

Voss tat ihm den Gefallen, löste den Augenkontakt mit Florian und erzählte, als ginge es um eine alte Jugendsünde: »Ich habe diese Judith zufällig in der U-Bahn gesehen. Sie hatte etwas unsagbar Trauriges im Blick, das mich einfach zu sehr reizte. Ich verfolgte sie, kundschaftete ihre Wohnung aus und wollte ihr zeigen, wie sich wahrer Schmerz anfühlt.«

Lewis hatte Mühe, ruhig zu bleiben, vor allem als der Psychopath auch noch beiläufig erwähnte: »Die Alte war ganz nett, wohnte aber genau neben der jungen Frau. Ich wäre dumm gewesen, dies nicht auszunützen.«

»Und was passierte dann in der Nacht, bevor man Sie verletzt gefunden hat?«, klinkte sich Florian mit ruhiger Stimme ein.

Voss zuckte mit den Schultern: »Das herauszufinden,

ist eure Aufgabe. Ich drang in Judiths Wohnung ein, wartete ein Telefonat ab, bei dem es wohl um den Exfreund der Frau ging, und stellte mich dann höflich vor. Dann wollte ich die üblichen Vorbereitungen treffen und bekam plötzlich etwas auf den Kopf.«

»Haben Sie irgendetwas erkannt? War es Judith, die Ihnen auf den Kopf geschlagen hat?«

Voss schüttelte den Kopf: »Sie kann es nicht gewesen sein. Wie ich schon sagte, war ich gerade dabei, alles vorzubereiten, und dafür habe ich es mir angewöhnt, meine Göttinnen kurz außer Gefecht zu setzen.«

Lewis wollte die Frage gerade formulieren, doch Voss war schneller: »War nicht schlimm, ich habe ihr nur so lange die Luft abgedreht, bis sie kurz in Ohnmacht fiel. Den Frauen passiert dabei nichts … So viel Übung habe ich.«

»Also war noch jemand im Raum«, resümierte Florian, »Mann oder Frau?«

»Eindeutig ein Mann. Nachdem ich zu Boden gegangen war, sah ich noch kurz seine Schuhe, dann bin ich weggetreten.«

»Was waren das für Schuhe?«

»Braunes Wildleder würde ich sagen. Sahen bequem aus.«

»Haben Sie sonst noch irgendetwas gehört oder gesehen?«

Voss schob seinen Körper erneut ein Stück nach oben und änderte dabei offenbar seinen Geisteszustand. Ohne jede Vorwarnung wechselte seine Stimmlage von beinahe verträumt zu absolut autoritär, als er feststellte: »Genug jetzt. Antworten gegen Antworten. Was ist mit meiner Tochter passiert?«

Florians Mundwinkel zuckten und als Lewis ein leichtes Nicken andeutete, sagte er das Unvermeidliche: »Sie starb damals in diesem Wald. Ich habe sie erschossen!«

Nach diesen Worten legte sich Stille über den Raum und Voss schloss für lange Zeit die Augen. Doch als er sie wieder öffnete, fehlte der Hass, den Florian erwartet hatte, und ohne jede Gefühlsregung erwiderte er: »Sabrina hatte gewusst, dass das passieren kann.«

Florian sah sich genötigt, alles noch einmal zu erklären, doch als er dazu ansetzte, brachte ihn eine Geste des Frauenschänders zur Ruhe. Voss sah ihm mit einem Nicken in die Augen: »Respekt. Sie gestehen mir hier einfach so, dass Sie meine Tochter auf dem Gewissen haben, und das, obwohl ich der einzige Zeuge in einem so wichtigen Fall bin.«

»Wir haben nie gesagt, dass Sie der einzige Zeuge sind«, war Lewis froh, das Gespräch in eine andere Richtung lenken zu können.

»Ach nein?«, fauchte Voss in seine Richtung. »Ich bin in Ihren Augen ganz sicher kein normaler Mensch, aber blöd bin ich auch nicht. Sie hätten mir nicht einen Bruchteil von all dem erzählt, wenn Sie nicht dringend auf Hinweise angewiesen wären.« Es folgte eine längere Pause, bis Voss schließlich vorschlug: »Zeigen Sie mir, was Sie haben, und wir finden diesen Typen gemeinsam. Wie Sie schon sagten, dieses Arschloch hat mich zurück ins Gefängnis gebracht, das ist Grund genug.«

Jeder der beiden Kommissare dachte kurz darüber nach, bis Lewis zu seinem Partner sah und ihn mit einer Kopfbewegung dazu aufforderte, mit hinauszukommen.

Nachdem die Kommissare das Zimmer verlassen und stattdessen einen Polizisten hineingeschickt hatten, deutete Lewis auf einen Kaffeeautomaten am Ende des Flurs.

»Gute Idee«, meinte Florian.

»Also, was denkst du?«, fragte Lewis kurze Zeit später und mit einem höllisch heißen Plastikbecher in der Hand.

Florian sah ihn verwundert an: »Was soll ich denken …« Er brauchte einige Sekunden, um zu begreifen, stellte seinen Becher auf den Bistrotisch und legte den Kopf schief: »Du erwägst doch nicht ernsthaft, dieses kranke Stück irgendwie mit in den Fall einzubeziehen?« Und deutlich lauter fügte er hinzu: »Der Typ da drinnen ist einer der meistgesuchten Frauenschänder dieses Landes … Das kann nicht dein Ernst sein.«

Lewis ließ seinem Partner etwas Zeit, um runterzukommen, bevor er ruhig und sachlich aufzählte: »Wir haben so gut wie keine Hinweise, vier Babys und eine Schwangere werden vermisst und die Zeit läuft uns davon … Hast du eine bessere Idee? Ja, Voss ist ein Psychopath, aber vielleicht liegt gerade darin die Chance. Wer könnte sich besser in unseren Täter hineinversetzten als er?« Und scheinbar beiläufig fügte er hinzu: »Ich bin mir übrigens hundertprozentig sicher, dass Voss nichts mit den anderen Opfern zu tun hat. Es war einfach Zufall, dass er es auf die gleiche Frau abgesehen hatte. Alles andere passt weder zu ihm noch zu seinen früheren Taten.«

30

»Na, das sieht doch gleich besser aus.«

»Was meinst du?« Florian folgte dem Blick seines Partners, konnte aber nichts Ungewöhnliches an sich feststellen.

»Na, die Schuhe«, klärte ihn Lewis auf. »Beim letzten Mal hattest du diese italienischen Treter an.«

Florians Gesichtsausdruck verfinsterte sich: »Die sind jetzt beim Schuhmacher. Vielleicht kann der die vielen kleinen Kratzer herauspolieren.«

»Sind ja auch völlig ungeeignet. Warum holst du dir nicht einfach solche wie ich? Man kann damit sitzen, laufen, rennen, jemanden in den Hintern treten oder, so wie heute, in den Wald gehen.«

Florian verzichtete darauf, die ausgelatschten Freizeitschuhe seines Vorgesetzten zu kommentieren, setzte sich auf den Beifahrersitz und fragte stattdessen: »Und du glaubst immer noch, dass es eine gute Idee ist?«

Lewis hielt die Augen auf den Außenspiegel gerichtet, um eine Lücke im fließenden Verkehr zu finden: »Ich habe keine andere. Und außerdem, was soll schon passieren? Voss hat seiner Entlassung aus dem Krankenhaus zugestimmt und wir haben genügend Kollegen zur Absicherung dabei.«

»Und was sagt unser Chef dazu?«

Lewis runzelte die Stirn: »Der ist so begeistert davon, dass er dabei sein wird.«

Pünktlich um neun Uhr stoppte Lewis den Wagen, gleich neben dem gepanzerten Gefangenentransporter, hinter dessen vergittertem Fenster sie das Gesicht von Adam Voss sehen konnten. Unzählige Beamte hatten die schmale Landstraße weiträumig abgesperrt, was dafür sorgte, dass eine eigenartig Stille über dem Waldstück lag.

Lewis atmete in der klaren Morgenluft tief durch, gesellte sich dann zu einer kleinen Gruppe, die sich rund um Kriminalrat Gernot gebildet hatte, und fragte: »Wie sieht es aus Chef, können wir?«

Gernot wartete das Nicken der drei Gruppenführer ab, deutete anschließend zum Transporter und befahl: »Also gut, holt ihn raus. Aber denkt daran: Mit ihm wird nur das Nötigste gesprochen, ihr lasst euch auf keinerlei Unterhaltung ein und egal, was passiert, die Fuß- und Handfesseln bleiben dran.«

»Alles klar«, bestätigte der Beamte, welcher mit seinen Männern für den Gefangenen verantwortlich war. Nach dessen Nicken öffnete ein Polizist im schwarzen Kampfanzug die Heckklappe des Wagens, verschwand kurz darin und kam nur eine Minute später mit Voss wieder heraus. Zwei seiner Kollegen halfen dem Frauenschänder auf den Boden, was er wegen der Fußfesseln nie allein geschafft hätte. Voss suchte Lewis' Blickkontakt, lächelte etwas und setzte sich dann mit kleinen Schritten in Bewegung.

»Ist ja fast wie in einem der alten Western«, stellte Florian mit Blick auf die Gruppe fest. Zwei Männer der

Sondereinheit bildeten die Vorhut, fünf Meter dahinter kam Voss, umringt von gleich vier Aufpassern, und wieder fünf Meter weiter folgten zwei Beamte mit kurzen Schrotflinten.

Aus den geplanten zwanzig Minuten wurde am Ende über eine halbe Stunde, bis sie mit dem Gefangenen endlich die Stelle erreichten, an der man die drei Frauenleichen gefunden hatte. Allen, außer den trainierten Beamten des SEK, war die kleine Wanderung anzusehen. Besonders Kriminalrat Gernot schien weniger fit zu sein, als man bei seiner hochgewachsenen drahtigen Figur annehmen konnte. Feine Schweißperlen auf der Stirn und große dunkle Flecken unter den Achseln ließen ihn nun weniger autoritär wirken, als das sonst der Fall war.

Kurz vor der Lichtung ließ man den Gefangenen auf einem abgesägten Baumstamm Platz nehmen und gab ihm etwas Wasser zu trinken. Voss nahm die Plastikflasche zwischen seine gefesselten Hände, trank erst einen Schluck und schüttete sich den Rest über den Kopf.

»Was soll das?«, fluchte einer der vermummten Polizisten und nahm ihm die Flasche weg, doch Voss erwiderte ganz entspannt: »Neidisch?«

Lewis hatte der Aktion aus einiger Entfernung zugesehen und spürte, dass die Beamten der Spezialeinheit ihren Gefangenen als das sahen, was er war … ein Psychopath, der unschuldige Frauen quälte und umbrachte. Mit jeder Minute, die sie ihn länger durch den Wald führten, wurde Voss' Behandlung schroffer. Während man ihm am Anfang noch über umgefallene Baumstämme geholfen hatte, sahen sie am Ende nur noch dabei zu, wie er sich allein darüberquälte.

Lewis verstand die Reaktion der Männer, von denen vermutlich einige selbst Frau und Töchter zu Hause hatten, konnte es sich aber nicht leisten, dass man Voss zu stark verärgerte. Mit einem schwachen Rempler forderte er Florian auf, ihm zu folgen, und ging hinüber zu Voss und seinen Bewachern. »Ab hier übernehmen wir ihn, bleiben Sie bitte in der Nähe«, bestimmte er.

Voss wartete, bis sich die Vermummten ein Stück entfernt hatten, hob den Kopf und verlangte: »Also gut, ich denke, es wird Zeit, dass Sie mir ein paar Hintergrundinformationen geben. Ich glaube kaum, dass Sie diesen Aufwand betreiben, um mir die Schönheit der Landschaft vor Augen zu führen.«

Lewis warf einen Blick zu seinem Vorgesetzten, der sich ein Stück weiter unten gerade von einem Mann der KTU erklären ließ, wie man die Frauen vorgefunden hatte. Eigentlich hatten sie abgesprochen, Voss nur das Nötigste zu erzählen, doch Lewis hielt das für wenig zielführend. Mit etwas Abstand ging er vor dem Mann in die Hocke, zeigte zu der letzten Baumreihe vor der Lichtung und erklärte: »Dort unten haben wir drei Frauenleichen gefunden. Alle drei wurden nachweislich lebendig an einen Baum gefesselt. Alle drei hatten einen Knebel im Mund und allen dreien wurde, kurz bevor sie hierhergebracht wurden, ein Säugling per Kaiserschnitt entfernt.«

»Was noch?«, fragte Voss wenig beeindruckt.

Lewis wusste nicht, wie weit er gehen sollte, antwortete aber wahrheitsgemäß: »Zwei weitere Frauen sollten folgen. Eine konnte sich befreien, war aber völlig verstört.« Mehr brauchte Voss nicht zu hören, um die Information zu ergänzen: »Und die letzte war meine herrlich traurige Judith … habe ich recht?«

Lewis nickte: »Wir denken, ja.«

»Noch was?«, hakte Voss nach.

Während Lewis den Kopf schüttelte, brachte Florian das Wort »Engelsflügel« ins Spiel, was bei dem Frauenschänder eine der wenigen Reaktionen in Form einer hochgezogenen Augenbraue hervorrief: »Engelsflügel?«

Florian zog sein Handy heraus und zeigte ihm das Foto. »Alle vier uns bekannten Opfer hatten solche Flügel als Tattoo auf dem Oberschenkel. Und auch an jedem der Bäume ist dieses Symbol eingeritzt, daher wissen wir auch, dass eine weitere Frau folgen sollte. Der letzte markierte Baum ist quasi unbenutzt.«

Voss stemmte sich mühsam in die Höhe, hob die gefesselten Hände und bat: »Kann ich mir die Bäume genauer ansehen?«

Lewis informierte die Kollegen vom SEK und führte Voss die letzten zwanzig Meter bis zu der Lichtung. Nachdem sie die Bäume passiert hatten, drehte sich Lewis um, deutete von einem Baum zum nächsten und erklärte: »An den rechten dreien fanden wir die Leichen, am vierten waren die Fesseln der entkommenen Frau und der ganz linke Baum war nur markiert.«

Voss folgte dem Fingerzeig, bevor er fragte: »Was hatten die Frauen an?«

»Sie waren nackt.«

»Dachte ich mir.«

»Was denken Sie?«, fragte Florian, der seinen Widerwillen gegen diese Aktion inzwischen zurückgedrängt hatte.

Statt zu antworten, drehte sich der Frauenschänder einmal um die eigene Achse und bat dann: »Kann ich mich an einen der Bäume stellen?«

Lewis warf einen Blick zu dem Mann von der Kriminaltechnik, der zusammen mit Gernot in einigen Metern Entfernung stand, und rief: »Herr Müller, sind die Untersuchungen an den Bäumen abgeschlossen?«, und als dieser nickte, fragte er Voss: »An welchen?«

Dieser nickte zu dem mittleren und ging auch schon los, wobei seine Fußfesseln bei jedem Schritt schepperten. Lewis verzichtete darauf, den Mann zu begleiten, und als Florian Anstalten machte, ihm hinterherzugehen, hielt er ihn zurück. Voss sollte sich möglichst ohne Ablenkung einen Eindruck verschaffen können, außerdem standen genug Beamte zur Absicherung bereit.

Auch wenn es niemand zugegeben hätte, bot der Psychopath ein Schauspiel, das einen leicht in den Bann ziehen konnte. Mit jedem Schritt, den er dem Baum näher kam, veränderte sich seine gesamte Körperhaltung. In den zunächst mühevollen Schritten lag mehr und mehr eine Kraft, die er über den kerzengeraden Rücken bis hin zu dem starr nach vorn gerichteten Blick ausstrahlte.

Kurz vor dem Stamm blieb er stehen, streckte die Hände aus und legte diese sanft auf die grobe Rinde des Stammes. Nach einigen Sekunden völliger Bewegungslosigkeit drehte er sich um, machte den letzten Schritt nach hinten und lehnte den Hinterkopf an den Stamm. So verweilte er, die Augen fest geschlossen, bis ihm Kriminalrat Gernot irgendwann zurief: »Wird das heute noch was?«

Voss ignorierte die Ansage, blieb weiter in dieser Position stehen und genoss die Erektion, die sich deutlich unter seiner Hose abzeichnete. Irgendwann öffnete er den Mund und atmete tief ein, was sein Körper mit einem kurzen Zucken quittierte.

Gernot war der Erste, der den sich immer weiter ausbreitenden Fleck im Schritt des Mannes entdeckte. Völlig ungehalten machte er ein paar Schritte in dessen Richtung und brüllte angewidert: »So, das reicht jetzt. Der Mann verarscht uns nur. Abführen!«

Im selben Augenblick öffnete Voss die Augen, zeigte mit den Händen auf einen Punkt im Tal und sagte laut: »Sie sollten den Friedhof sehen … Die Frauen sollten, während sie starben, auf diesen Friedhof blicken.«

Bis auf die gegen Ablenkung geschulten Männer des Sondereinsatzkommandos folgten alle anderen Voss' Fingerzeig. Lewis brauchte einen Augenblick, um die kleine Kirche mit den angrenzenden Friedhofsmauern in der Ferne zu erkennen. Er musste zugeben, dass diesem Detail sicher niemand Aufmerksamkeit geschenkt hätte. Sichtlich beeindruckt ging er zu einem der anderen Bäume, stellte sich ebenfalls mit dem Rücken an den Stamm und tatsächlich, von hier aus konnte man fast nicht anders, als auf diesen Friedhof zu blicken. Anschließend löste er sich von dem Baum und ging zu Voss. »Gute Arbeit. Haben Sie sonst noch irgendwelche Eindrücke gewinnen können?«, stellte er anerkennend fest. Dann war der Mund schneller als der Kopf, als er hinzufügte: »Ich meine, außer ihrer sexuellen Erregung.«

Voss reagierte auf diese Aussage mit einem beinahe spitzbübischen Grinsen und erwiderte: »Euer Mörder hat ein sehr persönliches Motiv und ich vermute stark, dass es genau dort unten begraben ist.«

»Was ist mit den Engelsflügeln?«

Voss schüttelte den Kopf: »Keine Ahnung. Vielleicht ist es das Symbol einer Gruppe.« Er blickte hinauf zur Sonne. »Ich glaube, ich habe mir noch einen Schluck Wasser verdient!«

Lewis nickte: »Haben Sie«, und bat seinen Partner, eine Flasche zu holen.

Während Florian zu dem SEK-Beamten mit dem Rucksack ging, ließ Lewis Voss allein zurück, um seinem Chef und Herrn Müller von der Kriminaltechnik das wiederzugeben, was ihm der Psychopath gerade erzählt hatte.

Florian nahm das Wasser entgegen, kehrte zu Voss zurück und schraubte den Verschluss ab. Dieser nahm die Flasche erneut zwischen seine gefesselten Hände, nahm einen langen Schluck und verdrehte plötzlich die Augen.

Der extreme Hustenreiz zwang einen großen Teil der Flüssigkeit wieder aus seinem Mund heraus. Doch statt Florian anzuspucken, schaffte es Voss gerade noch, nur die eigenen Hände zu treffen, ging dabei aber auf die Knie, wo er immer noch mehr röchelte. Als sich Voss' Zustand nach einigen Sekunden immer noch nicht gebessert hatte, beugte sich Florian nach unten, um dem Mann etwas auf den Rücken zu klopfen. Die Bewegung kam schnell und nützte Florians Haltung aus. Erstaunt konnte dieser gerade noch wahrnehmen, dass Voss' Handschellen nur noch an der Hand mit der Schussverletzung hingen, dann fiel er direkt auf den Frauenschänder, dessen rechter Arm ihn in den Schwitzkasten nahm, während die linke Hand nach seinem Waffenholster suchte.

Florian war völlig überrumpelt, aber geistesgegenwärtig genug, um, statt Gegenwehr zu leisten, lieber seine Waffe zu schützen. Trotz des enormen Drucks, den der Arm um seinen Hals ausübte, schaffte er eine kleine Drehung, die seinen Holster außerhalb von Voss' Reichweite brachte. Nun musste auch dieser seine Position ändern, was ihn dazu zwang, den Kopf etwas zu heben. Der Schuss war kaum zu hören und fiel ohne jede Vorwarnung. Wie das etwas zu laute Brechen eines Zweiges verließ das Projektil die Waffe und schlug nur einen Sekundenbruchteil später in den Schädelknochen des Frauenschänders ein. Dessen Kopf wurde nach hinten gegen den Baum gerissen und nur einen Wimpernschlag später wich jede Spannung aus seinem Körper.

Nachdem sich der Arm um seinen Hals entspannt hatte, reagierte Florians Lunge schneller als sein Geist und saugte gierig den Sauerstoff an. Erst einen Augenblick später begriff er bewusst, was gerade passiert war. Mit hektischen Bewegungen befreite er sich aus Voss' Armen, robbte ein Stück rückwärts und blieb dort, noch immer panisch atmend, liegen.

Die erste Überprüfung erfolgte durch die Beamten des SEK. Danach traten Kriminalrat Gernot, Lewis und Müller vor die Leiche, um sie genauer zu betrachten. Kriminaltechniker Müller streifte sich die dünnen Plastikhandschuhe über, bückte sich hinunter und fuhr mit dem Finger über Voss' Unterarm. Dann griff er nach den Handschellen und betrachtete auch diese genauer. Er stand auf, roch kurz an seinem Finger und wandte sich an den Leiter des Sondereinsatzkommandos: »Ihre Leute haben Voss doch aus dem Krankenhaus abgeholt, oder?«

Der drahtige Mann nickte selbstsicher.

»Und diese Handschellen ... wurden die von Ihren Männern angelegt oder war Voss schon gesichert?«

Nun drehte sich der Einsatzleiter zu einem seiner Männer: »Peter, hast du den Irren gefesselt oder hatte er die Handschellen schon um?«

Der Angesprochene musste nicht überlegen: »Das sind unsere. Ich habe ihn gefesselt.«

Nun wandte sich Müller direkt an den Mann: »War Voss danach noch einmal auf der Toilette?«

Der Beamte nickte: »Ja, aber nur kurz und in seiner Krankenzelle.«

»Hören Sie, was soll das alles?«, fragte der Einsatzleiter, nun nicht mehr ganz so selbstsicher. »Sagen Sie doch einfach, was los ist.«

Müller ging einen Schritt auf den Mann zu und hielt ihm den Finger unter die Nase.

»Riecht nach Seife«, stellte der SEK-Beamte fest.

»Genau!«, bestätigte Müller. »Adam Voss nutzte den Toilettengang, um etwas Seife in die Ritzen der Handschellen zu schaben. Zusammen mit dem Wasser, dass er sich vorhin auf die Hände spuckte, ergab das genug Gleitwirkung, damit er die Hand herausziehen konnte.«

»Scheiße«, war die einzige Reaktion des Einsatzleiters, wobei er einen giftigen Blick in Richtung seiner Männer warf.

31

Nachdem Raphael den Keller verlassen hatte, versuchte Judith, ihre innere Beklemmung damit zu vertreiben, dass sie immer wieder von einer Wand zur nächsten lief. Die ersten Male musste sie noch die Arme nach vorn strecken, um nirgends anzustoßen, doch die zehn Schritte auf der breiten Seite und die acht Schritte auf der schmalen waren schnell verinnerlicht und schon bald fand sie sich auch in dieser absoluten Dunkelheit zurecht. Immer wieder das gleiche Kinderlied summend, machte sie einen Schritt nach dem anderen, drehte um und ging wieder zurück. Ab und zu tastete sie sich um die Ecke zu der anderen Wand und das Spiel begann von Neuem, nur mit weniger Schritten.

Das Einzige, was einigermaßen beruhigend wirkte, waren die sanften Tritte unter ihrer Bauchdecke; soweit sie es beurteilen konnte, hatte wenigstes ihr Kind keinen Schaden genommen. Judith konnte nicht sagen, warum, aber ihre innere Stimme wusste sein einiger Zeit, dass sie bald ein Mädchen zur Welt bringen würde. Und weil es ihr ein Gefühl der Überlegenheit gab, hatte sie ihm das stets verschwiegen.

Nun, so fand sie, war es an der Zeit, dem Kind einen Namen zu geben. Die Kleine war im Moment der einzige

Mensch, mit dem sie ihr Schicksal teilte … Sie brauchte einfach einen Namen. Im Geiste ging sie sämtliche weibliche Vornamen durch. Immer wieder blieb der eine übrig, der, den sie im Grunde schon die ganze Zeit im Hinterkopf hatte. Erneut an einer Mauer angekommen, lehnte Judith den Kopf gegen die kalte Wand und versuchte, ihre Gefühle unter Kontrolle zu halten. Paul war tot. Tot, weil sie Raphael nicht gehorcht hatte. Nein, es konnte keinen anderen Namen für ihr Kind geben als Pauline. Wenigstens das war sie ihm schuldig. Die Erkenntnis brach wie eine Welle über ihr zusammen, drückte ihr die Luft aus der Lunge und ließ ihre Nerven erbeben. In den letzten Stunden war sie so sehr mit sich selbst beschäftigt gewesen, dass sie diesen letzten Anruf ihrer Fastschwiegermutter völlig verdrängt hatte. Auch wenn es wie ein Unfall ausgesehen hatte, nicht sie, sondern … Raphael war schuld, war schuld, war schuld.

Der Trauer folgte Wut und diese Wut suchte sich einen Kanal. Zeitgleich mit dem lang gezogenen Schrei aus tiefster Seele schlug sie mit beiden Händen gleichzeitig gegen die unnachgiebige Wand und zuckte augenblicklich zusammen. Der Lichtschein flammte derart abrupt auf, dass sie instinktiv die Hände vor die Augen schlug.

Nach einigen Sekunden hatte sie sich an das Licht, welches nun durch die kleine Aussparung in der Wand fiel, gewöhnt, auch wenn sie noch nicht richtig hineinblicken konnte. Noch immer an der hinteren Wand stehend, versuchte sie, etwas zu erkennen. War Raphael zurückgekommen? Sie hatte nichts gehört.

»Hallo?«, fragte sie leise in die Stille des Kellergewölbes, doch niemand antwortete ihr. Wieder schützte sie mit der Hand ihre Augen, ging etwas in die Knie und versuchte, einen Blick durch den Durchbruch auf der anderen Seite des Raumes zu werfen. Nichts jedoch deutete daraufhin, dass er da war, denn das Licht fiel ungehindert hindurch.

Nachdem auch nach einem weiteren, dieses Mal lauteren »Hallo?« alles ruhig blieb, nahm sie ihren Mut zusammen, durchquerte die türlose Zelle und näherte sich vorsichtig dem Loch in der Wand. In etwa einem Meter Abstand blieb sie stehen, ging erneut etwas in die Knie und blickte hindurch. Direkt gegenüber seiner neu errichteten Mauer befand sich eine weitere, an der ein kleiner Scheinwerfer mit Sensor angebracht war, der genau in ihre Richtung schien. Ein Stück daneben endete die Wand und ein schmaler langer Gang verlor sich in der Dunkelheit. Von Raphael war nichts zu sehen und so kam sie zu der Erkenntnis, dass sie selbst den Scheinwerfer ausgelöst haben musste. Bewegung konnte es eigentlich nicht gewesen sein, dazu war das Loch in der Wand zu klein. Blieb folglich nur noch Schall, und so war es auch. Judith klatschte in die Hände und das Licht erlosch, dann klatschte sie zweimal in die Hände und das Licht ging wieder an.

Judith wiederholte das Spiel noch einige Male und war am Ende froh, wenigstens ein Licht zu haben, das sie steuern konnte. Mit neuem Mut begann sie nun, sich in ihrem Verlies umzusehen.

Da war diese Kiste, von der er sagte, sie fände darin alles, was sie brauchte. Außerdem gab es einen Eimer, der in der am wenigsten beleuchteten Ecke stand; das Toilettenpapier daneben erklärte dessen Sinn. Doch bis auf diese beiden Dinge war die Zelle leer, karg und trostlos.

Da ihr nichts anderes zu tun blieb, widmete sich Judith nun der Kiste, die sehr einer dieser Streusandboxen glich, doch auch deren Inhalt war ernüchternd. Irgendwie hatte sie darauf gehofft, etwas zu finden, mit dem sie vielleicht die frisch gemauerte Wand bearbeiten konnte, doch Raphael war nicht dumm. Stück für Stück zog sie erst eine Rollmatraze, dann eine Zudecke und schließlich ein Kopfkissen heraus. Als sie all dies neben sich auf den Boden gelegt hatte, dachte Judith schon, das wäre alles, tastete zur Sicherheit aber noch einmal in das dunkle Innere der Kiste. Im ersten Augenblick glaubte sie, ein Tier gespürt zu haben, und schreckte mit einem leisen Schrei zurück, doch sie überwand sich und führte ihre Hand erneut bis zum Boden. Die erste Berührung kitzelte ein wenig, ihre Finger spürten etwas kleines Kaltes, dann wieder Stoff. Judith riss sich zusammen, griff zu und schleuderte das Ding derart kraftvoll heraus, dass es an die nächste Wand flog und dort liegen blieb. Nach dem ersten Schreck erkannte sie, was es war, und wusste nicht, ob sie weinen oder lachen sollte. Denn das, was dort drüben im Dreck lag, war nichts anderes als die armgroße Pinocchio-Puppe, welche Paul ihr bei ihrem ersten Treffen auf dem Volksfest geschossen hatte.

Pinocchio, wie passend, ging es ihr angesichts all ihrer Lügen durch den Kopf, und trotzdem war es ein tröstlicher Gedanke, etwas von Paul hier zu haben. Blieb allerdings die Frage, warum ihr Raphael diesen persönlichen Gegenstand zugestand, doch im Grunde war das im Augenblick absolut zweitrangig. Es war ein Stück Trost … und nur das zählte. Mit tränenverschmierten Wangen durchquerte sie den Raum, hob Pinocchio auf, setzte sich an eine der kalten Wände und hielt ihn einfach nur fest.

Stunde um Stunde verging. Jedenfalls glaubte Judith,

dass es Stunden waren, denn hier unten gab es nichts, an dem sie sich orientieren konnte. Irgendwann setzte sie die Puppe sorgsam in eine Ecke, entrollte die in Plastik eingeschweißte Matratze und richtete sich ein Nachtlager ein. Vier Wochen, hatte er gesagt. Wie sollte sie es vier Wochen in diesem Nichts aushalten? Gerade als eine neue Welle der Verzweiflung über ihr zusammenzuschlagen drohte, hörte sie etwas hinter sich, was ihr das Blut in den Adern gefrieren ließ. Das Geräusch war nicht laut, aber gerade deswegen so unheimlich. Judith stand auf, schlich sich von der Seite an das Loch in der Wand und hielt den Atem an … Stille. Nach einigen Sekunden wagte sie es, noch ein wenig näher an das Loch zu gehen, nahm ihren ganzen Mut zusammen und schob das Gesicht etwas vor die Öffnung. Der Schatten tauchte derart schnell auf, dass ihr kaum noch Zeit blieb, sich zurückzuziehen. Dann sprang etwas Kleines in ihre Zelle, blieb einen Meter vor ihr stehen und stieß ein leises Fauchen aus. Judith spürte ihren Puls bis in die Schläfen, überwand aber ihren ersten Schock und musste schließlich lachen, was das Kätzchen einige Schritte zurückweichen ließ.

»Wo kommst du denn her?«, fragte sie flüsternd. Langsam kniete sie sich hin und streckte vorsichtig die Hand aus. Das kleine Kätzchen wich noch einen Schritt zurück, machte aber keinerlei Anstalten, die Flucht anzutreten. Judith verstand ihr Misstrauen, zog die Hand zurück und setzte sich möglichst entspannt auf den Boden. Nachdem sie eine Weile auf das Tier eingeredet hatte, griff sie neben sich, wo noch die Reste ihrer bisher einzigen Mahlzeit standen.

Zunächst verschreckt durch das leise Kratzen des Papptellers auf dem Boden, siegten bald die Neugierde des

Kätzchens und der Geruch der halben Scheibe Wurst, die Judith ihm nun etwas entgegenschob. Wie in Zeitlupe und immer zur Flucht bereit, setzte die Kleine ein Pfötchen vor das andere, kauerte sich ein wenig zusammen und schnupperte schließlich an dem Happen. Judith zog die Hand zurück und die Kleine begann entspannt zu fressen.

Nachdem das Kätzchen auch noch die Brotkrümel verschlungen hatte, war der Bann gebrochen. Satt und müde kletterte es auf Judiths Schoß, schleckte sich noch einmal über die kleine Nase und gab sich dann den sanften Streicheleinheiten hin. Judith rutschte so langsam wie möglich mit dem Rücken zur Wand, schloss die Augen und genoss das Gefühl, nicht mehr ganz so allein zu sein.

32

»Was habe ich falsch gemacht?«, murmelte Florian nun bereits zum vierten Mal, was Lewis dazu veranlasste stehen zu bleiben, die Augen zu verdrehen und sich von dem Grabstein, den er gerade betrachtete, abzuwenden.

»Florian?« Sein Partner zuckte merklich zusammen, hob den Kopf und fragte ein wenig irritiert: »Was? Hast du etwas gesagt?«

Lewis ging die zwei Meter bis zu dem nächsten Grab, stellte sich direkt vor Florian und antwortete: »Hör zu. Es wäre wirklich kein Problem, wenn ich dich jetzt nach Hause fahre. Die Sache mit Voss war keine Kleinigkeit und du wirst sicher einige Zeit brauchen, um das zu verarbeiten. Was du dir allerdings nicht zu machen brauchst, sind Selbstvorwürfe. Voss wollte fliehen und kannte das Risiko ganz genau. Und jeder SEK-Mann ist darauf gedrillt, im Notfall nicht lange zu fackeln.«

Florian schüttelte den Kopf: »Darum geht es doch gar nicht. Ich habe mich überrumpeln lassen … darum geht es.«

Lewis fiel es schwer, darauf die richtige Antwort zu finden. Er zuckte mit den Schultern und erwiderte: »Wie hättest du ahnen können, dass die SEKler seine Handschellen nicht richtig überprüft haben?« Dann fiel sein

Blick auf den bläulich verfärbten Hals seines Partners. »Im Grunde hast du alles richtig gemacht. Wenn du zugelassen hättest, dass Voss an deine Waffe kommt, wäre die Sache sicherlich wesentlich schlimmer ausgegangen.«

Florian behielt für sich, was er darüber dachte. Stattdessen brachte er etwas mehr Spannung in seinen Körper und forderte mit Blick auf die vielen Gräber: »Lass gut sein, wir haben noch einiges zu tun … Ich will diese Judith Seufert und ihr Baby finden!«

Lewis fixierte seinen Partner noch einen Augenblick. Er wusste nur zu gut, wie sich das anfühlte, und verstand auch, dass Florian weitermachen wollte. Folglich zuckte er nur mit den Schultern und beschloss: »Also gut, dann du die linke und ich die rechte Reihe.«

»Nach was suchen wir eigentlich?«, fragte Florian, nachdem sie sich noch einige Gräber angesehen hatten. »Diese Engelsflügel scheiden ja wohl aus, die sind auf jedem zweiten Grabstein eingemeißelt.«

Natürlich hatte sich Lewis diese Frage auch schon gestellt, wusste aber selbst keine Antwort darauf. Trotzdem versuchte er, möglichst überzeugt zu klingen, als er erwiderte: »Frische Gräber, besonders gepflegte Gräber und vielleicht Namen, die wir kennen.« Dann blieb er stehen, ließ seinen Blick über den kleinen Dorffriedhof schweifen und gab zu: »Keine Ahnung … ich habe wirklich keine Ahnung. Voss vermutete einen Racheakt und dass die Frauen vielleicht, während sie mit dem Tod kämpften, auf diesen Friedhof herabblicken sollten«, Lewis stockte kurz, bevor er seinen Gedanken laut aussprach: »Lass uns einmal überlegen, was fünf junge Frauen angestellt haben könnten, dass sie jemand derart bestraft?«

Wie abgesprochen traten die beiden Kommissare in den

Schatten einer alten Eiche, während jeder für sich über diese Frage nachdachte. Nach einer Weile platzte Florian mit einer ersten Idee heraus: »Fünf Menschen passen in ein Auto. Angenommen, die fünf Frauen kannten sich, was aufgrund der gleichen Tattoos sehr wahrscheinlich ist. Dann wäre es doch möglich, dass sie zusammen in einem Auto unterwegs waren und jemanden überfahren haben. Man hört doch immer wieder von diesen Unfällen. Samstagnacht, die jungen Leute haben gefeiert und steigen dann betrunken ins Auto …«

Lewis dachte kurz darüber nach, bevor er leicht nickend zustimmte: »Keine schlechte Idee und sie lässt sich überprüfen.«

»Hast du auch was?«

»Nicht konkret«, gab Lewis zu. »Irgendwie lande ich immer wieder bei dem Thema Schule und Clique. Kann mir aber nichts zusammenreimen, wie daraus so eine Mordserie entstehen könnte.«

»Mobbing«, schlug Florian wie aus der Pistole geschossen vor, was Lewis zu dem Gedanken verleitete, dass sein junger Partner dies selbst erlebt haben könnte. Er schüttelte den Gedanken ab und stimmte zu: »Wäre möglich und soll ja ein großes Thema an unseren Schulen sein. Allerdings stellt sich dann die Frage: Warum erst jetzt? Sagtest du nicht, dass diese Judith Seufert gerade erst ihre Ausbildung beendet hat? Ihr Schulabschluss ist somit mindestens drei Jahre her, warum hätte der Täter so lange warten sollen?«

»Na ja«, widersprach Florian: »Die anderen Frauen sind schon länger tot. Hinzu kommen die Schwangerschaften, die ganz offenbar zu der Tat gehören. So viel Abstand zur Schulzeit bleibt da nicht mehr übrig.«

»Lass uns mal nach Kindergräbern suchen«, schoss es Lewis in den Sinn, »du wieder die linke, ich die rechte Reihe.«

Lewis empfand den Tod schon immer als etwas Normales, doch beim Anblick der kleinen Marmorplatten überkam auch ihn eine Traurigkeit, die sich nur schwer abschütteln ließ. Es gab auf diesem Friedhof nicht viele dieser Gräber, doch eine besonders kleine Steinplatte ließ seine Gedanken wieder zu den verschwundenen Säuglingen wandern. Natürlich war ihm längst bewusst, dass die Chance, diese Kinder noch lebend zu finden, eher gering war. Schon ganz pragmatisch gesehen wäre es eine Meisterleistung des Täters, gleich vier lebende Säuglinge zu verstecken, zu ernähren und ihre überlebenswichtigen Bedürfnisse zu stillen. Anderseits hatte es schon ganz andere Fälle gegeben und selbst so kleine Wesen zeigten oft einen Überlebenswillen, den man sich kaum vorstellen konnte.

»Lewis?«

Lewis zuckte zusammen und brauchte einen Augenblick zurück in die Realität. Mit einem letzten Blick auf das winzige Grab riss er sich los, drehte sich zu seinem Partner und fragte: »Was gibt es?«

Florian deutete vor sich auf den Boden: »Komm mal rüber.«

Die schwere Platte aus schwarzem Marmor zeugte von tiefer Trauer und aus der Inschrift ging hervor, dass die Tote gerade einmal 17 Jahre alt geworden war. Lewis las die silbernen Buchstaben ein weiteres Mal, zuckte dann aber mit den Schultern: »Ja und? Das Grab ist zwar noch nicht alt, aber was soll das mit unserem Fall zu tun haben?«

»Jasmin Hegner, klingelt da nichts?«, fragte Florian ein wenig vorlaut.

Lewis suchte nach einer Verbindung, musste die Frage aber verneinen.

»Professor Doktor Hegner?«, half ihm Florian auf die Sprünge.

»Du meinst, das ist die Tochter des Leiters der psychiatrischen Abteilung?«

»Werden wir gleich wissen«, murmelte Florian und zog auch schon sein Smartphone heraus, mit dem er sich an seinem Benutzerkonto des Polizeirechners anmelden konnte. Nach einigen Eingaben und einer kurzen Pause las er das Ergebnis seiner Recherche: »Jasmin Hegner war die gemeinsame Tochter von Professor Doktor Hegner und seiner Frau Roswita Hegner. Der Fall wurde damals von unseren Kollegen aufgenommen, landete aber schnell bei den Akten, da es sich eindeutig um Selbstmord handelte.«

Lewis atmete laut aus, wobei ihm die Bilder des Professors in den Kopf schossen. Der Mann war ihm tatsächlich schon vom ersten Moment an seltsam vorgekommen. Da war diese zurückhaltende Art bezüglich seiner Patientin Rita von Ulmenstein. Fast so, als wäre es ihm völlig egal, was der jungen Frau widerfahren war. Hinzu kam Lewis' Beobachtung, als der Professor den Arm zum Rücken seiner Ärztin hob, die Bewegung dann aber abbrach und auf Distanz ging. Hatte er sich körperliche Nähe zu ihr gewünscht?

Etwas abwesend sagte er zu Florian: »Such doch mal seine Adresse heraus, dem werden wir auf jeden Fall einen Besuch abstatten.«

»Hab ich schon«, verkündete sein Partner. »Er wohnt hier in diesem Dorf, im Tannenweg 7.«

Lewis parkte den Wagen wie immer ein Stück vor der richtigen Hausnummer. Es war eine sehr gediegene Wohngegend, die darauf schließen ließ, dass die meisten Besitzer vermutlich in Nürnberg arbeiteten, aber hier die günstigen Grundstückspreise genutzt hatten. So hatte sich, etwas abseits des alten Ortskerns, eine kleine eigenständige Siedlung entwickelt, die nichts mehr mit dem früheren Dorfleben gemein hatte.

»Nette Hütten«, stellte Florian nach dem Aussteigen fest. Vermutlich rechnete er gerade durch, wie lange er als Polizist auf ein solches Haus sparen musste.

»Wer es braucht«, erwiderte Lewis, der all den Konsum in den letzten Jahren immer mehr als Ballast empfand. Voll auf den Fall konzentriert deutete er auf ein nicht ganz so prachtvolles Haus, das etwas zurückgesetzt von den anderen aus der Reihe tanzte. »Das dahinten müsste es sein.«

Florian warf einen Blick auf seine Armbanduhr: »Kurz nach siebzehn Uhr, wir könnten Glück haben.«

Der verwilderte Vorgarten wirkte ebenso wenig einladend wie die schmutzig graue Fassade und auf dem angelaufenen Messingschild war gerade noch das »Prof. Dr. He…« zu erkennen. Nachdem sich die beiden Kommissare einen fragenden Blick zugeworfen hatten, drückte Lewis auf den Klingelknopf, dabei hatte er ernsthafte Zweifel, dass dieser noch funktionierte. Zehn Sekunden später wiederholte er den Vorgang, doch nichts rührte sich.

»Der Professor kommt immer erst um halb sechs, da können Sie die Uhr danach stellen.« Lewis und Florian zuckten zusammen. Keiner von beiden vermochte zu sagen, woher die Alte plötzlich gekommen war, die nun zwei Meter hinter ihnen stand, mit zitternder Hand auf den Vorgarten zeigte und zeterte: »Eine Schande ist das. So ein schönes Haus so verkommen zu lassen.« Es folgte eine kurze Pause, bevor sie in einer völlig anderen Tonlage feststellte: »Aber der arme Mann hat es auch nicht gut erwischt, erst ist die Jasmin gegangen, dann seine Frau …«

»Sie kennen den Professor?«

Nun richtete die Alte ihre trüben Augen auf Lewis: »Aber natürlich, jeder hier kennt ihn doch. Er wohnte schon hier, als diese Ecke unseres Dorfes noch nicht so hässlich zugebaut war.«

»Und was ist mit seiner Frau?«, unterbrach Florian die alte Frau. Diese wechselte mit ihrem Blick zu dem jungen Mann, musterte ihn abschätzend und winkte dann ab: »Ihnen muss ich gar nichts erzählen.«

Lewis verdrehte die Augen und bat: »Bitte, Frau …? Wir sind beide von der Polizei und Sie würden uns wirklich sehr helfen, wenn wir etwas mehr über den Professor erfahren könnten.«

Doch statt zu antworten, fragte die Alte beinahe keifend: »Polizei, was hat er denn angestellt, der Herr Professor?«

Lewis winkte ab: »Nichts, er ist Zeuge. Aber wir möchten immer so viel wie möglich über die Leute wissen. Das ist so eine Art Berufskrankheit, wenn Sie verstehen.«

»Das kenne ich«, bemerkte die Alte: »Das sagen die beim Tatort auch immer … besonders der … wie heißt der gleich?«

»Schimanski«, half Lewis, der sich denken konnte, dass die Erinnerungen dieser Frau eher in der Vergangenheit verweilten.

Nun strahlte die Alte, bevor ihr Blick auf Lewis' kleinen Bauchansatz fiel: »Ja, genau, der Schimanski. Das war wenigstens noch ein drahtiger Polizist, nicht so wie heute …«

»Da haben Sie recht«, pflichtete ihr Florian bei, was sie mit dem Zucken ihres Mundwinkels quittierte. »Trotzdem wäre es wirklich hilfreich, wenn Sie uns noch ein bisschen was über den Professor erzählen könnten.«

Die alte Hand winkte ab: »Ach, eigentlich gibt es da gar nicht viel. Nachdem die Jasmin gestorben war, Gott habe sie selig, konnte man zusehen, wie es mit den beiden zu Ende ging. Die Nachbarn sagen, dass Herr und Frau Hegner danach ständig stritten, und irgendwann wurde es Frau Hegner zu bunt. Als der Professor drei Tage zu einer Konferenz nach Basel musste, bestellte Frau Hegner eine Umzugsfirma und weg war sie.«

»Na, Sie wissen ja wirklich gut Bescheid«, stellte Lewis anerkennend fest, was die Alte nicht daran hinderte, auf ihre winzige Armbanduhr zu blicken, um dann festzustellen: »Gleich halb sechs. Ich muss zum Friedhof, mein Mann wartet auf mich.« Sie murmelte etwas, das wie ein Abschiedsgruß klang, und ließ die beiden einfach stehen.

Florian wartete, bis sie außer Hörweite war, bevor er mehr zu sich selbst sagte: »Ich weiß nicht, ob ich so alt werden möchte.«

Lewis ließ dies unkommentiert, drehte sich wieder zum Haus und hielt inne. Beim ersten Mal dachte er noch, sich verhört zu haben, doch dann wiederholte sich das Geräusch, das dem eines schreienden Babys ziemlich nahe kam.

33

Da auch Florian das leise Jammern gehört hatte, verzichteten die beiden Kommissare darauf, ein weiteres Mal zu klingeln. Lewis öffnete die niedrige Gartentür und betrat den zugewucherten Vorgarten des Grundstücks. Professor Hegners Haus war alt, und da es früher genug Platz gab, hatte man es ganze zwanzig Meter von der Straße zurückgesetzt gebaut. Beide folgten dem schmalen Weg, auf dem noch das Laub vom letzten Herbst lag, bis kurz vor den Eingangsbereich, wo sie ein weiterer kaum wahrnehmbarer Schrei stoppte. Lewis suchte den Blickkontakt zu Florian, deutete erst auf sich, dann auf die linke Seite des Hauses, anschließend auf ihn und die rechte Seite. Florian deutet mit einem Nicken, dass er verstanden hatte, öffnete den Druckknopf seines Waffenholsters und schlich dicht an der Hauswand entlang bis zur deren Ende.

Lewis versuchte zunächst, etwas durch das schmutzige Milchglas der Eingangstür zu erkennen, was sich als unmöglich herausstellte. Er öffnete ebenfalls sein Holster und nahm sich die linke Seite vor. Nachdem er die erste Hausecke hinter sich gelassen hatte, setzte er seine Hoffnung auf das einzige Fenster am Ende dieser Hausseite. Langsam und immer darauf bedacht, nicht auf einen der vielen vertrockneten Äste zu steigen, folgte er der Mauer, blieb kurz vor dem Fenster stehen und zog sein poliertes Zippo-Feuerzeug heraus. Dann schob er seine Hand vorsichtig vor das Fenster und hielt die glatte Metalloberfläche so, dass er sie als Spiegel benutzten konnte. Nichts, außer dicken Vorhängen!

Nun steckte Lewis das Feuerzeug wieder ein und trat vor das Fenster. Was auch immer der Professor zu verheimlichen hatte, er tat es konsequent. Offenbar war der hässlich orange Vorhang nicht einfach nur zugezogen, sondern auch noch so befestigt, dass sich nirgends ein Spalt bilden konnte. Lewis stieß einen lautlosen Fluch aus, konzentrierte sich wieder und ging weiter bis zur nächsten Ecke, von wo er jetzt auch den großen Garten einsehen konnte. Dieses Mal waren die eigenartigen Schreie viel näher, doch die genaue Richtung zu bestimmen war noch immer unmöglich.

Lewis blickte um die Ecke und erschrak. Florian war ein wenig schneller gewesen und stand nur ein, zwei Meter von ihm entfernt. Nachdem der erste Schreck verflogen war, fragte Lewis: »Konntest du irgendwo hineinschauen?« Sein Partner schüttelte den Kopf: »Alles verdunkelt.«

Bei dem nächsten Schrei zuckten beide gleichzeitig zusammen, drehten sich um, und nun war das Ziel klar. Äußerlich war dem alten Schuppen am hinteren Ende des Gartens nichts anzusehen, aber die Geräusche kamen eindeutig aus seinem Inneren. Lewis traute es sich kaum zu denken, aber vielleicht gab es doch noch Hoffnung für die Säuglinge. Sich immer wieder umblickend, durchquerten die beiden Kommissare den Garten, gingen links und rechts von der schmalen Holztür in Stellung und versuchten, irgendetwas durch die mit Spinnweben verhangenen winzigen Fenster des Schuppens zu erkennen. Nachdem sie auch hier kein Glück hatten, griff Lewis zu dem halb weggebrochenen Türgriff und zog, doch die Tür rührte sich nicht. Ohne lange zu überlegen, beschloss er: »Ich breche sie auf, du bleibst an der Seite stehen.«

Den Blick weiterhin fest auf ihr Ziel gerichtet, nickte Florian. Lewis trat vor die Tür, nahm einen Schritt Anlauf und …

»Was machen Sie auf meinem Grundstück?«

Wie einstudiert wirbelten beide herum, rissen ihre Waffen heraus und sahen sich dem völlig erschrockenen Professor gegenüber. Nachdem jeder der drei die Situation für sich abgeschätzt hatte, ließ Lewis die Waffe sinken, forderte aber in einem Befehlston, den Florian seinem Partner nicht zugetraut hätte: »Öffnen Sie sofort diese Tür!« Doch der Professor schüttelte den Kopf: »Einen Teufel werde ich tun, was glauben Sie eigentlich, wer Sie sind.«

Lewis, der sowieso nicht vorgehabt hatte, sich auf eine Diskussion einzulassen, hörte wieder einen Schrei aus dem Schuppen. Ohne ein weiteres Wort zu verlieren, ging er zu Professor Hegner, packte diesen am Arm und zog ihn vor die Tür: »Aufmachen, aber sofort!«

Dieser gab seine Gegenwehr auf, zog umständlich einen dicken Schlüsselbund aus der Hosentasche und suchte den richtigen Schlüssel heraus. Nachdem seine zitternde Hand das kleine Schlüsselloch zweimal verfehlt hatte, schob ihn Lewis unsanft zur Seite und übernahm die Sache selbst. Das alte Schloss weigerte sich kurz, dann ließ sich der Schlüssel endlich drehen und die Tür schwang ohne jedes Zutun nach innen auf.

Im ersten Augenblick wusste Lewis nicht, was schlimmer war, das Fauchen und Schreien oder der Gestank, welcher ihm entgegenschlug. Von der Menge an Jungtieren her musste es sich um mindestens zwei Katzenfamilien handeln, die ihn nun maximal verschreckt anstarrten, wobei sich die zwei älteren Tiere wild fauchend vor ihre Schützlinge stellten.

Professor Hegners Haus war innen so, wie es von außen gewirkt hatte. Sobald man die Haustür hinter sich gelassen hatte, schien die Welt da draußen nicht mehr zu existieren. Obwohl oder gerade weil Lewis den Mann nicht einschätzen konnte, behandelte er ihn trotz des Katzenfundes weiterhin wie einen Verdächtigten. Hegner führte die beiden Kommissare in das altmodisch eingerichtete Wohnzimmer und bot ihnen einen Sitzplatz an. Lewis lehnte ab. »Ich würde gerne Ihren Keller sehen«, verlangte er stattdessen.

Der Mann wirkte müde, antwortete aber trotzig: »Den muss ich Ihnen nicht zeigen. Ich hätte Sie nicht einmal in mein Haus lassen müssen, ganz zu schweigen davon, dass Sie ohne jedes Recht mein Grundstück betreten haben.«

Nun war es Florian, der sich einmischte und freundlich erläuterte: »Das mit dem Grundstück stimmt so nicht. Wir befürchteten Gefahr in Verzug und in so einem Fall dürfen wir so einiges. Mit dem Haus haben sie allerdings recht und es spricht für Sie, dass Sie uns hereingebeten haben. Was uns allen die Sache jedoch ungemein erleichtern würde, wäre, wenn Sie uns jetzt noch kurz Ihren Keller zeigen könnten. Bitte glauben Sie mir, wenn ich Ihnen sage, dass der Fall, an dem wir arbeiten, derartig brisant ist, dass wir binnen einer halben Stunde einen

Durchsuchungsbefehl hätten. Die Folge wären dann circa zehn Beamte, die ihr gesamtes Eigentum auf den Kopf stellen. Es ist Ihre Wahl.«

Die Mimik des Professors spiegelte wider, dass er sich längst entschieden hatte, aber nicht völlig kampflos nachgeben wollte. Lewis half deshalb ein wenig nach, indem er sagte: »Die Sache dauert keine Minute, ich bin danach sicher etwas entspannter und Sie haben schneller Ihre Ruhe. Klassische Win-win-Situation, oder nicht?«

Hegner wischte sich mit beiden Händen über das Gesicht, was Lewis wiederum alarmierte, da es auf eine Stresssituation hinwies. Trotzdem deutete der Mann schließlich auf eine etwas schmälere Tür in einer Ecke des Wohnzimmers und erklärte matt: »Dort drüben geht es hinunter, den Lichtschalter muss man noch drehen, nicht drücken.«

Florian machte Anstalten, seinen Partner zu begleiten, doch Lewis bat mit zweideutiger Tonlage: »Bleib bitte hier und leiste dem Professor Gesellschaft.«

Florian verstand und war nun ebenfalls alarmiert, fragte aber freundlich nach einem Glas Wasser.

Bereits auf der ersten Stufe der Holztreppe empfing Lewis die Stille und der typische Geruch eines Kellers aus früheren Zeiten. Die Wände waren unverputzt, eine schnörkellose Treppe führte steil nach unten und endete dort in einem kleinen Vorraum mit drei Türen. Genau gegenüber der letzten Treppenstufe befand sich eine schwere Brandschutztür, hinter der er die Heizanlage vermutete. Lewis öffnete diese und seine Annahme bestätigte sich in Form von schwerem Geruch nach Heizöl und Wärme. Außer dem großen alten Öltank und einem historisch aussehenden Ofen gab es nichts, was sein Interesse wecken konnte.

Der Raum hinter der nächsten Tür glich mehr einem Gang mit langen Vorratsregalen, die allerdings ihren Nutzen verloren hatten. Außer ein paar alten Einmachgläsern beherbergte der Raum nur noch Spinnen und den Kadaver einer toten Maus.

Blieb nur noch die letzte Tür, hinter der ihn das Flackern von elektrischen Kerzen empfing. Der erste Blick erinnerte Lewis an den Altar einer Kirche. Eingerahmt von zwei großen Jesusfiguren, die in dem flackernden Licht ihren ganz eigenen Horror verbreiteten, befand sich das übergroße Bild einer sehr hübschen jungen Frau.

Lewis suchte den Lichtschalter, fand aber nur ein leeres Loch in der Wand. Mit geübten Fingern entzündete er sein Zippo, machte einen Schritt in den Raum und sah sich um. Es war ein Gefühl von Beklemmung, das von den pechschwarz gestrichenen Wänden ausging und sich mit der Einsamkeit des Bildes zwischen den Statuen fortsetzte. Lewis musste sich überwinden, die Tür hinter sich zu lassen, trotzdem nahm er seinen Mut zusammen und trat bis vor den Altar.

Die Ähnlichkeit mit ihrem Vater war nicht zu leugnen und Lewis war sich sicher, dass es sich bei der jungen Frau um die tote Tochter des Professors handelte.

Nun fiel Lewis' Blick auf etwas, das von der Tür aus nicht zu erkennen war, denn das Foto stand nicht einfach nur auf der hölzernen Platte. Es stand vielmehr auf einem schwarzen Stoffstreifen, in den man aufwendig und mit goldenem Garn die Worte »*Verzeihe* ihnen, denn das Böse ist in sie gefahren« gestickt hatte.

Lewis hatte genug gesehen, kehrte diesem skurrilen

Ort den Rücken, schloss die Tür von außen und stieg die Treppe hoch. Oben angekommen forderte er den Professor auf, sich zu setzen. Er wartete, bis dieser dem Folge geleistet hatte, und kam umgehend zur Sache. Es war nur eine Vermutung, dennoch stellte er es so dar, als wäre es eine Tatsache: »Sie kannten Rita von Ulmenstein! Sie wussten schon kurz nach ihrer Einlieferung, wer die Frau war, und haben uns nichts davon gesagt.«

Lewis kannte den leeren Blick verzweifelter Menschen, doch in dem Blick des Mannes ihm gegenüber war noch etwas anderes. »Also?«, hakte er noch einmal nach, als der Professor keine Anstalten machte zu antworten. Dieser senkte den Blick und nickte.

»Warum?«

Wieder folgte langes Schweigen, dann übernahm Florian den Part des guten Polizisten und fragte ruhig: »Möchten Sie vielleicht einen Anwalt hinzuziehen?«

Dieses Mal schüttelte Professor Hegner langsam den Kopf: »Nein, ist schon gut. Ich habe ja nichts verbrochen.« Und nachdem er die richtigen Worte gefunden hatte, erklärte er mit brüchiger Stimme: »Es ist wahr, Sie haben recht. Ich erkannte die Patientin schon bei ihrer Einlieferung.«

»Und warum haben Sie das verschwiegen?«, wurde Lewis langsam ungeduldig.

Nun füllten sich die Augen des Mannes mit Tränen, bevor er bestürzt zugab: »Weil es eine Genugtuung war, Rita von Ulmenstein so zu sehen. Ich wollte nicht, dass sie bei ihrer Familie Trost fand, ich wollte, dass sie ihr Leid alleine durchstehen musste.«

Lewis nahm nun ebenfalls Platz, wobei er versuchte, das eben Gehörte in den richtigen Zusammenhang zu bringen. Schließlich blickte er auf und fragte: »Warum?«

Der Professor schluckte schwer: »Weil sie für das mitverantwortlich ist, was Sie gerade in meinem Keller gesehen haben.«

»Ich verstehe nicht.«

Unter Tränen und mit erstickter Stimme erklärte Hegner: »Wir taten alles für unsere Jasmin und genau deshalb haben auch wir uns schuldig gemacht. Sie wollte nie auf diese Privatschule gehen, sie wollte immer auf dem normalen Gymnasium bleiben. Aber meine Frau und ich haben sie so lange bedrängt, bis Jasmin schließlich zustimmte. Die ersten Monate liefen auch ganz gut. Sie fand neue Freunde, ihre Noten verbesserten sich und alles schien in Ordnung. Wir wähnten sie dort in guten Händen und gaben uns unserer Arbeit hin …« Der Professor schlug die Hände vor das Gesicht, schüttelte den Kopf und murmelte: »Wie hätten wir denn ahnen sollen, welch einem Martyrium sie dort in Wirklichkeit ausgesetzt war.«

Lewis warf Florian einen fragenden Blick zu, doch dieser zuckte auch nur mit den Schultern.

»Was meinen Sie damit?«, versuchte Lewis so mitfühlend wie möglich zu klingen, worauf sich Professor Hegner erst die Nase putzte, dann ein Bild an der Wand fixierte und schließlich ziemlich gefasst sagte: »Wie wir erst im Nachhinein erfuhren, waren es fünf ihrer Mitschülerinnen, die unsere Jasmin in den Selbstmord trieben.«

»Und eine davon war Rita von Ulmenstein«, folgerte Florian laut. Der Professor nickte: »Ja«, und als ihm erneut die Tränen kamen, bat er: »Können wir bitte für heute Schluss machen? Ich habe ein wenig Probleme mit dem Herzen und diese Erinnerungen sind nicht gut für meinen wichtigsten Muskel.«

»Gleich«, willigte Lewis ein, fragte dann aber ganz direkt: »Haben Sie Rita von Ulmenstein dieses Gift verabreicht? Haben Sie die Frau getötet?«

Erschrocken zuckte der Kopf des Professors nach oben: »Aber nein, natürlich nicht! Außerdem war ich zu dem Zeitpunkt, als man sie vergiftet hat, mit Ihnen zusammen in meinem Büro. Wie hätte ich das anstellen sollen?«

Lewis wusste dies natürlich und wollte mit der Frage auch nur die Reaktion des Professors überprüfen. »Wo waren Sie vor drei Tagen, in der Nacht von Montag auf Dienstag?«, fragte er weiter.

»Montag auf Dienstag?«, überlegte Hegner laut. »Ach ja … da bekam ich gegen dreiundzwanzig Uhr einen Anruf aus der Klinik. Eine unserer Schwestern hatte einem Patienten ein falsches Psychopharmakon verabreicht. Die Situation machte es leider unabdinglich, dass ich noch einmal zurück musste. Wir benötigten circa vier Stunden, um den armen Mann zu stabilisieren … Die Wahnvorstellungen müssen die Hölle gewesen sein.«

Lewis nickte wenig verständnisvoll: »Gut, dann noch eine Sache, bevor wir Sie vorerst in Ruhe lassen: Kennen Sie die Namen der anderen vier Mitschülerinnen?«

Das Gesicht des Professors verzog sich in einer undefinierbaren Emotion, bevor er heftig nickte: »Oh ja, die haben sich eingebrannt. Es waren …«

»Einen Augenblick bitte«, bat Florian, zog sein Smartphone heraus und fragte: »Darf ich das aufzeichnen?«

»Ja, von mir aus. Also die fünf waren Rita von Ulmenstein, Natascha Peters, Judith Seufert, Charlotte Kiesling und Iris Haagen. Alle fünf gingen damals zusammen mit meiner Tochter in die zehnte Klasse der Privatschule Rabenstein bei Bamberg.«

Lewis hatte tatsächlich vorgehabt, es vorerst gut sein zu lassen, auch weil der Professor sich jetzt an die Brust fasste und etwas fahl aussah, doch eine Antwort fehlte ihm noch: »Wissen Sie, ob auch andere Mitschüler betroffen waren? Gab es weitere Selbstmorde an dieser Schule?«

»Weiß ich nicht«, antwortete der Professor mit leicht gequälter Stimme, beugte sich ein wenig vor und bestimmte: »Es reicht jetzt wirklich, bitte gehen Sie.«

Florian sah besorgt, wie sich der Professor mühsam in die Höhe stemmte und langsam bis zur Haustür ging. »Sollen wir einen Arzt für Sie rufen?«, fragte er, doch der Mann winkte ab: »Ist gleich wieder vorbei, ich brauche nur meine Pillen und etwas Ruhe.«

»Alles klar«, erwiderte Florian. Er folgte Lewis bis zum Wagen, stieg ein und sah seinen Partner an: »Meinst du, wir können ihn alleine lassen? Der sah gar nicht gut aus.«

Lewis zuckte mit den Schultern: »Er ist Arzt und wird schon wissen, was er braucht.«

34

Äußerlich war Raphael die Ruhe selbst, doch in seinem Inneren tobte ein wahrer Sturm der Gefühle. Nach vier gescheiterten Versuchen war er sich endlich sicher, den richtigen Engel gefunden zu haben, was sich gerade eben erneut bestätigte. Fasziniert und überwältigt ruhte sein Blick auf dem Bildschirm, der die Bilder von dem Kameraauge der Puppe rund um die Uhr zu ihm ins Haus übertrug.

Der Anblick hätte nicht friedlicher sein können. Sein Engel lag völlig entspannt auf der Seite, während ihre Hand sanft auf dem Köpfchen von Judas, seinem zu klein geratenen Kater, ruhte. Doch es war nicht nur die Anmut ihres hübschen Gesichtes, was ihn so sehr in den Bann zog. Schön waren sie alle gewesen, aber leider hatten sich ihre Gene gegen ihn gestellt. Bei Judith war dies nicht der Fall, da war etwas in ihrem Blick, das ihm sagte, das es dieses Mal anders sein würde. Wie gerne hätte er sein Ohr auf ihren Bauch gelegt, um das Leben, sein Leben, in sich aufzunehmen. Doch bis es so weit war, musste er sich mit ihrer Angst begnügen. Und weil das so war, musste er dafür sorgen, dass sie noch viel mehr davon ausstrahlen konnte.

Langsam fuhr er ein letztes Mal mit dem Handrücken

über den Monitor und nahm damit genug Energie auf, um sich auf seine Aufgabe konzentrieren zu können. Dann stemmte er sich entschlossen hoch und genoss dabei das Gefühl des nachlassenden Schmerzes in seinem Darmausgang. In der ersten Zeit war das Gefühl fast unerträglich gewesen, doch inzwischen hatte er sich an das Martyrium des kurzen Holzstabes auf seinem Stuhl gewöhnt. Die Idee zu dieser ungewöhnlichen Selbstbestrafung war ihm beim Studium eines bebilderten Kirchenbuches gekommen, in dem das Prinzip der Pfählung sehr ausführlich erklärt wurde.

Raphael streckte den Rücken durch, nahm seine Kleidung, die er stets ordentlich über einem Bügel aufbewahrte, und wollte gerade das Haus verlassen, als ihn der Klingelton seines alten Telefons in die Schranken wies. Das Zittern der rechten Hand kam so schnell und unkontrolliert, dass er die linke zu Hilfe nehmen musste, um den Hörer abzunehmen.

Wie jedes Mal, wenn Gott anrief, fühlte sich das eigentlich kalte Plastik an, als hätte er etwas glühend Heißes in seiner Hand. Raphael versuchte, den Schmerz zu ignorieren, führte den Hörer an sein Ohr und sagte laut und deutlich, wie er es gelernt hatte: »Gelobt sei der Herr.« Dann schloss er die Augen und genoss den Klang der Stimme des Herrn.

Während es bei dem ersten Teil des Monologes um die immer gleichen Leitsätze zu seiner Existenz ging, veränderte sich danach die Stimme Gottes. Statt ihn wie sonst zu beschwören, verlangte dieser nun Dinge von ihm, die sein Innerstes zum Beben brachten. Raphael hatte es noch nie gewagt zu widersprechen, und auch jetzt kostete es ihn unermesslich viel Kraft. Zwei, drei Mal öffnete er den Mund, brachte aber keinen Ton heraus, dann endlich bildeten seine Stimmbänder die Worte: »Das kann ich nicht tun«, worauf Gott erst mit Schweigen, dann aber mit donnernder Stimme reagierte.

Raphael fühlte sich so schlecht wie noch nie in seinem Leben. Wie hatte er es wagen können, Gott derart zu erzürnen? Doch wie schon so oft bewies dieser seine unendliche Güte, mäßigte seine Stimme und gestattete ihm einen letzten Tag, bis er tun musste, was er tun musste.

Als Raphael den glühend heißen Hörer zurückgelegt hatte, zeigte seine Hand wieder keine Brandblasen … ein Beweis mehr, zu welcher Macht der Herr fähig war. Im Glauben unerschütterlich, dafür hatte er sich die ganze Zeit gehalten. Doch jetzt kam ein Gefühl hinzu, das alles einzureißen drohte … denn dieses Mal wollte er seinen Engel nicht verlieren.

Der Schwindel in seinem Kopf erlaubte nur kleine Schritte, und so dauerte es eine gefühlte Ewigkeit, bis er seinen Garten durchquert und die schwere Stahlluke geöffnet hatte. Trotz seiner noch immer weichen Knie schaffte er die ersten drei Stufen, zog die Luke wieder zurück und folgte der steinernen Treppe bis in den ersten Raum seiner ganz eigenen Welt. Dort trat er auf das eingemeißelte Kreuz in der Mitte des Raumes, kniete sich nieder, schloss die Augen und empfing die Energie. Mit jeder Minute, die verging, gewann sein Innerstes an Stärke und Willen. Einatmen, die kühle Luft auskosten, ausatmen … Sekunde um Sekunde, Minute um Minute, Stunde um Stunde. Nach dem Gespräch mit Gott dauerte es lange, bis er sich stark genug fühlte, einen eigenen Entschluss zu fassen. Raphael erhob sich, wartete, bis seine Gliedmaßen wieder richtig durchblutet wurden und entledigte sich seiner Kleidung. Anschließend öffnete er eine Kiste, die er schon vor langer Zeit mit dem Notwendigsten ausgestattet hatte, entnahm das Bündel und trug es feierlich zu einem kleinen Tisch in der Ecke.

Da er nicht vorhatte, es wie sonst im Keller seines Hauses zu vollziehen, gab es noch eine Vielzahl von Dingen vorzubereiten. Eigentlich war Zeit hier unten noch nie ein Thema gewesen, aber Gott hatte ihm eine Frist gesetzt und diese wollte er bis zur letzten Minute auskosten. Nach einem Blick auf die Uhr holte er die größte und schönste Kerze, welche er eigens für diesen Tag aus einer Kirche gestohlen hatte, stellte diese vor das Kreuz im Boden und zündete sie an. Die aufwendigen Verzierungen aus Wachs betrachtend, beschloss er, dass die Frist dann abgelaufen war, wenn der Docht das letzte Drittel der Kerze erreicht hatte, denn genau dort hatte der Künstler einen kleinen Engel skizziert und das konnte kein Zufall sein.

Danach stand er einfach nur da und betrachtete die Flamme, welche auch in ihm ein neues Feuer auslöste. Es war nicht gut, die eigene Braut vor der Vermählung zu sehen … Schlimmer noch, es war sogar tabu. Raphael spürte, wie sein Körper auf den Gedanken daran, bei ihr zu sein, reagierte. Minutenlang unfähig sich zu bewegen, schämte er sich über den Erguss, der ohne jedes Zutun auf den Boden floss. Schließlich durchzog ihn ein weiterer, noch viel gewaltigerer Schauer und er gab es auf, dagegen anzukämpfen. Wie in Trance drehte er sich um und folgte mit mechanisch wirkenden Bewegungen dem dunklen Stollen, der nach exakt zwanzig Metern an der gemauerten Wand endete. Dort angekommen spürte er weder den Schweiß auf seiner Stirn noch sonst irgendwelche äußeren Einflüsse. Mantraartig formulierten seine Lippen den Satz: »Du darfst es nicht … du darfst es nicht … du darfst es nicht …«, und trotzdem zog es ihn unaufhaltsam zu dem kleinen Loch in der Wand.

Nun drehte sich Raphael mit dem Rücken zu der Mauer und zwang sich somit, in die andere Richtung zu blicken, doch dann hörte er ihre Stimme. Die Worte waren leise gesprochen und doch trafen sie ihn bis ins Mark. Beim ersten Mal konnte er noch widerstehen, als sie aber zum zweiten Mal: »Ist da jemand? Ich höre dich doch atmen …«, flüsterte, brach auch sein letzter Widerstand zusammen. Sein Engel klang so nahe, als würde er direkt auf der anderen Seite der Mauer stehen, und der Gedanke, dass er im Prinzip nur wenige Zentimeter von ihm entfernt war, raubte ihm den Verstand. All die Zweifel der letzten Zeit waren verflogen und plötzlich wusste er, dass er eine neue Familie gefunden hatte. Und für Judith wusste er, dass sie es tatsächlich schaffen konnte, ihre Schuld damit zu begleichen.

Dies war ein guter Tag. Tränen der Freude bahnten sich ihren Weg über sein Gesicht, als er sich langsam umdrehte, ein wenig in die Hocke ging und durch das Viereck blickte.

Lange hatte Judith den Atem angehalten, um besser hören zu können, glaubte aber, nachdem die Schritte verstummt waren, sich getäuscht zu haben. Dann begann ein zuerst leises Zischen, das von Mal zu Mal lauter und stoßweiser wurde. Nach dem Zischen folgte etwas, das wie das Stöhnen eines gequälten Menschen klang, und sie war sich endgültig sicher, dass Raphael irgendwo da draußen herumschlich. Das Stöhnen wiederholte sich, was ihre anfängliche Wut zu Panik werden ließ. Was, wenn er krank oder verletzt war? Was, wenn er es nicht mehr schaffte, sie wieder zu befreien? Was, wenn er sie nicht mehr versorgen konnte?

Eigentlich hatte sie sich vorgenommen, keine Schwäche zu zeigen. Er war lange nicht mehr hier gewesen und beim nächsten Mal wollte sie sich ihm nicht als Opfer präsentieren. Lange hatte sie darüber nachgedacht und war zu dem Schluss gekommen, dass dieser Irre vielleicht ein Problem mit starken Frauen haben könnte, was sie in seinen Augen vielleicht uninteressant machen würde. Doch jetzt waren diese Vorsätze nichts mehr wert, denn Raphael weinte, weinte wie ein Kind …

»Ist da jemand?«, fragte sie langsam in Richtung der Mauer, die zwischen ihm und ihr stand. Und als sich das Weinen noch verstärkte, fragte sie noch einmal: »Ist da jemand? Ich höre dich doch atmen …«

Judith setzte das Kätzchen auf den Boden und ging ein wenig näher an das Loch in der Wand, wo sie seinen Schatten sah. Etwa eine Armlänge davor blieb sie stehen und suchte nach den richtigen Worten, als plötzlich sein Gesicht erschien und ihre Gedanken Lügen strafte. Raphael war nicht verletzt, krank oder traurig, in seinem Gesicht zeigte sich nichts als Freude und in seinem Blick nichts als Gier.

Judith wich einen Schritt zurück, blickte ihm fest in die Augen und forderte barsch: »Ich brauche etwas zu essen und zu trinken, deine Katze hat alles aufgefressen.«

Raphael deutete ein Nicken an: »Das verstehe ich, aber leider kann ich dir so kurz davor nichts mehr geben.«

Sie runzelte die Stirn: »So kurz vor was?«

Nun verzog sich sein Mund zu einem glückseligen Lächeln: »So kurz vor der Geburt unseres Kindes …«

35

Die beiden Kommissare waren schon kurz vor Erlangen, als Lewis den Blinker setzte und auf einen Waldparkplatz einbog.

»Was ist jetzt?« Florian sah aus dem Fenster, worauf sein Partner, bereits die Fahrertür öffnend, feststellte: »Ich muss nachdenken.«

»Hier?«, fragte Florian irritiert, konnte aber nur noch dabei zusehen, wie Lewis einem schmalen Pfad bis zu einer kleinen Holzbrücke folgte. Dort angekommen zog er seine Schuhe und die Socken aus, krempelte die Hosenbeine ein Stück nach oben und stieg in den flachen Bachlauf. Etwas genervt verließ auch Florian den Wagen und folgte seinem Vorgesetzten. Unschlüssig, was er jetzt tun sollte, blieb er auf der Brücke stehen und blickte sich um. »Ach, du Schande«, murmelte er leise. »Du solltest wieder rauskommen, dahinten kommen Spaziergänger«, rief er Lewis zu, doch statt darauf zu reagieren, antwortete dieser nur: »Also, entweder du nimmst die andere Seite der Brücke, gehst im Wald spazieren oder zurück ins Auto. Wie ich schon sagte, möchte ich ein wenig nachdenken, und das geht nicht, wenn mich ständig jemand anquatscht.«

»Aber da kommen Leute …«, wiederholte Florian und

sah peinlich berührt zu, wie das ältere Paar immer näher kam. Doch Lewis' einzige Antwort darauf war: »Ich stehe im Gegensatz zu dir nicht im Weg.«

Florian gab es auf, und da er sich nicht schief anschauen lassen wollte, beschloss er, zurück zum Wagen zu gehen.

Lewis lief ganze fünfzehn Minuten in dem Bachbett auf und ab, bis er sich schließlich auf die Kante der Brücke setzte, eine Zigarette anzündete und die Füße trocknen ließ. Nach weiteren fünf Minuten kehrte er zum Wagen zurück, setzte sich auf den Fahrersitz und fragte: »Was haben wir übersehen?«

Statt darauf einzugehen, erwiderte sein Partner: »Weiß ich nicht, aber ich habe inzwischen die Namen der anderen vier Frauen von der Zentrale abgleichen lassen. Dass alle vier auf dieser Privatschule waren, konnte mir so schnell niemand bestätigen, aber für zwei von ihnen gibt es eine Vermisstenanzeige.«

»Und warum ist der Zusammenhang niemandem aufgefallen?«

»Weil alle vier in anderen Bundesländern gelebt haben und den Bezug zur gemeinsamen Schulzeit konnten unsere Kollegen ja nicht ahnen.«

Lewis nickte: »O. k., und warum sind nur zwei als vermisst gemeldet?«

»Hierzu habe ich nur eine Vermutung. Bei Natascha Peters weiß ich es noch nicht, aber Iris Haagen taucht in unserem System mehrfach in Zusammenhang mit Drogenmissbrauch auf. Wie gesagt, es ist nur Spekulation, aber vielleicht wussten ihre Angehörigen davon und dachten, sie wäre einfach in diesen Kreisen verschwunden.«

»Wäre möglich«, stimmte Lewis zu: »Aber jetzt zurück zu meiner Frage. Was haben wir übersehen?«

»Sag mir erst einmal, was du im Keller des Professors gefunden hast«, bat Florian.

Sein Partner dachte kurz über die Frage nach, bevor er resümierte: »Ich glaube, der Mann bräuchte selbst eine Behandlung in seiner Klinik. Da unten war zwar nichts, was auf Rache schließen lässt oder ihn verdächtig macht. Aber etwas unheimlich war es trotzdem. Einer der Kellerräume ist komplett schwarz gestrichen und in der Mitte steht eine Art Gedenkschrein mit dem Bild seiner Tochter.«

»Sonst noch etwas?« Florian versuchte, sich ein Bild des Raumes vorzustellen, und auch Lewis schloss kurz die Augen, um sich alles wieder ins Gedächtnis zu rufen, schüttelte dann aber den Kopf: »Bis auf zwei ziemlich große Jesusfiguren und elektrische Kerzen ist der Raum leer.«

Florian atmete hörbar aus, bevor er verkündete: »Das bringt uns nicht weiter.«

»Stimmt«, bestätigte Lewis und beharrte weiter auf der Frage: »Also? Was haben wir übersehen?«

Florian klappte die Sonnenblende herunter, wischte einmal über seinen Tabletcomputer, öffnete eines der Programme und erklärte: »Das ist eine Liste der Dinge, die wir wissen:

- Allen vier getöteten Frauen wurde relativ kurz vor dem Geburtstermin ein Kind per schlecht ausgeführtem Kaiserschnitt entfernt.
- Jede von ihnen hatte eine Kindheitserinnerung in Form eines Stofftieres oder einer Puppe dabei.
- In die Stofftiere und Puppen wurde vermutlich eine

Minikamera eingebaut, mit der, wieder vermutlich, der Täter seine Opfer beobachten konnte.
- Alle vier getöteten Frauen wurden zumindest in den letzten Wochen ihrer Schwangerschaft gefangen gehalten.«

Nun sah Florian kurz zu seinem Partner, bevor er feststellte: »Und jetzt kommen neue Erkenntnisse, die ich während deines Fußbades erfahren habe:

- Wie bei Rita von Ulmenstein hat die Gerichtsmedizin inzwischen auch bei den anderen drei Frauen Hinweise auf Katzenmilben unter den Fingernägeln gefunden.
- Alle vier getöteten Frauen hatten an der Innenseite ihres rechten Oberschenkels das Tattoo eines Engelsflügels.
- Alle fünf Frauen, also auch unsere vermisste Judith Seufert, gingen laut dem Professor zur gleichen Zeit in diese Privatschule.«

Nachdem Florian mit seinen Ausführungen geendet hatte, herrschte eine Weile Stille in dem Wagen. Nach einigen Minuten drehte sich Lewis eine Zigarette, stieg aus und ging zur Beifahrertür, wo er feststellte: »Ich bekomme das Gefühl nicht los, dass dieser Professor Doktor Hegner doch etwas damit zu tun hat.«

»Aber er hat zumindest für den Mord an Rita von Ulmenstein und für die Entführung von Judith Seufert ein Alibi. Außerdem passt die Sache mit dem Kaiserschnitt nicht zu ihm«, gab Florian zu bedenken, während er eine von Lewis' Qualmwolken wegwedelte. Dieser zeigte nun spontan mit dem Finger auf ihn: »Das ist es! Der Professor hat eine fast erwachsene Tochter verloren, da passen diese Säuglinge nicht ins Bild. Was aber, wenn der eigentliche Täter ebenfalls ein Kind oder besser ein noch ungeborenes Kind durch das Mobbing der fünf Frauen verloren hat?«

»Du meinst, die haben eine schwangere Mitschülerin in den Tod getrieben oder ermordet?«

Statt zu antworten, warf Lewis seine Kippe auf den Boden, trat sie aus, umrundete den Wagen und ließ sich auf den Fahrersitz fallen. Dann startete er den Motor und wollte schon losfahren, als er kurz innehielt und fragte: »Hast du überhaupt Zeit? Könnte eine lange Nacht werden.« Florians Gesichtszüge wechselten von aufmerksam zu betrübt, bevor er bissig feststellte: »Schon vergessen, Karin hat mir den Laufpass gegeben.«

Lewis verzichtete auf eine Entschuldigung, deutete stattdessen auf das Navi und bat: »Könntest du bitte die Adresse dieser Privatschule eingeben.«

36

Trotz des späten Nachmittags fanden sie die aufwendig renovierte Klosteranlage keineswegs verlassen vor. Lewis dachte eigentlich, dass es so etwas nur in Amerika gab, doch auch hier saßen Schüler jeden Alters zwischen den hohen alten Bäumen des Klostergartens. Manche lernten, andere unterhielten sich und einige lagen einfach nur herum.

»Dahinten ist ein Parkplatz«, zeigte ihm Florian den Weg, doch Lewis hatte sich bereits für ein Stück Rasen genau gegenüber dem Haupteingang der Schule entschieden, was sein Partner mit einem schlichten »Hier geht es natürlich auch« kommentierte.

So viel Wert man auf den äußeren Schein der alten Gebäude gelegt hatte, so wenig war im Inneren des Klosters verändert worden. Allerdings war das, was man hinzugefügt hatte, sichtbar hochwertig und zeugte von großzügigen Eltern.

»Stehen bleiben!« Lewis und Florian waren noch keine fünf Meter weit gekommen, als die Stimme sie zusammenzucken ließ. Offenbar hatte der hochgewachsene Mann im schwarzen Anzug gerade sein Abendessen zu sich genommen, da noch einige Brösel in seinem Bart hingen. Mit ernster Miene deutete er auf eine Tür, die in den Raum hinter einer großen Glasscheibe führte: »Zugang nur nach einer Personenkontrolle. Wenn ich also bitten dürfte.«

Lewis beschloss, den vorbeikommenden Schülern keine Vorstellung zu bieten, und antwortete deshalb freundlich: »Selbstverständlich.«

Nachdem sie dem Sicherheitsbeauftragten ihre Ausweise gezeigt hatten, telefonierte dieser kurz mit der Verwaltung. Wenig später wurden sie von einer jungen Dame abgeholt, bei deren Hüftschwung jeder andere Gedanke in den Hintergrund trat.

Sie folgten den Hüften einmal quer durch die alte Klosteranlage und kamen schließlich in einen Bereich, der sich eindeutig vom Rest der Schule abhob. Auch hier hatte man die Wände und Böden im ursprünglichen Zustand gelassen, die modernen Schreibtische und Apple-Monitore wirkten dadurch allerdings noch futuristischer. Vor einer deckenhohen Doppeltür aus massivem Kirschholz blieb ihre Begleitung stehen, drückte auf einen kleinen verborgenen Knopf, worauf die schweren Türen wie von Geisterhand nach innen aufschwangen. Anschließend machte sie eine Geste in das Innere des Saals und sagte dabei völlig akzentfrei: »Bitte schön, der Direktor erwartet Sie bereits.«

Lewis konnte sich den leisen Pfiff nicht verkneifen. Er hatte in seinem Leben wahrlich schon viele Büros gesehen, auch die von Vorständen in DAX-Unternehmen, aber dieses hier gehörte einer ganz anderen Liga an. Der Raum war kein Raum, sondern eine kleine Kathedrale, in der man den Altar durch einen riesigen Schreibtisch ersetzt hatte. Und hinter dem Schreibtisch saß kein kleiner dicker Priester, sondern ein Modellathlet mit leicht angegrauten Schläfen. Dieser sah kurz auf, bat: »Einen kleinen Augenblick bitte«, setzte dann noch schnell zwei Unterschriften unter irgendwelche Schreiben und erhob sich schließlich. Kurz vor den beiden Beamten blieb er stehen, streckte ihnen die Hand entgegen und stellte sich vor: »Ich bin Professor Almani, Direktor an dieser schönen Schule. Was kann ich für Sie tun?«, und noch bevor einer der beiden antworten konnte, fügte er hinzu: »Da Sie von der Polizei sind, hoffe ich, dass keiner meiner Schüler in Schwierigkeiten steckt … Aber bitte, setzen wir uns doch.« Damit deutete er auf einige alt aussehende Ledersessel, die in einer Ecke des Raumes eine Sitzgruppe bildeten.

Die Sessel waren so hochwertig wie alles in diesem Raum und verliehen einem augenblicklich das Gefühl, etwas Besseres zu sein. Nachdem der Direktor ihnen etwas zu trinken angeboten hatte, lehnte er sich etwas nach vorn, faltete die Hände wie zum Gebet und fragte: »Also, was kann ich für Sie tun?«

»Ich bin Hauptkommissar Schneider und das ist mein Kollege Kommissar Ritter, Mordkommission Nürnberg«, begann Lewis, wobei der Direktor das Wort Mordkommission mit einer hochgezogenen Augenbraue quittierte. »Und um Ihre Frage zu beantworten, es geht uns nicht um einen Ihrer aktuellen Schüler. Wir ermitteln in einem Fall, der vielleicht ehemalige Schülerinnen dieser Schule betreffen könnte.«

»Aha«, gab sich der Direktor gelassen. »Wie kann ich helfen?«

»Sagen Ihnen folgende Namen etwas: Rita von Ulmenstein, Natascha Peters, Judith Seufert, Charlotte Kiesling und Iris Haagen?«, las Florian von seinem Tablet ab.

»Luzifers Töchter.«

»Wie bitte?«, hakte Lewis nach, da er glaubte, sich verhört zu haben.

»Ich sagte: Luzifers Töchter.«

Lewis sah den Schulleiter fragend an.

Dieser lehnte sich zurück, bevor er etwas gequält erklärte: »Sie nannten sich Luzifers Töchter beziehungsweise Luzifers Engel und ich hatte ehrlich gesagt gehofft, dass ich nie wieder etwas von ihnen höre.«

»Könnten Sie bitte etwas genauer werden«, bat Florian, nachdem der Mann keine Anstalten machte weiterzureden.

»Ungern«, gab Professor Almani zu. »Die Sache ging damals bis vors Gericht und die Eltern dieser fünf Gören hatten eindeutig die besseren Anwälte. Folglich weiß ich nicht so recht, ob ich da ausführlicher werden darf.«

»Dürfen Sie«, beruhigte ihn Lewis. »Vier der fünf Frauen wurden ermordet und die letzte wird vermisst.«

Professor Almani dachte kurz darüber nach, gab sich einen Ruck und begann zu erzählen: »In den ersten zwei Jahren war alles kein Problem. Alle fünf waren ganz normale Schülerinnen mit ganz normalen Problemen und ganz passablen Noten. Dann kam die Pubertät und wir machten den Fehler, die jungen Frauen gemeinsam in den Arbeitskreis Journalismus zu stecken. Tja, was soll ich sagen? Es dauerte nicht lange, bis sie dahinterkamen, welche Macht Medien haben können. Die Hormone und einige falsche Freunde außerhalb dieser Mauern ergaben schließlich eine explosive Mischung. Die Druckmedien, also unsere hausinterne Wochenzeitung konnten wir noch kontrollieren, bei den digitalen Medien ging das leider nicht. Die fünf waren geradezu süchtig danach, jede Schwäche ihrer Mitschüler und Lehrer aufzuspüren und diese der Welt mitzuteilen.«

»Mobbing?«, warf Florian ein, was der Professor mit einem Nicken bestätigte: »Ja, und zwar auf eine derart subtile Weise, dass uns im Prinzip die Hände gebunden waren.«

»Verstehe ich nicht«, meldete sich nun Lewis zu Wort.

»Es ist eigentlich ganz einfach …«, erklärte der Direktor, »… irgendwann gaben sie auf der offiziellen Internetseite der Schule nur noch Hinweise auf weiterführende Artikel im Netz. Diese standen in bestimmten Blogs und darüber verbreiteten sie anonym ihre Geschichten. Da wurden dann so Dinge geschrieben wie ›XY wurde von seinem Vater missbraucht‹ oder ›das Mädchen YZ ist drogenabhängig und würde dafür auch gewisse Dienste anbieten‹.«

Wieder hob Lewis die Hand: »Können Sie sich an die Tochter von Professor Doktor Hegner erinnern und mir sagen, ob und wie sie davon betroffen war?«

»Da brauche ich nicht lange überlegen. Sie war die Erste, die dem Druck nicht standhielt. Jasmin Hegner nahm sich genau heute vor vier Jahren das Leben.«

»Wie?«

»Die Pulsadern, leider nicht quer, sondern längs …«

»Wann genau?«

»In der Nacht von heute auf morgen. Eine Mitschülerin fand sie am nächsten Morgen in einer der Gästetoiletten, die nachts nie benutzt werden.«

Lewis ließ die Aussage einen Moment auf sich wirken, bevor er nachhakte: »Sie sagten, Jasmin Hegner war die Erste, die dem Druck nicht mehr standhielt. Das heißt im Umkehrschluss, dass es weitere gab?«

Professor Almani lehnte sich zurück und blickte eine Weile aus dem Fenster: »Ja, eine unserer Praktikantinnen nahm eine Überdosis Tabletten, aber wir konnten nie nachweisen, dass sie das aufgrund von Mobbing tat. Es gab zwar Hinweise darauf, allerdings verhielt sie sich schon seit Längerem etwas seltsam.«

»Gab es keine Versuche, das Treiben dieser jungen Frauen zu unterbinden beziehungsweise zu ahnden?«, mischte sich nun Florian ein und fügte hinzu: »Soweit ich weiß, reagiert man in Kindergärten und Schulen inzwischen ziemlich sensibel auf das Thema Mobbing. Das wird doch in Ihrer Schule nicht anders sein, oder?«

»Das stimmt, aber ich muss etwas ausholen. Natürlich sind wir dagegen vorgegangen. Nachdem sich die fünf Schülerinnen auch nach zwei Abmahnungen nicht unter Kontrolle bringen ließen, folgte zwangsläufig der Schulausschluss. Allerdings sind wir eine Privatschule und da laufen die Dinge etwas anders. Die Eltern unserer Schüler sind meist ziemlich einflussreiche Leute aus Wirtschaft und Politik. Und wenn es um ihre Kinder geht, verstehen sie keinen Spaß.« Es folgte eine kurze Pause, in der man dem Schulleiter seinen inneren Kampf ansah, bevor er zugab: »Um es auf den Punkt zu bringen … viele von ihnen sind der Meinung, sie können sich von der Erziehung freikaufen. Sie können sich nicht vorstellen, was hier nach dem Schulausschluss los war. Erst folgten Spenden, die der Träger dieser Schule dankend annahm, und weil man nicht nur zweien der fünf Mädchen eine weitere Chance einräumen konnte, blieben alle. Danach wurde alles nur noch schlimmer. Besonders Natascha Peters und Judith Seufert drehten erst so richtig auf. Unsere damalige Praktikantin Paula Raaben muss dabei in deren Schussbahn geraten sein.«

Lewis hob kurz die Hand: »Aber Sie sagten, diese Praktikantin verhielt sich schon vorher etwas eigenartig.«

Professor Almani nickte: »Stimmt, und wir erfuhren erst nach ihrer Obduktion, warum. Offenbar war sie im achten Monat schwanger, doch niemand wusste davon.«

»Sie war schwanger?«, fragte Lewis noch einmal nach.

»Wie ich bereits sagte … im achten Monat.«

»Und der Vater des Kindes?«

Almani machte eine ausladende Geste: »Den kennt niemand. Muss wohl bei einem One-Night-Stand passiert sein, oder Paula hat ihn schlicht verleugnet. Ich habe nach ihrem Tod mit einigen ihr nahestehenden Leuten geredet und absolut niemand wusste davon.«

Lewis zog seinen kleinen Notizblock heraus, notierte dann »Paula Raaben«, hob den Blick und fragte: »Wissen Sie, wie alt diese Paula war und wo sie wohnte?«

»Nun, das war auch ziemlich seltsam«, begann der Schulleiter. »Obwohl Frau Raaben bereits einundzwanzig war, einen Führerschein sowie ein Auto hatte, bat sie etwa einen Monat vor ihrem Tod darum, hier ein Zimmer zu bekommen. Dabei wohnte sie nur circa zwanzig Minuten von hier in einem kleinen Dorf kurz vor Erlangen. Als ich sie nach den Gründen dafür fragte, gab sie erst nur ausweichende Antworten. Ich bohrte ein wenig nach und schließlich gestand sie mir, dass es in ihrem Dorf jemanden gab, der ein wenig zu sehr hinter ihr her war.«

»Der Vater des Kindes?«

Almani zuckte mit den Schultern: »Möglich, hat sie aber nicht gesagt. Im Nachhinein würde es allerdings einen Sinn ergeben, denn hier in der Schule ist man ziemlich gut vor der Außenwelt geschützt.«

Lewis notierte sich auch diese Information und wandte sich an Florian: »Hast du noch Fragen? Da die Zeit drängt, denke ich, dass diese Paula unsere beste Spur ist und wir noch einmal zurückfahren sollten«, worauf sein Partner nickte und sich ebenfalls erhob.

»Meinst du, es war doch Professor Doktor Hegner?«, fragte Florian, während sie das Schulgebäude verließen. Lewis schüttelte den Kopf: »Keine Ahnung. Irgendwie ja und irgendwie passt es nicht.«

37

Judiths letzte Schreie waren schon lange verklungen, ganz im Gegensatz zu ihrer Angst. Wie konnte dieses Monster von Geburt reden? Sie war gerade einmal im achten Monat und ihr Körper fühlte sich absolut nicht so an, als würde das Kind bald auf die Welt kommen.

Nachdem Raphaels Gesicht verschwunden war, hatte er ihr auch das Licht genommen. So oft sie auch in die Hände klatschte, der Sensor reagierte nicht mehr. Sie hatte ihm nachgeschrien, geradezu getobt, doch er ließ sie zurück, ohne auch nur ein weiteres Wort zu sagen. Irgendwann hatte sie es aufgegeben, hatte sich so nahe, wie sie sich traute, an das Loch in der Wand geschlichen und den Atem angehalten.

Er war noch lange geblieben, wenn auch nicht im hinteren Teil des Gewölbes. Judith konnte die Entfernung nicht schätzen, aber er war da und schien irgendetwas vorzubereiten. Sie hörte ihn mit sich selbst reden, dann das Rascheln von Stoff. Danach herrschte eine Zeit lang Stille, bis er zurückkam und erneut Selbstgespräche führte, wobei seine Stimme ganz anders klang. Irgendwo klirrte Metall und eine Plastikplane wurde über den rauen Boden gezogen, dann setzte diese leise klassische Musik ein … die *Vier Jahreszeiten*, wenn sie sich nicht irrte.

38

»Dahinten ist die Kirche.« Florian deutete auf etwas Hohes, das sich gegen den dunklen Nachthimmel abzeichnete, bevor er fragte: »Aber meinst du wirklich, der Pfarrer bringt uns weiter, selbst wenn er etwas wissen sollte, ist er immer noch an das Beichtgeheimnis gebunden.«

»Ist mir klar«, brummte Lewis, während er sich über die müden Augen rieb und in die kleine Gasse einbog. Dieser folgte er, bis sie wieder vor dem Friedhof standen, auf dem sie sich bereits am Nachmittag die Gräber angesehen hatten. Dort parkte er neben der alten Steinmauer, stieg aus und hob den Blick hinauf zu den Hügeln hinter dem Dorf. Er versuchte sich vorzustellen, wie es für die drei Frauen gewesen sein mochte, dort oben auf den Tod zu warten.

»Sucht ihr den Pfarrer?« Der Mann auf dem Fahrrad wirkte reichlich angetrunken. Lewis ignorierte diesen Zustand, löste seinen Finger vom Klingelknopf der Pfarrei und antwortete: »Genau den, wissen Sie, wo er sein könnte?«

»Daass weiß ich wohl …« Es folgte ein lautes Hicksen, dann die Antwort: »… hab gerade noch ein Bier mit ihm getrunken.«

»Im Gasthof?«, tippte Lewis.

»Imm Gaschthof«, bestätigte der Mann mit energischem Kopfnicken, dann drehte er sich auf dem Rad um, was ihn fast das Gleichgewicht gekostet hätte, und wies in Richtung Ortsmitte: »Gleisch da drüben … ihr könnt laufen.«

Lewis bedankte sich und sah dem Mann hinterher. Florian schüttelte den Kopf, fragte dann aber etwas kleinlaut: »Meinst du, wir bekommen dort auch noch etwas zu essen?« Sein Partner zuckte mit den Schultern: »Lass es uns herausfinden.«

Lewis genügte ein Blick, um den Pfarrer zu identifizieren. Außer ihm saßen noch drei andere Männer und der Wirt an dem großen runden Stammtisch, wo ein leeres kleines sowie ein leeres großes Glas zeigten, wo der Mann mit dem Fahrrad eben noch gesessen hatte. So laut die fünf eben noch diskutiert hatten, so still wurde es, als sie die beiden Kommissare bemerkten.

»Guten Abend«, grüßte Lewis offen in die Runde, bevor er sich an den Wirt wandte und fragte: »Hätten Sie noch eine Kleinigkeit zu essen für uns?« Dieser musterte die beiden neuen Gäste, schüttelte den Kopf und brummte: »Wir haben eigentlich schon geschlossen. Wenn Sie noch fünf Kilometer weiterfahren, sind Sie in Erlangen, da bekommen Sie bestimmt noch etwas.«

Nun war es Lewis, der den Kopf schüttelte und beharrlich blieb: »Wir hätten aber gerne hier und jetzt etwas. Ein wenig Wurst, Käse und Brot genügen völlig.« Sein Blick wechselte zum Pfarrer: »Außerdem müssten wir Euer Hochwürden bitten, sich kurz zu uns zu setzen … Wäre das möglich?«

Alkohol und schlechte Manieren sind eine ungünstige Mischung – ausgerechnet der Kleinste aus der Runde erhob sich, zeigte mit dem Finger auf Lewis und drohte lallend: »Wenn Gustaf sagt, es ist geschlossen, dann ist auch geschlossen.«

Lewis hob abwehrend die Hände: »Kein Grund für Streit.« Er zog seinen Ausweis heraus, hielt ihn jedem vor die Nase und forderte dann noch einmal: »Also, wie sieht es aus? Eine kleine Brotzeit und ein kurzes Gespräch mit dem Pfarrer und schon haben die Herren wieder ihre Ruhe.«

»Also, worum geht es?«, fragte der Pfarrer nüchterner, als er auf den ersten Blick gewirkt hatte.

Lewis legte die Scheibe Brot, die mit Sicherheit vom Vortag stammte, beiseite, spülte die Reste mit einem Schluck alkoholfreiem Bier hinunter und faltete die Hände: »Es geht darum, dass wir in Ihrer Gemeinde jemanden suchen, der eventuell seine Frau und ein Kind verloren hat und seitdem, sagen wir einmal, nicht mehr ganz Herr seiner Sinne ist.«

»Da gab es im Laufe der Zeit sicher einige«, entgegnete der Pfarrer, schien aber nicht recht bei der Sache zu sein.

»Ja«, meinte Lewis, »aber sicher nicht allzu viele, die danach zu einem Psychopathen mutierten und nun selbst Frauen töten.«

Statt der erhofften Aufmerksamkeit reagierte der Pfarrer nun mit einem trockenen Lachen: »Hier bei uns, ein Psychopath? Völlig ausgeschlossen! Sie können in diesem Dorf nicht einmal die Straße überqueren, ohne das es irgendwer mitbekommt.«

»Was ist mit Paula Raaben?« Florian hatte bis jetzt nur

zugehört, war aber der Meinung, das Gespräch nun auf den Punkt bringen zu müssen. Die kurze Regung im Gesicht des Geistlichen war kaum zu erkennen, genügte Lewis aber, um zu wissen, dass sein Partner ins Schwarze getroffen hatte. Die Erfahrung hatte ihn gelehrt, dass man die Spannung aufrechterhalten musste, und so wiederholte er Florians Frage in einem noch etwas schärferen Ton: »Nun? Was wissen Sie über Paula Raaben?«

Die Augen seines Gegenübers zuckten kurz nach links oben, bevor dieser im Plauderton zurückfragte: »Das war doch die junge schwangere Frau, die sich in dieser Privatschule das Leben nahm, oder?«

»Stimmt genau«, bestätigte Lewis, hatte aber nicht vor lockerzulassen und tat so, als wäre er etwas verwirrt: »Was ich nur nicht verstehe, ist der Umstand, dass Frau Raaben offenbar im achten Monat schwanger war und niemand etwas davon wusste. Sie haben mir aber gerade erzählt, dass man hier nicht einmal über die Straße gehen kann, ohne von jemandem beobachtet zu werden. Wie passt das zusammen?«

Wieder arbeitete es kurz im Gesicht des Pfarrers und plötzlich wirkte er, als würde er jemandem die Beichte abnehmen, wobei er mit völlig neutralem Tonfall verkündete: »Meine Herren, Sie baten um ein Gespräch. Wenn Sie mich verhören wollen, brauchen Sie einen triftigen Grund, und selbst dann bin ich an meine Schweigepflicht gebunden.« Und etwas gutmütiger fügte er hinzu: »Dies ist eine kleine Gemeinde und wie überall gibt es auch hier solche und solche Menschen, doch jemand, der Frauen tötet, ist sicherlich nicht dabei.«

»Kennen Sie Professor Doktor Hegner?«, versuchte Florian noch einmal einen Impuls zu setzen, doch der

Pfarrer hob nur die Hände, stand auf und wünschte weiterhin einen Guten Appetit.

»Was ist das hier für ein Sumpf? Täuscht mich mein Gefühl oder wirkt das alles etwas …«

»… verschworen?«, half Lewis seinem Partner, das richtige Wort zu finden.

»Ja, verschworen trifft es ganz gut. Hast du eine Idee, wie wir nun weitermachen sollen?«

Lewis biss noch ein Stück von seinem Brot ab, kaute kurz darauf herum und bestimmte: »Ruf in der Zentrale an und frag, ob schon jemand etwas wegen der verschwundenen Judith Seufert herausgefunden hat. Die müssten inzwischen die Spuren aus ihrer Wohnung ausgewertet haben, und vielleicht gibt es einen Hinweis auf den Entführer. Außerdem bräuchten wir noch ein paar mehr Informationen bezüglich Professor Hegner und diesem Dorfpfarrer.«

»Warum fahren wir nicht gleich ins Präsidium? Es ist bereits kurz nach einundzwanzig Uhr, hier werden wir nicht mehr viel ausrichten können«, schlug Florian vor. Lewis warf einen kurzen Blick durch das Fenster auf den dunklen Marktplatz des Dorfes und erwiderte kopfschüttelnd: »Wenn du willst, fahre ich dich zum nächsten Bahnhof. Ich muss nicht zurück in meine leere Wohnung, und wenn es sein muss, kann ich mir auch hier ein Zimmer nehmen.«

»Du willst hierbleiben, warum?«

Lewis zuckte mit den Schultern: »Keine Ahnung, ein Gefühl. Dieser Schulleiter erwähnte vorhin, dass die schwangere Praktikantin sich genau heute vor ein paar Jahren umgebracht hat. Vielleicht war es kein Zufall, dass

Judith Seufert ausgerechnet jetzt entführt wurde. Außerdem glaube ich diesem Professor Hegner kein Wort. Vielleicht ist er nicht der Täter, aber ich habe ein komisches Gefühl bei dem Mann. Er hat uns heute Nachmittag genau so viel erzählt, wie er musste, und das auch nur auf Nachfrage. Ich meine, wenn er nichts zu verbergen hat, warum gibt er uns dann nicht alle Informationen zu dem Drama um seine Tochter?«

Florian wollte gerade zu einer Antwort ansetzen, als ihre beiden Diensthandys gleichzeitig zum Leben erwachten. Lewis war schneller, sah auf das Display, runzelte die Stirn, brummte: »Unser Chef, um diese Zeit?«, und nahm das Gespräch entgegen.

Nachdem er seinen Namen genannt und drei Mal »Ja« gesagt hatte, fragte er nur noch: »Sind Sie sicher?«, und erwiderte dann: »Alles klar, wir sind in der Nähe und fahren hin.« Danach legte er auf und rief zum Wirt: »Wir zahlen.« Ohne darauf zu warten, dass sich dieser zu ihnen bequemte, legte er einen Zwanziger auf den Tresen und verließ die Wirtschaft.

»Was ist los?« Florian hatte Mühe, seinem Partner zu folgen, und holte ihn erst kurz vor dem BMW ein. Lewis hielt kurz inne und deutete auf den nahen Hügel: »Sie haben Judith Seuferts Handy geortet … dort oben, in der Gegend, wo wir auch die anderen Frauen gefunden haben.«

39

Während Florian den BMW beschleunigte, versuchte Lewis, sich daran zu erinnern, wie sie von der abgelegenen Landstraße bis in diesen Ort gekommen waren. Trotz der Nähe zu dem Berg, auf dem die drei Frauenleichen gefunden wurden, mussten sie erst ein paar Kilometer in die andere Richtung fahren. Zwei Mal bogen sie zu früh ab und standen jedes Mal vor einem der kleinen Bauernhöfe, von denen es hier viele gab, bis ein unscheinbarer Wegweiser Erlangen anzeigte und die richtige Straße endlich gefunden war. Jetzt, in dieser stockdunklen Nacht, wirkte der dichte Wald links und rechts der Fahrbahn wie ein Tunnel, was schnelles Fahren ziemlich gefährlich machte. Auf den ersten Metern hatte Lewis noch Bedenken, doch offenbar erinnerte sich auch Florian noch an die Wildschweinherde und war vorsichtig mit dem Gaspedal.

Kurz nach einer lang gezogenen Rechtskurve passierte dann auch das, was beide fast schon erwartet hatten. Das dynamische Kurvenlicht des Wagens traf auf zwei reflektierende Tieraugen, die starr vor Schreck mitten auf der Straße verharrten. Florian trat auf die Bremse, löste diese kurz vor dem verschreckten Hirsch wieder und schaffte es gerade noch schlingernd an dem mannshohen Tier vorbei. Zwanzig Meter weiter kam der BMW mit den linken Reifen auf dem Grünstreifen zum Stehen, wobei der automatisch aktivierte Warnblinker mit rhythmischem Klacken gegen die nun herrschende Stille ankämpfte.

Nach einigen Sekunden löste Florian seine verkrampften Finger vom Lenkrad, lehnte sich zurück und sog hörbar Luft in seine Lungen, bevor er trocken feststellte: »Das war knapp!«

Auch Lewis schüttelte den ersten Schrecken ab, klopfte seinem Partner auf die Schultern und sagte schlicht: »Gut reagiert ... Und ich dachte immer, das Sicherheitstraining ist reine Zeitverschwendung. Geht es oder soll ich weiterfahren?«

»Alles gut«, winkte Florian ab, schaltete den Warnblinker aus und fuhr auf den letzten drei Kilometern nie schneller als vierzig.

Als sie die Stelle gefunden hatten, an der Rita von Ulmenstein dem jungen Mann vor das Auto gelaufen war, steuerte Florian den Wagen so weit wie möglich auf den Seitenstreifen, machte das Parklicht an und zog sein Tablet aus der Seitentasche. Dann kopierte er die GPS-Koordinaten aus der Mail seines Chefs in seine Google-Maps-Anwendung und bekam nur wenige Sekunden später eine Position mitten im Wald angezeigt.

Die starken Taschenlampen machten ihren Ausflug in den Wald nicht weniger gruselig. Bei jedem Schwenk des Lichtkegels erschienen neue Schatten, die sich lautlos über den Boden bewegten und wieder verschwanden. Jede noch so sanfte Windböe erzeugte Geräusche, die von überall her zu kommen schienen, und bald hatten beide das Gefühl, unter ständiger Beobachtung zu stehen. Einmal blitzten sogar Tieraugen im Schein des

Lichtstrahls auf, wobei Lewis' Hand sich automatisch zur Waffe bewegte.

»Wie weit noch?«, fragte er unvermittelt, was Florian zusammenzucken ließ. Dann warf er einen Blick auf sein Tablet und deutete den leichten Abhang hinunter: »Etwa zweihundert Meter in diese Richtung.«

Lewis' Blick folgte dem Fingerzeig, als ein etwas zu lautes Knacken erklang.

»War das ein Tier?« Florian wagte nur noch ein kaum wahrnehmbares Flüstern, doch Lewis gab ihm mit dem Finger vor dem Mund das Zeichen, leise zu sein. Mit einem kurzen Druck auf den Schalter der Taschenlampe löschte er das Licht und hoffte, dass sich seine Augen schnell genug an die Dunkelheit gewöhnen würden. Als ihm das zu lange dauerte, schloss er die Lider und zählte bis zehn. Dann öffnete er sie wieder und sah tatsächlich gut genug. Der eigenartig geformte Schatten war in dem fahlen Mondlicht kaum zu erkennen, passte aber eindeutig nicht zu dem Baumstamm, neben dem er stand. Irgendwer oder irgendetwas war dort unten. Lauerte ihnen jemand auf oder brauchte man ihre Hilfe?

Lewis machte einen vorsichtigen Schritt zu seinem Partner und raunte ihm ins Ohr: »Steck dein Tablet weg, zieh deine Waffe und lass das Licht aus. Da unten, in circa einhundert Metern, neben den drei Bäumen, die in einer Gruppe zusammenstehen, ist etwas. Du gehst links rum, ich nehme die andere Seite«, und als Florian ein Nicken andeutete, fügte er hinzu: »Aber pass auf, dass du nicht aus Versehen mich erschießt.«

Sein Partner verdrehte kurz die Augen, steckte das Tablet in die extragroße Innentasche seiner Jacke und zog die Waffe.

Es war extrem schwierig, wenn nicht sogar unmöglich, sich ohne das Licht der Lampe lautlos über den Waldboden zu bewegen. Neben seinen eigenen Fehltritten hörte Lewis auch immer wieder, wie Florian auf einen dickeren Zweig trat, was jedes Mal so klang, als würde jemand einen Bleistift zerbrechen. Wenn dort unten jemand auf sie wartete, dann war er inzwischen mit Sicherheit gewarnt.

Während sich Lewis Schritt für Schritt einen Weg über den schwierigen Untergrund bahnte, kam ihm einmal mehr der Gedanke, dass an der Sache hier etwas faul sein könnte.

Im Grunde gab es nur drei plausible Gründe dafür, dass das Handy der jungen Mutter gerade jetzt aktiviert wurde. Entweder Judith Seufert hatte es irgendwie geschafft, das Gerät selbst einzuschalten, oder es passierte zufällig, oder, und das befürchtete er fast, jemand wollte sie von dem Dorf weglocken.

Immer auf sein Ziel fokussiert, wäre Lewis das leise Geräusch seitlich von ihm fast entgangen. Die Waffe fest an die Lampe gepresst, riss er diese nach oben, schwenkte herum und schaltete gleichzeitig den Lichtstrahl ein. Das Gesicht war nur für den Bruchteil einer Sekunde zu erkennen und ziemlich weit weg, aber es war eindeutig ein Mann.

Lewis brüllte: »Bleiben Sie stehen und kommen Sie mit erhobenen Händen heraus«, doch das genaue Gegenteil passierte. Wer auch immer dort gestanden hatte, löste sich nun aus seiner Deckung und verschwand gebückt im Unterholz. Natürlich verzichtete Lewis darauf, einen Schuss abzugeben, und stolperte hinterher, während er über die Schulter zu Florian rief: »Ich verfolge jemanden, geh du weiter zu dem Baum weiter unten.« Wenige Sekunden später hatte er die Stelle erreicht, an der er den Mann aus den Augen verloren hatte, doch der Wald lag still und dunkel vor ihm. Schwer atmend blieb er stehen, hielt kurz die Luft an und lauschte in alle Richtungen, wobei er den Strahl seiner Lampe einmal im Kreis herumführte. Nach einer dreiviertel Umdrehung glaubte er, einen Schatten zu sehen, der keinen natürlichen Ursprung hatte. Die Lampe starr auf das Ziel gerichtet und die Waffe im Anschlag, setzte er einen Fuß vor den anderen. Lange Zeit hielt der Schatten still, dann kam plötzlich Bewegung hinein. Der Mann löste sich von dem Baum, rannte im Zickzack weiter und änderte plötzlich die Richtung.

Lewis brauchte einen Augenblick zur Orientierung, begriff dann, was der Mann vorhatte, und rief: »Pass auf, Florian, er kommt in deine Richtung.« Dieses Mal verzichtete Lewis darauf, vorsichtig zu sein, schaffte es aber trotzdem nicht, den Verfolgten im Auge zu behalten. Der Lichtkegel erreichte ein letztes Mal dessen Jacke, dann verschwand der Mann hinter einigen kleineren Bäumen. Einige Sekunden später hörte Lewis einen dumpfen Schlag, gefolgt von einem kurzen Schrei, nach dem nur noch Stille folgte.

Als Lewis die Baumgruppe umrundet hatte, war sein Partner gerade dabei, Professor Doktor Hegner die Hände auf den Rücken zu fesseln. Der Schlag hatte den Leiter der psychiatrischen Klinik zwar gestoppt, aber nicht bewusstlos werden lassen. Mit wutverzerrtem Gesicht lag er nun auf dem Bauch. »Raphael wird strafen … Raphael wird strafen«, murmelte er immer wieder und ließ sich dabei auch nicht von den zahlreichen Tannennadeln in seinem Mund stören.

»Wen schützen Sie?« Lewis konnte seine Wut kaum verbergen. Er stand nun dicht vor dem Professor und sah den Wahnsinn in dessen Augen. Nachdem er die Frage zum zweiten Mal gestellt hatte, drehte er sich zu seinem Partner und fragte: »Warst du bis unten bei dem Baum?«

Florian nickte: »Ja, er hat dort eine Puppe an den Stamm gebunden und daran das Handy platziert.«

»Dachte ich mir«, stieß Lewis aus, wobei er sich über sich selbst ärgernd hinzufügte: »Im Grunde habe ich es mir schon die ganze Zeit gedacht. Diese ganze Aktion sollte uns nur von dem Dorf weglocken.« Er wandte sich wieder an den Professor: »Wer ist dieser Raphael und warum will er Judith Seufert strafen?« Dann ließ er eine kurze Pause folgen: »Es geht doch um Judith Seufert, oder?«

Nun wurde Hegners Gesichtsausdruck beinahe verklärt: »Luzifers Töchter wurden zu Müttern, Raphael ist mein Racheengel und ich bin sein Gott.«

Lewis atmete hörbar aus, drehte sich wieder zu Florian und fragte gerade noch beherrscht: »Kannst du dir einen Reim auf diesen Unsinn machen und wer zum Teufel ist dieser Raphael?«

Während Florian noch mit den Schultern zuckte, kam erneut Leben in den Professor: »Er ist nicht der Teufel, Raphael wird uns unser geliebtes Kind und unsere Schwester zurückgeben … Ein Mädchen, wir brauchen ein Mädchen, versteht das denn keiner?«

Lewis schüttelte den Kopf: »Mit dem kommen wir im Augenblick nicht weiter, wir sollten schleunigst zurück ins Dorf.« Wie zur Bestätigung fuhr eine starke Windböe durch die Baumkronen und ließ kleinere Äste auf sie herabregnen. Florian warf erst einen Blick nach oben, dann einen letzten in Richtung des Dorfes, wo sich die erleuchtete Kirche gut sichtbar vom Rest der Häuser abzeichnete. Entschlossen nahmen sie den Professor in ihre Mitte und schoben ihn so schnell wie möglich zurück zur Straße.

40

Während Lewis den BMW zurück über die dunkle Landstraße steuerte, passte Florian hinten im Wagen auf den Professor auf. Nebenbei recherchierte er auf seinem Tabletcomputer einige Daten zu dem Mann. Der Professor selbst war inzwischen völlig in sich gekehrt und murmelte nur noch ab und zu unverständliche Wörter.

»Hast du was gefunden?«, fragte Lewis über die Schulter, als er den Wald hinter sich gelassen hatte und das Dorf langsam in Sicht kam.

»Moment«, bat Florian, öffnete eine der gerade empfangenen Dateien, die er von dem Zentralrechner der Polizei angefordert hatte, und überflog das Dokument. Einige Sekunden später rutschte er etwas nach vorn, damit ihr Gefangener nicht mithören konnte, und antwortete: »Ich glaube, wir haben unseren Täter, und ich habe sogar die Adresse. Professor Doktor Hegner hat noch einen älteren Sohn, der laut dem Eintrag bei den Meldebehörden zu sechzig Prozent geistig behindert ist.«

»Und wie kommst du darauf, dass er der Täter ist?«

Florian räusperte sich. »Das willst du nicht wissen«, murmelte er.

»Florian«, mahnte Lewis mit drohendem Tonfall, wobei er kurz in den Rückspiegel blickte. Sein Partner räusperte sich erneut: »Ich habe einen Blick in den Klinikrechner geworfen.«

»Das dürfen wir nicht«, stellte Lewis unnötigerweise fest, fragte dann aber doch interessiert: »Was steht dort?«

»Nun ja, ich habe es nur überflogen, aber wenn ich es richtig sehe, hat der Professor seinen eigenen Sohn über Jahre hin selbst behandelt und ihn dann, als er Chefarzt wurde, selbst entlassen. Allerdings gibt es einige Randnotizen von anderen Ärzten, die das ganz und gar nicht gut fanden. Ich habe einige der lateinischen Fachausdrücke übersetzt und alle weisen darauf hin, dass Joachim Hegner eine Gefahr für andere Menschen werden könnte. Hinzu kommt, dass er sehr leicht zu manipulieren ist.«

Lewis fuhr an den Straßenrand, hielt an und dachte kurz über Florians Recherchen nach. Dann drehte er sich auf seinem Sitz um und fragte an den Professor gewandt: »Ist Raphael Ihr Sohn?«, was ein Strahlen in dessen Gesicht auslöste.

Doch als Lewis dann auch noch fragte: »Und Raphael braucht eine Schwester, oder?«, verdunkelte sich der Gesichtsausdruck des Professors wieder. Allerdings schien er sich nicht wieder in den Wahnsinn zurückzuziehen, denn mit Wut in der Stimme antwortete er: »Nein, das geht ja nicht«, und nach kurzem Überlegen stellte er beinahe verträumt fest: »Aber eine Enkeltochter wäre schon ein schöner Ersatz.« Nun verfinsterte sich der Blick des Professors, bevor er wütend hinzufügte: »Aber mein Erzengel funktioniert nicht richtig … Immer nur Söhne … Er hat immer nur Söhne gemacht.«

»Was meinen Sie mit ›gemacht‹? Es sind doch die Frauen, die die Kinder machen«, stellte sich Lewis bewusst etwas dümmlich, um den Befragten nicht zu überfordern.

Dieser riss die Augen auf, sah Lewis erschrocken an und schimpfte: »Du hast doch keine Ahnung! Es ist Raphael, der von Luzifers Engeln das einfordert, was sie uns genommen haben.«

»Dann ist er der Vater?«

»Ja, aber er ist kaputt«, reagierte der Professor bockig. »Er alleine hat es in der Hand und doch hat er immer nur einen Sohn gemacht.«

»Aber warum hat er es denn nicht einfach noch einmal versucht und die Frauen stattdessen getötet?« Das Gespräch brachte Lewis langsam an den Rand des Erträglichen, doch er durfte nicht nachlassen und musste freundlich bleiben.

Professor Hegners Gesichtsausdruck wurde undefinierbar, doch immerhin antwortete er noch einmal: »Raphael hat nicht gut geschnitten.« Danach schloss er die Augen, lehnte sich zurück und blieb stumm.

Lewis brauchte ein paar Sekunden, um sacken zu lassen, was er gehört hatte. »Du sagtest, du weißt, wo dieser Joachim Hegner wohnt?«, wandte er sich dann an seinen Partner.

»Ja.« Florian reichte das Tablet nach vorn und deutete auf ein Symbol in Form einer winzigen Flagge: »Professor Hegners Elternhaus befindet sich ebenfalls in diesem Dorf und laut der Meldeadresse hat er seinen Sohn dort untergebracht.«

Lewis verinnerlichte noch einmal die Strecke bis zu der angezeigten Position, startete den Wagen und fuhr los.

Die schmale Sackgasse befand sich ganz am Rand des Dorfes und man merkte an der Bebauung, dass es sich um die ältesten Häuser des Ortes handeln musste. Jedes von ihnen war von einem großzügigen Grundstück umgeben, und soweit man das in der Dunkelheit erkennen konnte, standen in vielen ziemlich alte Obstbäume.

Während Lewis den Wagen langsam und möglichst leise rollen ließ, vergrößerte Florian die Ansicht der Karte. Am vorletzten Haus, kurz bevor die Steigung des Hügels begann, flüsterte er: »Das müsste es sein.« Sein Partner schaltete das Licht aus, hielt an und versuchte, einen Blick durch die dichte Hecke zu werfen, doch von hier aus konnte er gerade einmal den Dachgiebel erkennen.

»Und nun? Was machen wir mit dem Professor?«

Lewis zog ein zweites Paar Handschellen aus der Seitentasche und reichte diese nach hinten: »Fixiere seine rechte Hand an der Schlaufe der mittleren Sicherheitsgurtschnalle und prüfe noch einmal, ob die linken Handschellen fest genug sind.«

Nachdem dies erledigt war, wartete Lewis, bis sein Partner ausgestiegen war, aktivierte dann die Kindersicherung für die hinteren Türen und verließ ebenfalls das Fahrzeug.

Obwohl es oben auf dem Berg noch so ausgesehen hatte, als würde sich ein Gewitter ankündigen, regte sich nun kein Lüftchen mehr. In der ganzen Sackgasse gab es gerade einmal drei Laternen, deren fahles Licht sämtliche Motten der Umgebung anlockte und ein paar Fledermäusen ein Festmahl lieferte. Irgendwo in weiter Ferne bellte ein Hund, sonst herrschte absolute Stille. Lewis umrundete den Wagen und ging zusammen mit Florian zu der Garteneinfahrt, von wo aus man zumindest Teile des Hauses hinter einigen sich selbst überlassenen Büschen und Bäumen erkennen konnte. Das kleine, nur grob verputzte Haus machte einen verlassenen Eindruck. Hinter keinem der von hier aus sichtbaren Fenster brannte Licht und auch sonst deutete nichts darauf hin, dass hier überhaupt jemand wohnte.

»Gefahr im Verzug?«, fragte Florian flüsternd, worauf Lewis als sein Vorgesetzter nickte. Dann verzichteten sie darauf, den kleinen rostigen Klingelknopf zu drücken, und stiegen über die niedrige Gartentür.

Im Inneren des Grundstücks kam ihnen der verwilderte Zustand des Gartens zugute. Nicht nur, dass jeder ihrer Schritte durch das hohe, von Moos durchsetzte Gras gedämpft wurde, sie fanden auch genügend dichte Pflanzen als Deckung, um sich dem Objekt ungesehen nähern zu können.

Kurz vor dem Eingangsbereich signalisierte Lewis, dass er sich rechts herum um das Haus bewegen wollte und Florian die andere Seite übernehmen sollte.

Der Rundgang dauerte nicht lange und schon wenige Minuten später trafen sie sich an der Rückseite wieder. An einem der Wohnzimmerfenster hatte es Lewis gewagt, die Taschenlampe kurz an die Scheibe zu halten, doch das Innere des Hauses passte zu seinem äußeren Eindruck. Die Möbel waren alt, standen ordentlich an ihrem Platz und nichts deutete darauf hin, dass hier jemand wohnte.

Nachdem sich die beiden Kommissare etwas vom Haus entfernt hatten, gingen sie hinter einem großen Brombeerstrauch in die Hocke: »Bist du sicher, dass Hegners Sohn hier lebt? Ist das überhaupt das richtige Haus?«, fragte Lewis leise.

Florian nickte: »Das Haus ist auf jeden Fall das richtige. Ich habe in die Papiertonne geblickt und da lag ein Briefumschlag, der an Joachim Hegner adressiert war.«

»Dann hält sich vermutlich auch der Professor ab und zu hier auf«, schlussfolgerte Lewis und sah irritiert zum hinteren Teil des Gartens. Es waren nur zwei, drei leise Töne, zu wenig, um diese einordnen zu können. Erst als Florian »Was war das?« flüsterte, stellte auch Lewis' Bewusstsein einen Zusammenhang her.

»Musik?«, fragte er leise.

»Mir war auch so.« Florian drehte den Kopf etwas hin und her, bis er feststellte: »Ja, es ist Musik und kommt von dahinten.«

»O. k., lass uns nachsehen, aber wir müssen auch das Haus im Blick behalten.« Lewis erhob sich in den Stand, öffnete sein Pistolenholster, verzichtete aber noch darauf, die Waffe zu ziehen. Langsam und immer auch das Haus im Blick, bewegten sie sich über das weitläufige Grundstück, um dessen Obstbäume sich schon sehr lange keiner mehr gekümmert hatte. Nach etwa zehn Metern blieben die beiden Kommissare erneut stehen und Lewis gab seinem Partner ein Zeichen, still zu sein. Nun waren die Töne mehr als eine Ahnung und man konnte sogar Teile einer Melodie erkennen.

»Klassik«, flüsterte Florian und fragte: »Kannst du etwas erkennen? Kommt das vielleicht aus dem Nachbarhaus?«

Lewis schätzte den Abstand zu dem nächsten Haus auf circa fünfzig Meter und schüttelte den Kopf: »Dafür kann man es zu deutlich hören.« Dann ging er noch einige Meter weiter, umrundete einen Haselnussbaum, dessen dichtes Gestrüpp bis auf den Boden reichte, und knipste für einige Augenblicke seine Lampe an. Die Unebenheit war nur dadurch zu erkennen, dass die Grasnarbe im Strahl der Lampe einen lang gezogenen Schatten warf.

Mit jedem Schritt, den er sich nun weiterbewegte, wurde auch die Musik deutlicher und kurz darauf hatte er die Stelle erreicht.

Die Platte war vermutlich selbst bei Tageslicht kaum zu erkennen, da ein darauf befestigtes Gitter dafür sorgte, dass der Rasen auch dann nicht abrutschte, wenn man die Luke öffnete. Zusätzlich hielten einige gezielt gepflanzte Büsche neugierige Blicke von den beiden Nachbarhäusern her fern, was für weiteren Schutz sorgte. Was auch immer sich unter dieser Öffnung befand, es war auf jeden Fall nicht erst vor Kurzem entstanden, dazu war alles viel zu gut eingewachsen, und auch die kleine Stahlöse zum Öffnen der Luke zeigte deutliche Alterserscheinungen.

»Entweder ein alter Privatbunker oder ein gut versteckter Vorratsraum«, mutmaßte Lewis, und ohne dass Florian gefragt hatte, fügte er hinzu: »Gerade die Landbevölkerung hatte die Zwangsabgaben im Zweiten Weltkrieg irgendwann satt und brachte so ihr Hab und Gut in Sicherheit.«

»Gehen wir rein?«, fragte Florian, dem das alles im Augenblick herzlich egal war.

»Du sicherst, ich öffne.« Lewis dämpfte noch einmal kurz das Licht seiner Lampe mit vorgehaltener Hand, wobei er sich die Schließvorrichtung ansah und den kleinen Sicherungshebel beiseiteschob, welchen man vermutlich auch von innen bedienen konnte. Florian hielt seine Waffe und die noch abgeschaltete Lampe auf die Stelle, wo gleich ein Spalt entstehen würde, dann zog sein Partner an der Platte.

41

Lewis zog an der Klappe, bis es nicht mehr weiterging und diese in einer senkrecht nach oben stehenden Position arretierte. Florian hätte seine Taschenlampe am liebsten sofort eingeschaltet, riss sich aber zusammen, seine Augen tränten vor Anspannung. Zunächst dachte er an eine optische Täuschung, doch da war etwas Licht und auch die Musik ertönte nun deutlich lauter. Lewis hatte es ihm inzwischen gleichgetan und stand nun, ebenfalls mit Waffe und Lampe ausgerüstet, auf der anderen Seite der Luke, wo er vorsichtig über deren Kante in die Tiefe blickte. Leise zog er sich wieder ein Stück zurück, deutete erst auf sich, dann hinunter, und als sein Partner mit einem Nicken zustimmte, schob er beide Füße auf die erste Stufe der Treppe.

Eigentlich hatte er Holz erwartet, doch die Stufen waren aus dem Fels geschlagen und sorgten so dafür, dass er kein Quietschen oder Knarren befürchten musste. Immer noch am oberen Rand sitzend, hielt er den Lauf seiner Pistole in das nur spärlich beleuchtete Nichts, setzte die Füße auf die nächste Stufe und begann langsam mit dem Abstieg. Nach dem dritten Schritt in die Tiefe begann sich das kaum wahrnehmbare Licht zu bewegen, was Lewis' Puls deutlich schneller werden ließ. Soweit er es erkennen konnte, machte die Treppe nach etwa zehn Stufen einen Knick nach links, danach war er vermutlich völlig ohne Schutz und von unten gut zu sehen. Kurz vor dem Ende seiner Deckung angekommen nickte er Florian zu, ihm zu folgen. Fast ohne Geräusche schaffte auch er es bis kurz hinter seinen Partner. Lewis musste mit ihm kommunizieren, alles andere war zu gefährlich. Also griff er nach Florians Schulter, zog ihn so weit zu sich herunter, bis sein Mund direkt neben dessen Ohr war, und raunte: »Ich gehe vor und egal, was passiert, du folgst mir nur, wenn ich grünes Licht gebe. Sollte ich angegriffen werden, verlässt du dieses Loch und holst Verstärkung … Verstanden?«

Florian nickte und ließ sich mit dem Hintern langsam auf eine Stufe sinken, da ihm das in dem engen Abgang eine deutlich stabilere Körperhaltung ermöglichte.

Lewis tastete sich langsam auf die letzte Stufe vor dem Knick vor, atmete durch und schob seine Augen für einen kurzen Augenblick über die Kante. Details hatte er so natürlich nicht erkennen können, aber wenigstens wusste er jetzt, dass ihn keine unmittelbare Überraschung erwartete. Sowohl die weitere Treppe als auch der große Raum am Ende wirkten verlassen. Nachdem er diesen Vorgang drei Mal wiederholt und immer ein wenig länger geschaut hatte, wagte er sich schließlich ganz herum.

Was auch immer dieser Keller einmal gewesen war, jetzt vermittelte er den Eindruck einer okkulten Stätte. Die Lichtreflexe, welche ihn so erschreckt hatten, wurden von mehreren kleinen und einer großen Kerze verursacht. Ihr spärliches Licht beleuchtete ein einige Millimeter tief in den Boden gemeißeltes Kreuz, das mit einer roten Flüssigkeit gefüllt war und sich dadurch sehr plastisch von dem sonst grauen Boden abhob. Am linken Ende des Gewölbes konnte Lewis den Eingang zu einer Art Tunnel erkennen, der sich in absolut vollkommener Dunkelheit verlor. Sonst befanden sich nur noch eine große Truhe und der gleiche Altar, wie er ihn schon bei dem Professor im Keller gesehen hatte, in dem Raum.

Lewis hielt einige Augenblicke lang inne, hörte aber nichts außer seinem eigenen Atem. Erst jetzt fiel ihm auf, dass die Musik inzwischen aufgehört hatte, und dann sah er auch, warum. Der alte Plattenspieler stand im Halbschatten neben der Truhe und war gerade dabei, seinen Arm von der Platte zu heben. Die größte Bedrohung ging im Moment von dem dunklen Loch auf der linken Seite aus, weshalb er seine Waffe dorthin ausrichtete, während er den Stufen weiter folgte. Unten angekommen überlegte er kurz, wie er weiter vorgehen wollte, bevor er leise bis zu dem Eingang des dunklen Stollens schlich und einen Blick hineinwarf. Doch so hatte die Sache keinen Sinn, denn das wenige Licht verlor sich schon nach wenigen Metern und was dahinter kam, war nicht zu erkennen.

Rufen, leuchten oder sich in die Dunkelheit wagen, waren die einzigen Optionen. Er wählte die zweite Variante, ging in die Knie, hielt die Taschenlampe so hoch wie möglich über seinen Kopf, um ein falsches Ziel vorzutäuschen, und spähte um die Ecke. Auf den ersten Blick wirkte der Gang wie eine Sackgasse, an deren Ende die Wand eingestürzt war. Lewis zog sich wieder zurück, wartete kurz, ob er irgendeine Reaktion ausgelöst hatte, und wiederholte den Vorgang, nachdem alles ruhig blieb.

Beim zweiten Mal ließ er sich deutlich mehr Zeit, erhob sich schließlich und folgte dem Stollen einige Schritte. Die Erinnerung an Rita von Ulmenstein traf ihn wie ein Schlag. Er hatte etwas Derartiges geahnt, doch nun wusste er, warum die junge Frau in ihrem Krankenzimmer derart panisch reagiert hatte. Der Lichtschein des Überwachungsmonitors in der Klinik hatte in etwa die gleiche Größe wie die rechteckige Aussparung auf der rechten Seite der zum Teil eingestürzten Wand. Lewis hatte noch nicht alles erkundet, aber das, was er schon erkennen konnte, wies ziemlich eindeutig darauf hin, dass dieser Irre seine Opfer einfach eingemauert hatte. Und nach den bisherigen Ermittlungsergebnissen wussten sie, dass er zwei der Frauen für mindestens drei Monate hier unten gefangen hielt.

Das Gedankenspiel dauerte nur wenige Sekunden, sorgte aber für eine kleine Unachtsamkeit. Lewis' Fuß traf einen der kleineren Steinbrocken und kickte diesen an die nächste Wand, an der ein herumliegendes Holzbrett das klatschende Geräusch noch verstärkte. Lewis hatte zwar mit dem Schlag gerechnet, nicht aber damit, beinahe im selben Augenblick im Licht einer ziemlich starken Lampe zu stehen. Völlig geblendet, blieb ihm nur, sich an die nächste Wand zu pressen, die Waffe hochzureißen und darauf zu warten, was gleich passieren würde. Sekunde für Sekunde verging, während er mit der Waffe immer wieder in eine andere Richtung zielte und den Abzug halb durchgedrückt hielt. Als nach einigen langen Augenblicken nichts passiert war, zwang er sich, den Blick zurück in den dunkleren Stollen zu richten, damit sich seine Augen langsam an das starke Licht gewöhnen konnten.

Es dauerte beinahe eine halbe Minute, bis er so weit war, sich in dieser Helligkeit umzusehen und erleichtert festzustellen, dass ihm zumindest in diesem Teil des Kellers niemand auflauerte. Ein Blick auf die Lampe genügte, um zu erkennen, dass diese über einen Sensor für Geräusche verfügte, der auf das Poltern des Steins reagiert hatte.

In dem Bewusstsein, dass Judith Seifert noch immer in Lebensgefahr war, hielt er sich nun nicht mehr mit einer längeren Untersuchung des Raumes auf. Nachdem er sich einen kurzen Überblick verschafft hatte, ging er zurück zu dem Gewölbe mit dem Kreuz und rief in Richtung Treppe: »Du kannst runterkommen, hier ist niemand.«

Nachdem sich auch Florian das verlassene Verlies am Ende des Stollens angesehen hatte, bückte er sich neben das Kreuz auf dem Boden, tauchte den Finger in die rote Flüssigkeit und zerrieb diese zwischen den Fingern. »Das ist mit ziemlicher Sicherheit frisches Blut«, stellte er fest, stand auf und drehte sich mit der eingeschalteten Taschenlampe einmal im Kreis.

»Was suchst du?«, erkundigte sich Lewis, der bisher nur einen kurzen Blick in die leere Holzkiste an der Wand geworfen hatte.

»Einen weiteren Raum«, war die Antwort.

Lewis stutzte: »Warum?«

Sein Partner deutete zurück in den Stollen: »Weil nirgends sonst Blut zu finden ist und ich nicht glaube, dass er es extra hergebracht hat.« Er bewegte den Strahl seiner Lampe weiter über die Treppe, hielt kurz inne, schwenkte wieder zurück und stellte mit einem breiten Grinsen fest: »Diesen Trick hat man schon beim Bau von Burgen benutzt.«

Lewis verstand nicht gleich, ging aber zu der Stelle, an der der Lichtkegel die Wand erhellte. Mit etwas Abstand war es kaum zu erkennen, da beide Mauern identisch aussahen. Erst wenn man direkt davorstand, wurde sichtbar, dass man vor die eigentliche Wand eine weitere gemauert hatte, die einen etwa ein Meter breiten Zugang zu einem weiteren Raum verdeckte.

Lewis gab seinem Partner einen Wink und zog erneut die Waffe. Während Florian eine bessere Position einnahm, stellte sich Lewis mit dem Rücken zu der vorderen Wand, drehte sich dann um deren Ende und warf einen schnellen Blick um die Ecke. In dem spärlichen Licht der Kerzen erkannte er nur, das es sich um einen relativ großen Raum handeln musste, in dessen Innerem irgendetwas das Licht spiegelte. Wie schon bei dem Stollen ging er nun etwas in die Hocke und knipste seine Taschenlampe an. Ohne auf das Inventar zu achten, schob er sich ein Stück zwischen den beiden Mauern hindurch, blickte um die zweite Ecke nach links, konnte aber auch hier keine Gefahr erkennen. Dann richtete er sich auf und ließ den Schein seiner Lampe über die einzelnen Gegenstände wandern.

Sein Gehirn weigerte sich anzuerkennen, was er sah. Erst als auch Florian den Raum betrat und leise »Was für eine Scheiße« murmelte, löste sich Lewis aus seiner Lähmung. Mitten in dem Gewölbe, umringt von einer Vielzahl an verloschenen Kerzen, lag eine ausgebreitete Plastikplane, in deren Zentrum einige chirurgische Werkzeuge und blutige Stofffetzen lagen und ein Haufen Gewebe, das Lewis bei genauerem Hinsehen als Mutterkuchen identifizierte.

Doch dies war nur eine Komponente des Horrors, den dieser Raum beinhaltete. Der eigentliche Schrecken stand an der hinteren Wand auf einfachen Holzkisten, denn trotz der Größe der Gläser wirkten die vier Säuglinge darin wie eingesperrt. Soweit Lewis es auf die Schnelle beurteilen konnte, handelte es sich bei den toten Kindern allesamt um Jungs und keines von ihnen wies äußere Verletzungen auf.

»Was für ein Monster«, flüsterte Florian neben ihm, bevor er auf die vier am Boden liegenden Ketten leuchtete, an deren Ende zur Fesselung je zwei dickere und zwei dünnere Metallringe angebracht waren. »Er hat sie während des Kaiserschnitts auf die Gläser schauen lassen.«

Lewis schluckte schwer: »Komm raus hier, wir müssen ihn finden. Wer weiß, was er gerade Judith Seufert und ihrem Kind antut.«

Ohne einen Blick zurück eilten die beiden Kommissare die Treppe hinauf, rannten durch den Garten und traten die Tür zu Professor Hegners Elternhaus ein. Die wenigen Zimmer waren schnell durchsucht, doch auch hier fehlte jede Spur von dessen Sohn und seinen Opfern. Zurück am Wagen informierte Lewis die Zentrale und forderte alle mögliche Unterstützung an. Mit wutverzerrtem Gesicht riss er die hintere Autotür auf und hatte den noch immer dümmlich grinsenden Professor bereits am Kragen seiner Jacke gepackt, als ihn sein Partner zurückzog: »Das bringt nichts, Lewis, so reagiert der auf nichts.«

Lewis löste sich aus dem Griff seines Partners, stieß ihn ein Stück zurück und brüllte: »Ach ja, und was bringt etwas? Sollen wir darauf warten, dass sein total durchgeknallter Sohn auch noch die letzte Frau und ihr Kind abschlachtet?« Dann deutete er auf den Mann hinter der Scheibe: »Er ist das eigentliche Monster! Er hat seinen Sohn abgerichtet, ihn von der Leine gelassen und benutzt.« Es folgten drei Sekunden Pause, dann fasste Lewis den Türgriff und entschied: »Und jetzt wird mir dieses

Arschloch sagen, was sein Sohn mit Judith Seufert vorhat!«

Es war nur ein kurzer Gedanke, doch diese Erinnerung genügte Florian, um seine Hand auf die seines Partners zu legen und ihn so daran zu hindern, die Tür noch einmal zu öffnen.

»Ich weiß, wo sie sind … glaube ich zumindest.«

Lewis hielt inne: »Wo?«

»In der Kirche.«

»Und wie kommst du darauf? Einen öffentlicheren Ort gibt es ja wohl kaum.«

»Überleg doch mal …« Florian konnte die leichte Überheblichkeit in seiner Stimme nur schwer unterdrücken. »Der Professor erzählte uns etwas von einer Enkeltochter. Außerdem habe ich vorhin, oben vom Berg aus, noch etwas Licht in der Kirche gesehen. Ich denke, Judith Seufert hat ein Mädchen geboren und dieses Monster will sie jetzt heiraten.« Lewis dachte kurz nach, bevor er hinzufügte: »Und dann noch dieser eigentümliche Pfarrer … Los, lass uns fahren.«

42

Die letzten Stunden kamen Judith vor, als hätte sie an etwas teilgenommen, was nur in ihrem Kopf geschah.

Bei seinem vorletzten Besuch hatte ihr Raphaels Weinen erst Mut gemacht, dann folgte dieser eine Satz von ihm und all ihre Hoffnung fiel in sich zusammen. In der Zeit danach, ohne Licht und mit einer brennend trockenen Kehle, brach etwas in Judith zusammen. Zum ersten Mal, seit ihr Martyrium begonnen hatte, konnte und wollte sie nicht mehr. Trotz dieser absoluten Dunkelheit glaubte sie, immer wieder Dinge zu sehen, und erschrak einmal so sehr, dass selbst das kleine Kätzchen Reißaus nahm. Lautlos sprang es in das Loch in der Wand, wo Judith noch kurz die Augen aufblitzen sah und sie mit zittriger Stimme flehte: »Bitte, bleib …«, doch dann verschwanden die Augen und es blieb nichts als diese alles erdrückende Einsamkeit. Zusammengekauert in einer Ecke, die Pinocchio-Puppe fest an sich gepresst, kamen ihr bald Gedanken, die denen von Sterbenden glichen. Die Bilder erschienen wie verblasste Schwarz-Weiß-Fotos aus ihrer Vergangenheit und zeigten, was sie lange Zeit verdrängt hatte.

Da war der erste Tag an der Privatschule, an dem ihr Rita, Natascha, Charlotte und Iris gleich einmal zeigten, welchen Stellenwert sie als die Neue hatte. Und die vier waren geübt darin, Schmerzen zu verursachen, ohne Spuren zu hinterlassen. Dass Judith selbst kaum zu Empathie fähig war, zeigte sie in den darauf folgenden Wochen jeder Einzelnen von ihnen. Aus dem ersten Hass wurde bald eine eingeschworene Gemeinschaft, die mit den Strebern aus sogenannten guten Häusern überhaupt nichts anfangen konnte. Irgendwann begannen sie dann aus Langeweile damit, okkulte Spielchen zu spielen, was Rita auf die Idee zu dem Namen »Luzifers Engel« brachte. Im Grunde hatten sie nicht wirklich etwas gegen ihre Opfer, aber wenn ihnen beim Gläserrücken der Name irgendeines Mitschülers erschien, dann war dieser eben an der Reihe. Der Wechsel von physischer zur psychischer Gewalt vollzog sich hingegen schleichend, auch weil ihnen einige der Jungs körperlich überlegen waren. Hinzu kam, dass keine von ihnen an einem Mangel an Intelligenz litt und sie sich immer perfidere Pläne ausdachten, um jemanden in den Abgrund zu schicken … Der erste Selbstmord war kein Schock, er war ein Erfolg und sie feierten ihn lange.

In der Zeit nach der Schule zerfiel die Clique mehr und mehr, und bald darauf lebte jede ihr eigenes Leben. Als Raphael zum ersten Mal auftauchte, nahm Judith ihn nicht wirklich ernst. Auf eigentümliche Art schien er allerdings alles über ihr Leben zu wissen und sogar einige ihrer Neigungen zu bedienen. Sie nutzte die Gelegenheit, wieder jemanden unter Druck setzen zu können, und glaubte lange, er wäre ihre Marionette. Nachdem sie gemerkt hatte, auf welchem geistigen Stand er sich befand, spielte sie mit ihm. Sie machte ihn an, ließ ihn aber am ausgestreckten Arm verhungern. Sie gab ihm kleine Aufträge und er führte sie aus. Nie im Leben hätte sie gedacht, dass sich das Blatt einmal wenden könnte, und sie erinnerte sich noch gut an die Nacht, als sich das Monster in ihm zeigte.

Schon an seinem Auftreten hatte sie die Veränderung gespürt, aber nie vermutet, was darauf folgen könnte. Als hätte ihn jemand umgedreht, betrat er ihre Wohnung wie der Herrscher einer Armee. Seine einzigen Worte waren: »Mein Gott sagt, es ist so weit«, dann folgte erst ihre Züchtigung und danach die vielen Vergewaltigungen. Raphael war ihr nicht fremd, was es etwas erträglicher machte.

Ihr eigentlicher Freund Paul war bis zu diesem Zeitpunkt nur eine Randfigur. Das Leben mit ihm war ihr Alltag, und da sie nie vorhatte, mit Raphael körperlich zu werden, erschien ihr das Zusammensein mit ihm auch nicht falsch. Und Raphael, der wusste, dass es Paul gab, hatte nie ein Problem damit, sich an ihre Spielregeln zu halten. Judith erschien es immer so, als wäre Raphael mit seiner geistigen Beschränkung einfach nur froh, jemanden zu haben, der sich mit ihm befasste.

Nach den Vergewaltigungen änderte sich alles. Raphael bestand zwar darauf, dass sich Judith auch weiterhin mit ihrem Freund traf, drohte aber gleichzeitig mit dessen Tod, sollte sie irgendjemandem irgendetwas von ihm erzählen. Bald darauf legte sich ihr erster Schock und ihr bis dahin übergroßer Mut kehrte zurück. An dem Tag, als ihr der Arzt die Schwangerschaft bestätigte, fuhr sie nach Hause, griff zum Telefon und rief die Polizei an … Das Ergebnis war eine Strafanzeige wegen Drogenbesitzes, von den Scherereien in der Firma einmal ganz abgesehen. Raphael hatte vorgesorgt …

Im Nebel dieser Gedanken hatte Judith sein Kommen zunächst gar nicht bemerkt. Das Licht in ihrer Zelle flammte auf und sein Gesicht erschien in dem kleinen Rechteck in der Wand. »Hier hast du etwas zu trinken, Essen bringe ich dir gleich«, hatte er gesagt und war auch schon wieder verschwunden. Im Nachhinein könnte man glauben, dass ihre ungeborene Tochter sie warnen wollte. Während Judith aufstand und zu dem Plastikbecher ging, veranstaltete diese ein wahres Feuerwerk an Tritten gegen ihre Bauchdecke, wurde aber bereits nach wenigen Schlucken ruhiger. Was Judith zunächst für ein gutes Zeichen hielt, war in Wirklichkeit der Vorbote ihrer eigenen Reaktion auf das Getränk. Kurz vor der Matratze gab sie ihren Widerstand auf, sank erst auf die Knie und schaffte es gerade noch, nicht auf den empfindlichen Bauch zu fallen.

Wie lange das Koma andauerte, vermochte sie später nicht mehr zu sagen, sie wäre aber gerne länger darin verblieben.

Die grob behauene Steindecke über ihr schien näher gekommen zu sein, und auch das Licht hatte sich verändert. Statt des kalten Strahls der Lampe nahm sie nun eine Vielzahl von flackernden Schatten wahr, die nur von Kerzen stammen konnten. Sie lag auf dem Rücken, den Kopf leicht erhöht, so viel konnte sie trotz ihres tauben Körpers spüren. Irgendwo neben ihr nahm sie eine Bewegung wahr, doch sie selbst konnte sich keinen Millimeter rühren. Sie versuchte, die trockenen Lippen zu öffnen, es ging nicht. Als die Wirkung des ersten Mittels vollständig nachgelassen hatte, war ihr Verstand wach, doch ihr Körper schien nicht mehr auf ihn zu hören.

»Ah, da bist du ja«, hörte sie Raphaels Stimme und

suchte mit den Augen die Umgebung ab. Ihn selbst konnte sie nicht sehen, dafür aber vier zylindrische Gefäße und deren Inhalt. Es war ein lautloser Schrei, der direkt in einen aufkeimenden Wahnsinn mündete. Natürlich hatte sie in ihrer Zelle die in den Stein gekratzten Namen ihrer vier früheren Freundinnen gesehen, dachte aber, es wäre Raphael selbst gewesen. Nun überkam sie die Erkenntnis wie eine brechende Welle. Sie war nicht die Erste, sie war die Letzte auf seiner Liste und keine vor ihr konnte das überlebt haben.

Eine kalte Windböe holte Judith aus ihren Erinnerungen, wobei sie gleichzeitig spürte, wie ihr schlaffer Körper bewegt wurde. Tränen hatten ihre Augen verklebt, ihre Augenlider konnten sich kaum gegen die Salzkruste durchsetzen. Es folgte ein weiterer Positionswechsel und ihre Augen öffneten sich ein wenig. Sie brauchte einen kurzen Moment, um das, was sie sah, einzuordnen, bis sie begriff, dass sie sitzend, mit nach vorn hängendem Kopf auf sich selbst herabsah. Als Erstes erkannte Judith die Farben Weiß und Rot, was eigentlich ganz hübsch aussah, aber nicht wirklich zusammenpassen wollte. Sie zwinkerte einige Male und verstand schließlich, was sie daran störte. Der Stoff, auf den sie blickte, war kein Verbandsmaterial, sondern ein wallendes Hochzeitskleid. Und das Rot war nicht einfach nur Farbe, sondern ihr Blut, das von Stofffaser zu Stofffaser floss und so ein bizarres Muster bildete.

Der Luftzug verstärkte sich, während die großen Reifen links und rechts von ihrem Stuhl leise zu quietschen begannen, dann folgte ein heftiges Ruckeln und schickte sie erneut zurück in ihre Erinnerungen.

Trotz der scheinbar strafenden Blicke der vier toten Säuglinge, die sie aus ihren Gläsern heraus anzustarren schienen, hatte sich ihr Verstand geweigert, das auf sie Zukommende anzuerkennen. »Die Geburt steht bevor …«, hatte er ihr gesagt, aber wie sollte dies möglich sein? Sie war erst im achten Monat und nichts deutete darauf hin, dass ihr kleiner Schatz sie bald verlassen wollte. Vielleicht ein Medikament, war ihr letzter Gedanke, als Raphael in ihr eingeschränktes Sichtfeld trat.

Wäre ihr Körper zu diesem Zeitpunkt zu einem Zittern fähig gewesen, hätte sie mit Sicherheit einen regelrechten Anfall bekommen. So aber waren Tränen die einzig mögliche Reaktion. Jeder einzelne Nerv in ihrem Körper schien zu schreien und sich gegen das Mittel, das Tropfen für Tropfen in ihrer Vene verschwand, zu wehren, und doch war es ein sinnloser Kampf.

Raphael warf einen letzten prüfenden Blick auf das Skalpell in seiner rechten Hand und stellte wie beiläufig fest: »Du hast es gut, mein kleiner Engel, denn bei dir befahl mir mein Gott, die Dosis zu erhöhen.« Dann wurde sein Gesichtsausdruck verträumt, als er bedauernd hinzufügte: »Eigentlich schade … Ich persönlich finde es immer besser, wenn eine Mutter den göttlichen Vorgang einer Geburt direkt miterlebt. Allerdings muss ich zugeben, dass es mir schon so manchen Schnitt versaut hat.« Er kniete sich zwischen ihre Beine, erklärte noch: »Damit du besser sehen kannst«, und begann sein blutiges Werk.

Die Stufen unter den Reifen des Rollstuhls verursachten ein rhythmisches Poltern in Judiths Kopf. Mit jedem Schlag wurden die Bilder vor ihrem inneren Auge blasser, bis sie sich schließlich ganz auflösten und der Realität den Vortritt ließen. Inzwischen hatte das Blut den äußeren Saum des Brautkleides erreicht und diesen zu einer dicken Wulst anschwellen lassen, doch das nahm Judith nur am Rande wahr. Es war das blasse Gesicht ihrer winzig kleinen Tochter, das sie nun in den Bann zog. Raphael musste sie ihr während des Komas auf den Schoß gelegt haben und nun wünschte sich Judith nichts sehnlicher, als diese zarte Haut berühren zu können.

Das Ruckeln endete und der rückwärts die Stufen hinaufgezogene Rollstuhl kippte leicht nach vorn, was ihr einen Riesenschreck einjagte, da auch das kleine Bündel auf ihrem Schoß etwas nach vorn rutschte. Hatte sie sich getäuscht oder schaffte ihre Hand ein leichtes Zucken? Judith konzentrierte sich auf einen ihrer Finger, befahl ihm, sich leicht zu krümmen, und tatsächlich, er gehorchte. Hatte Raphael die Dosis verringert, ergab sich so vielleicht sogar eine Chance zur Flucht? Mit noch immer nach vorn hängendem Kopf sah sie aus dem Augenwinkel, wie die schweren Türen der alten Kirche an ihr vorbeizogen, und ahnte, was nun folgen sollte. Nur so ergab das Brautkleid einen Sinn … Erst die Geburt, dann eine Hochzeit … fast wie im richtigen Leben, ging es ihr zynisch durch den Kopf.

Das kleine Leben auf ihrem Schoß begann zu schreien, was ihr zusätzliche Kraft verlieh. Judith versuchte es erst mit einem Fuß, dann noch einmal mit den Händen, doch viel passierte noch nicht. Hinzu kam diese innere Kälte, welche sich mit jedem verlorenen Tropfen Blut verstärkte. Inzwischen war der Saum ihres Kleides gesättigt und gestattete es dem Blut, in dünnen Rinnsalen an ihren Beinen herunterzulaufen. Dann begann der sich langsam steigernde Schmerz, der ihren gesamten Unterleib zu verbrennen schien. Judith war bisher immer der Meinung gewesen, dass sich ihr Leben nur um sie selbst drehen sollte. Erst kam sie, dann lange nichts … Doch seit einigen Minuten musste sie erkennen, wie dieser Selbstschutz in sich zusammenfiel. Da war dieses kleine Wesen, welches sie so lange verleugnet hatte. Seiner Umwelt und diesem Monster völlig ausgeliefert lag es vor ihr und seine einzige Hoffnung war die Kraft der Mutter, die diese nicht hatte.

Es waren vorher nie geweinte Tränen der Verzweiflung, die sich nun Bahn brachen und ihr Blut verdünnten. Dann durchflutete sie eine neue Welle dieser alles beherrschenden Kälte. Judith schloss die Augen, sammelte ihre verbliebenen Kräfte und öffnete sie ein letztes Mal für einen Blick auf den sanft geschwungenen Mund ihrer Tochter …

43

Um diese Zeit wirkte das Dorf wie ausgestorben. Um keine Aufmerksamkeit zu erregen, verzichtete Lewis auf Blaulicht und Martinshorn, ließ den Wagen auf den letzten Metern nur noch ausrollen und hielt schließlich in einer kleinen Gasse neben dem Gotteshaus. Ohne sich weiter um den noch immer vor sich hinmurmelnden Professor zu kümmern, stiegen sie aus und besprachen das weitere Vorgehen im Schutz der mannshohen Friedhofsmauer. Nachdem feststand, dass sie es zunächst über die vordere Pforte versuchen wollten, löste sich Lewis von der Mauer.

»Warte mal«, wurde er plötzlich von Florian zurückgehalten.

Lewis blieb stehen: »Was ist?«

Florian nickte zu einem weißen Transporter unweit ihres eigenen Wagens, dann hörte Lewis es auch … Es war das leise Knacken und Knistern eines sich abkühlenden Motors. Die beiden Kommissare zogen ihre Waffen, und während Florian die Straßenseite wechselte, um auch die abgewandte Seite des Transporters im Blick zu haben, folgte Lewis weiter der Mauer.

Kurz vor ihrem Ziel verharrten beide, gaben sich ein Handzeichen und Lewis zog seine Lampe vom Gürtel.

Dann gab er Florian fünf Sekunden, um die Straße erneut zu überqueren, richtete sich auf und hielt den Strahl der Lampe sowie den Lauf seiner Waffe direkt auf den Fahrersitz. Und noch während er leise »Gesichert« rief, sah er, wie der Lichtstrahl seines Partners durch das kleine Fenster im Heck fiel und den hinteren Teil des Transporters ausleuchtete. »Gesichert«, antwortete kurz darauf auch Florian, was etwas Anspannung aus der Situation nahm.

Schnell streifte er sich einen der dünnen Plastikhandschuhe über und zog am Griff der Heckklappe, die sich ohne Widerstand öffnen ließ. Schon der erste Anblick offenbarte, dass der Sohn des Professors jede Vorsicht aufgegeben hatte. Neben einer feucht glänzenden Blutspur lagen zahlreiche, ebenfalls blutverschmierte Tücher sowie ein zertretener Haarreif, wie ihn oft Bräute trugen.

»Los, weiter«, mahnte Lewis, der ebenfalls einen kurzen Blick in das Wageninnere geworfen hatte. Florian schloss die Tür, folgte seinem Partner bis zu der kurzen Treppe, die hinauf zum Hauptportal der kleinen Kirche führte. Wieder bedurfte es keiner Absprache. Während Lewis sich neben der großen gusseisernen Klinke positionierte, sicherte sein Partner den Spalt, der entstehen würde, wenn sich das große Tor öffnete.

Beide atmeten noch einmal durch, dann drückte Lewis die Klinke herunter … nichts passierte.

»Scheiße!« Der Fluch war kaum hörbar, kam aber trotzdem aus tiefster Seele. »Los, wir versuchen es hintenherum«, bestimmte er, wobei ihn das leise Orgelspiel, das aus dem Inneren des Gotteshauses zu hören war, nur noch wütender machte.

Zum Glück fanden sie das hohe Eisentor zum Friedhof

unverschlossen und ersparten sich so eine aufwendige Kletteraktion. Lewis hatte noch nie verstanden, warum Friedhofsmauern immer so hoch sein mussten … Hatte man doch Angst vor Untoten?

Nachdem sie sich kurz orientiert hatten, fanden die Kommissare, worauf sie gehofft hatten. Die schmale Holztür und zwei kleine Fenster waren offenbar erst im Nachhinein eingebaut worden und bildeten eine Schwachstelle in dem Bollwerk, das die Kirche sonst darstellte. Florian war als Erster bei der Tür, drehte sich aber eine Sekunde später wieder um: »Auch zu!«

Lewis fackelte nicht lange, zog seine Jacke aus, wickelte diese um die Dienstwaffe und seine Hand und zerschlug kurzerhand eines der Fenster. In der sonst vorherrschenden Stille war der Lärm ohrenbetäubend, schien aber keine Reaktionen hervorzurufen. Nach weiteren bangen Augenblicken des Wartens kniete sich Lewis unter das Fenster und forderte: »Los, du gehst rein«, und erklärte nach den ungläubigen Blicken seines Partners: »Ich bin nicht so gut in Form.«

Florian nutzte die Steighilfe, leuchtete erst in den dunklen Raum hinter dem Fenster und schob sich dann mit dem Bauch zuerst hindurch. Irgendwann verlor der Oberkörper den Kampf gegen die Schwerkraft und sorgte so dafür, dass Florian unsanft nach unten gezogen wurde. Der Aufprall war nicht wirklich hart, dafür aber umso schmerzhafter. Da seine rechte Hand ein wenig schneller war, sie das Gewicht seines Körpers aber nicht abfangen konnte, knickte sie ein und Florian spürte, wie etwas in ihr riss. Der gedämpfte Schrei konnte den Schmerz nicht lindern, aber etwas Druck abbauen. Mühsam rappelte er sich auf, ging zu der Tür und entriegelte diese mit der Linken.

»Was ist?«, fragte Lewis, als er sah, dass sein Partner sich das rechte Handgelenk hielt.

»Ist verstaucht«, erklärte dieser leise.

»Kannst du eine Waffe halten?« Lewis war die Anspannung in Florians Stimme nicht entgangen, und als dieser jetzt auch noch eine unbeholfene Bewegung mit seiner rechten Hand machte, bestimmte er: »Du bleibst hier und passt auf, dass niemand abhaut. Ich gehe alleine weiter.«

»Aber …«

»Kein Aber! In diesem Zustand wärst du nur eine Gefahr für Judith Seufert … Ich kann nicht auch noch auf dich aufpassen.«

Florian erwiderte nichts, machte eine Geste, die zeigen sollte: »Dann geh endlich«, und zog sich in den Schatten einer Ecke des Raumes zurück.

Lewis ging zu einer weiteren Tür, die in den hinteren Teil der Kirche führen musste, und öffnete diese so leise wie möglich. Nach einem letzten Blick zurück trat er schließlich in die Dunkelheit eines Raumes, der von dem Pfarrer zur Vorbereitung seiner Predigten genutzt wurde.

Hatte man das Orgelspiel in dem kleinen Vorraum nur erahnen können, war es hier wesentlich lauter und die immer wiederkehrende Abfolge der Töne deutete darauf hin, dass das Instrument nicht aktiv von einem Menschen gespielt wurde. Lewis dämpfte das Licht seiner Lampe, indem er die Hand auf das Glas presste, doch außer einigen wenigen Möbelstücken und einer ganzen Reihe ordentlich geputzter Kinderschuhe sah er hier nichts von Bedeutung. Ihm gegenüber, auf der anderen Seite des Raumes, hatte man die Tür durch einen dicken Vorhang ersetzt. Im ersten Moment glaubte Lewis, eine

Bewegung gesehen zu haben, und verstärkte den Griff um seine Waffe. Dann erreichte das verbliebene Licht seiner Lampe die andere Seite und er entspannte sich etwas. Offenbar erzeugten das eingeschlagene Fenster und die offene Tür, hinter der Florian Wache stand, einen leichten Luftstrom, der den Stoff bewegte.

Nach wenigen vorsichtigen Schritten hatte er den Durchgang erreicht, steckte die Lampe weg, griff den samtartigen Stoff und schob ihn ein winziges Stück zur Seite.

Das Hauptschiff der Kirche war nur spärlich beleuchtet, was Lewis nicht alles erkennen ließ, dabei den Horror aber noch verstärkte. Keine zehn Meter entfernt, mit dem Rücken zu ihm, stand der stark schwankende Pfarrer und vor ihm ein Mann, der eine blutüberströmte Frau im Arm hielt. Während die Beine der Frau immer wieder nachgaben, schwankte ihr Kopf kraftlos hin und her. Auf dem Rollstuhl neben den beiden lag ein kleines weißes Bündel, und auch wenn er es nicht genau erkennen konnte, glaubte Lewis, eine leichte Bewegung zu erkennen.

»Willllst duuu…«, hob der Pfarrer seine stark lallende Stimme an, während die Frau eine ganze Flut von Hustenkrämpfen erschütterte. Der Pfarrer, es war der aus der Dorfkneipe, unterbrach seine Rede, vollzog einen Ausfallschritt nach hinten und konnte sich nur mit Mühe wieder vor den beiden stabilisieren.

Nun musterte Lewis den Mann neben der Frau, die Ähnlichkeit mit Professor Doktor Hegner war nicht zu leugnen. Mit entrücktem Blick stand er da, hatte ein erwartungsvolles Lächeln auf den Lippen und wartete geduldig, bis sich Judith Seufert wieder beruhigt hatte. Als deren Hustenanfälle abgeklungen waren, nickte er dem Pfarrer zu und dieser begann von Neuem: »Willllsst duuu… Joachim Heegneer, die hiier anweeesende …« Wieder hielt der Pfarrer inne und schien nach den richtigen Worten suchen zu müssen, bevor er viel zu laut fragte: »Wiie heischt die Braut eigentlich?«

Lewis hatte genug gesehen, ließ den Vorhang los und brachte Spannung in seinen Körper. Beherzt schob er den Vorhang beiseite und machte einen Schritt nach vorn.

Einen Sekundenbruchteil, bevor sich die Hand auf seine Schulter legte, spürte er, dass jemand hinter ihm war. Völlig auf Florian eingestellt, konnte Lewis dem kräftigen Ruck, der ihn nach hinten riss, nichts entgegensetzen. Noch im Fallen überlegte er kurz, einfach abzudrücken, dann schlug ihm jemand die Waffe aus der Hand, und auch diese Chance war vertan. Was nun folgte, bestand nur kurz aus Schmerz, denn sein Angreifer zögerte keine Sekunde und die Spitze des Schuhs traf ziemlich genau die Stelle der Schläfe, bei der eine Ohnmacht unausweichlich wurde.

Es waren nur kurze Sequenzen, in denen sich Lewis' Bewusstsein in die Nähe der Realität wagte. Einmal war es ein schleifendes Geräusch, dann das kurze Gefühl der kalten Nachtluft auf seiner Haut und etwas später der blecherne Knall einer zufallenden Autotür. Irgendwann kam noch ein gequältes Stöhnen hinzu, von dem er kurz glaubte, dass es sein eigenes war, bis seine träge dahinfließenden Gedanken es als die Tonlage seines Partners identifizierte. Es folgte ein beruhigend wirkendes Brummen und Vibrieren, bis ihn erneut kalte Luft etwas wacher werden ließ.

Waren das Sterne über ihm? Seine Augen konnten die

kleinen Lichtpunkte nicht scharf stellen und nach einigen Sekunden begriff er auch, warum. Jemand hatte ihm unter die Achseln gegriffen und mühte sich hörbar, seinen Körper über den unebenen Boden zu ziehen. Bevor Lewis' Lippen sich zu einem Wort formen konnten, spürte er den stechenden Schmerz in seinem Kopf, der sich als lautes, nicht zu kontrollierendes Stöhnen Bahn brach. Ebenso schnell, wie das Ruckeln und Zerren endete, fiel sein Kopf erneut auf den Boden, doch seine Dankbarkeit, dass dieser aus weicher Erde bestand, wich, als ihn der Schuh ein weiteres Mal traf.

44

Die Suche nach dem Professor, dessen Sohn, Judith Seufert und seinen beiden Beamten dauerte nun bereits mehrere Stunden. Kriminalrat Gernot nippte gerade an dem frisch gebrühten Kaffee, während er sich die Filmaufnahmen der Spezialeinheit aus dem Verlies auf seinem Laptop ansah. Eine seiner Beamtinnen betrat das Café. Kommissarin Haagen blickte sich kurz um, kam dann an seinen Tisch und setzte sich unaufgefordert neben ihren Chef. Als sie sich sicher war, dass alle Angestellten des Cafés außer Hörweite waren, flüsterte sie: »Wir haben eine Leiche.«

Gernot hielt das Video an, löste den Blick vom Monitor und fragte, in der Hoffnung, dass es keiner seiner Chefermittler war: »Wer ist es?«

»Der Pfarrer dieser Gemeinde.«

»Wie?« Gernot versuchte, sich die Erleichterung nicht anmerken zu lassen.

»Wissen wir noch nicht. Es könnte sowohl ein alkoholbedingter Unfall als auch Selbstmord sein. Dem Geruch nach hat er ordentlich einen getrunken. Er lag im Inneren des Glockenturms, ist also entweder über das Treppengeländer gestürzt oder gesprungen. Möglicherweise hat es etwas damit zu tun, dass die KTU eine ganze Menge Blutflecken in der Kirche gefunden hat.«

»Stammt das Blut von ihm?«

Die Kommissarin schüttelte den Kopf: »Den ersten Schnelltests nach stammt es von vier verschiedenen Menschen. Allerdings gibt es in jedem Raum nur Blut von je einer einzigen Person.«

»Verstehe ich nicht«, warf Gernot ein.

»Na, im Glockenturm ist nur das Blut des Pfarrers. Im Hauptschiff der Kirche und in den beiden Nebenräumen fanden wir aber noch je eine spezifische Blutgruppe.« Nun machte die Beamtin eine kurze Pause, bevor sie hinzufügte: »Die Blutgruppen in den Nebenräumen würden auf unsere Kollegen passen.«

Der Kriminalrat dachte einen Augenblick nach und fragte dann: »Was sonst noch?«

»Wir fanden den Dienstwagen von Schneider und Ritter in einer Seitengasse neben dem Friedhof. Der Wagen war unverschlossen und hinten links wurde der Haltegriff über der Tür herausgerissen. Außerdem ist der Riemen, mit dem die Schnalle des Sicherheitsgurtes befestigt war, zerschnitten.«

Gernot nickte etwas gedankenverloren: »Bei ihrer letzten Meldung an die Zentrale gaben die beiden an, dass sie Professor Doktor Hegner festgenommen haben. Ich vermute, sie haben ihn im Wagen zurückgelassen und er hat sich befreit.« Nun hob er den Kopf und fragte: »Gibt es irgendeinen Hinweis, wo sie sein könnten? Wir reden immerhin von fünf Menschen, die können sich doch nicht in Luft aufgelöst haben.«

Kommissarin Haagen machte eine ratlose Geste: »Wissen wir nicht. Im Haus des Professors gibt es keine Hinweise und auch im Haus seines Sohns haben wir bis jetzt nichts gefunden, was auf ein anderes Versteck hinweisen könnte. Allerdings ist das dort das reinste Gruselkabinett. Einer unserer Kollegen hat schon aufgegeben. Dieser Irre hat alles auf Video festgehalten und einige der Filme sind wirklich schwer zu ertragen. Aber zurück zu Ihrer Frage: Das Dorf können wir so gut wie ausschließen, daher haben sich die SEK-Männer nun die umliegenden Wälder vorgenommen und auch ein Suchhubschrauber ist bereits angefordert. Doch wie gesagt, eine wirkliche Spur haben wir noch nicht.«

»Was ist mit Fahrzeugen? Wenn wir davon ausgehen, dass Schneider und Ritter ebenfalls entführt wurden, muss es ein Fahrzeug geben.«

Nun zog die Kommissarin einen kleinen Notizblock heraus: »Auf den Hegner ist ein weißer Kleintransporter der Marke Ford zugelassen … Ist natürlich schon zur Fahndung ausgeschrieben.«

Gernot nickte müde: »Alles klar, ich sehe, Sie haben alles im Griff.«

Während sich die Kommissarin erhob, fragte sie noch: »Finde ich Sie hier, falls wir etwas Neues erfahren?«, dann wartete sie sein Nicken ab, zog ihren Waffengurt über der Schulter zurecht und verließ das Café.

45

Lewis' erste Empfindung war Kälte, dann kam der Schmerz im Kopf und mit ihm trat das taube Gefühl in seinen Gliedmaßen in den Hintergrund. Entgegen seinen Erwartungen war er nicht gefesselt und so führte er die Hand zur Schläfe, die sich anfühlte, als würde noch etwas im Fleisch stecken. Es war keine echte Erleichterung, trotzdem war er froh festzustellen, dass es nicht so war. Der sanfte Druck seiner Finger verstärkte zwar den Schmerz, aber eine offene Wunde konnte er nicht ertasten. Als Nächstes befühlte er seine Nase und hier verhielt es sich etwas anders. Was er zunächst für trockene Haut gehalten hatte, war in Wirklichkeit eine Kruste aus getrocknetem Blut, das ihm in Strömen aus der Nase gelaufen sein musste.

Das Koma war noch nicht ganz gewichen, doch aus irgendeinem Grund war er sich nicht sicher, ob seine Augen tatsächlich geöffnet waren, folglich blieben ihm nur der Tast- und Hörsinn. Aus Angst, blind geworden zu sein, führte er seine Finger nun zum rechten Auge. Sein geöffnetes Lid schloss sich bei der ersten Berührung, was dazu führte, dass er begriff. Er war weder blind, noch waren seine Augen geschlossen. Er befand sich einfach nur in einem Raum, in dem es absolut kein Licht gab.

Nachdem er seinen Körper weiter untersucht hatte und zu dem Ergebnis gekommen war, dass er keine größeren Verletzungen davongetragen hatte, widmete er sich seiner Umgebung. Die Wand hinter ihm bestand aus Stein oder besser gesagt aus Fels, was auch diese Kälte erklärte. Der Boden erschien ihm dagegen nicht natürlich. Er war eben, staubig, aber nicht weniger kalt. Sein Körper sträubte sich dagegen, doch nach einigen vorsichtigen Bewegungen ging es schnell besser und Lewis konnte etwas herumkrabbeln. Völlig orientierungslos wählte er eine beliebige Richtung, kroch auf allen vieren geschätzte drei Meter nach vorn, wo ihm ein Gitter den Weg versperrte. Da er keine Lust hatte, sich noch mehr Kopfschmerzen zuzuziehen, verzichtete er noch darauf sich aufzurichten und tastete sich langsam an dem Gitter entlang, bis er wieder auf eine Felswand stieß. Dieser folgte er erneut, kam dieses Mal aber nicht sehr weit. Da er den Raum vor sich erst mit der linken Hand erkundete, war auch sie es, die den Körper berührte. Freund oder Feind?, ging es ihm durch den Kopf und er spürte seinen eigenen Puls bis in den Hals schlagen. In den ersten Minuten hatte er diese absolute Dunkelheit irgendwie hingenommen, doch nun fühlte es sich so an, als würde ihn der Raum erdrücken. Mit einem Anflug von Panik wich er zurück bis zum Gitter und suchte zitternd nach dem Feuerzeug in seiner Tasche, doch es fehlte genauso wie alles andere, was er bei sich gehabt hatte. Selbst der Gürtel und die Armbanduhr waren weg.

Lewis riss sich zusammen, krabbelte erneut ein Stück nach vorn und begann dann den dort liegenden Körper etwas genauer zu untersuchen. Der Stoff fühlte sich weich an, war aber von harten rauen Stellen übersät. Stück für

Stück tastete er weiter, kam schließlich zu einer Stelle, an der der Stoff sehr glatt wurde. Lewis hatte eine Ahnung, wer es sein könnte, doch diese bestätigte sich erst nach den nächsten Zentimetern. Im ersten Moment nahm er den Übergang gar nicht richtig wahr, dann wurde ihm bewusst, dass das unter seinen Fingern kein Stoff mehr war, sondern Haut … viel zu kalte Haut. Vor ihm lag die vermutlich tote Judith Seufert. Seine Hand suchte ihren Hals und dort die Stelle, an der er einen Puls spüren müsste, doch da war nichts.

»Lewis?« Das Wort war mehr gehaucht als gesprochen und wirkte hier in der Dunkelheit wie das Flüstern eines Geistes. Lewis verharrte in der Bewegung, lauschte in die Stille und fragte schließlich leise: »Wer ist da?«

Es dauerte eine gefühlte Ewigkeit, dann hörte er es erneut und dieses Mal erkannte er Florians Stimme. Sich immer mit einer Hand nach vorn tastend, schlug er die Richtung ein, in der er seinen Partner vermutete, und fand ihn schon nach einer kurzen Distanz. Als seine Hand den Jeansstoff von Florians Hose erreichte, fragte er ebenfalls flüsternd: »Bist du verletzt?«

Es folgte ein trockenes Räuspern und die Aussage: »Bis auf diese elenden Kopfschmerzen dürfte alles noch o. k. sein.« Und nach einer kurzen Pause folgte die Bitte: »Kannst du deine Hand von meinem Oberschenkel nehmen, das fühlt sich irgendwie komisch an.«

Ausgerechnet jetzt bewies sein Partner Humor. Lewis zog die Hand zurück und erklärte weniger erfreut: »Ich befürchte, wir sind in einer Art Verlies. An drei Seiten konnte ich nur Felswand tasten und an der vierten ist ein massives Gitter. Außerdem ist Judith Seufert hier und sie zeigt keinerlei Lebenszeichen.«

Nach einem deutlich ernsteren »Scheiße« hörte Lewis, wie sich Florian etwas aufrappelte und dann gepresst sagte: »Tut mir leid. Ich habe keine Ahnung, wie sich der Professor befreien konnte. Er stand in der Kirche auf einmal hinter mir, und als Arzt weiß man offenbar, wo man hinschlagen muss …«

Lewis winkte ab: »Lass gut sein, mich hat er genauso überrumpelt. Viel wichtiger ist jetzt, dass wir hier rauskommen und das Baby retten.«

Die Stimmen ertönten so plötzlich und laut, dass die beiden Kommissare unbewusst die Luft anhielten. Was mit zunächst undeutlichen Wortfetzen begann, steigerte sich zu einem handfesten Streit.

»… du bist nicht mehr mein Gott, sonst …«, drang es dumpf bis in ihr Verlies, dann hörten sie den Professor zunächst bittend, bald aber aggressiv brüllen: »… du hast es versaut … konntest du sie so zurichten … mein Kind …«

So plötzlich wie die Stimmen zeichneten sich nun schmale Linien aus Licht an der Wand ihnen gegenüber ab und Lewis brauchte einen Augenblick, um diese als die Umrisse einer Tür zu erkennen. Nach einigen Sekunden hatten sich seine Augen auf diese neue Lichtquelle eingestellt und zeigten ihm nun, wenn auch nur schemenhaft, wo sie sich befanden. Der Raum, in dem sie saßen maß circa sechs mal acht Meter, wobei sich das zuvor ertastete massive Stahlgitter etwa zwei Meter vor der Tür befand. Auf der rechten Seite des Gitters lag der Zugang zu der eigentlichen Zelle, doch die dicken Scharniere und ein faustgroßes Vorhängeschloss machten wenig Hoffnung.

»… sie ist tot … du kannst nicht … halt …«, tönte es hinter der Tür, dann wurde diese aufgestoßen und gleißend helles Licht flutete den Raum.

Durch einen schmalen Spalt zwischen den Fingern erkannte Lewis, wie Joachim Hegner in das Gewölbe trat und sich an dem Vorhängeschloss zu schaffen machte. Kurz darauf folgte ihm der Professor, packte seinen Sohn an der Schulter und riss ihn zurück.

Lewis sah den Blick von Hegners Sohn nur kurz, was aber genügte, um den Wahnsinn darin zu erkennen. Nach einer kurzen Gegenwehr hielt dieser wie erstarrt inne, drehte sich zu seinem Vater und hielt plötzlich Florians Taschenmesser in seiner Hand. In der nun eintretenden Stille hörten die Kommissare das leise Weinen des Säuglings, dann hob Joachim Hegner die Hand mit dem Messer in Richtung seines Vaters und sagte bedrohlich leise: »Du hast mir nichts mehr zu sagen, du bist nicht mein Gott und du warst es auch nie. Wenn ich jede deiner Anweisungen genau befolgt hätte, hätte Judith nie ein Kind bekommen. Du hast ja nicht einmal gewusst, dass sie dieses Ding in ihrer Fotze trägt. Da waren keine Pillen, die ich, wie bei den anderen, hätte vertauschen können …« Nun machte er einen weiteren Schritt nach vorn, dabei erreichte die Messerspitze fast das Gesicht des Professors. »Hast du gesehen, wie es geblutet hat? Hast du dir den Film angesehen? Aber ich habe es geschafft und damit ist das Kind da draußen mein Kind …« Joachim Hegner wandte den Kopf zu der Leiche, die beiden Beamten, die nur drei Meter daneben saßen, ignorierte er dabei völlig. Sein Arm folgte der Kopfbewegung und zeigte nun ebenfalls auf die tote Judith Seufert: »… und sie ist mein Engel. Sie muss bei mir sein … Das wirst du mir nicht verbieten.«

Noch während Lewis fieberhaft überlegte, was man so einem Irren sagen könnte, damit die Lage nicht eskalierte, passierte es. Die kurze Bewegung des Professors schien bei seinem Sohn einen Schalter umspringen zu lassen. Ohne jede Vorwarnung drehte sich dieser wieder zurück, hob das Messer über den Kopf und rammte es seinem Vater in die linke Schulter. Zu Lewis' Erstaunen hatte der Professor die Attacke offenbar kommen sehen, dann wurde aus dem Erstaunen Angst, Angst vor dem Irrsinn dieses Mannes.

Florian stieß noch eine Warnung aus, doch die beiden Schüsse fielen ohne jedes Zögern. In Joachims Gesicht zeigte sich erst Überraschung, dann Entsetzen, und als sein Vater nüchtern feststellte: »Und ich bin doch dein Gott«, folgte Verzweiflung. Fünf Sekunden später knickte er in den Knien ein und sackte regungslos in sich zusammen.

Ohne einen Blick zu den Kommissaren packte der Professor seinen Sohn und zog ihn in das angrenzende Gewölbe. Anschließend kehrte er zurück, setzte sich zwei Meter vor dem Gitter auf den Boden, hielt sich die Waffe an den Kopf und drückte ab. Was nun folgte, kannte Lewis nur zu gut, denn es war ihm mit dieser Waffe ebenfalls schon einmal passiert. Hegner drückte erneut ab, doch wieder ertönte nur dieses metallische Klacken.

Nun wurde Florian bewusst, was es bedeuten würde, wenn der Mann sich tatsächlich erschießen sollte. Nicht nur das Baby da draußen würde sterben, auch sie selbst saßen in der Falle. Ohne auf die Waffe zu achten, sprang er auf, ging bis vor an das Gitter und begann, leise auf Hegner einzureden. Dieser blickte nur kurz auf, zog den Schlitten der Pistole einmal durch, sah dabei zu, wie die ausgeworfene Munition ein Stück davonflog, hob den Lauf erneut an seinen Kopf und dieses Mal löste sich der Schuss.

46

»Kannst du bitte damit aufhören?«

Florian hielt in der Bewegung inne, drehte sich zu seinem Partner und konnte den vorwurfsvollen Unterton in seiner Stimme nicht vermeiden: »Ich soll aufhören? Vielleicht solltest du mir lieber helfen. Was ist das hier überhaupt für ein Scheißgewölbe, das muss doch zu finden sein.«

Lewis stemmte sich in die Höhe, was seine Gliedmaßen unwillig zur Kenntnis nahmen. Seit geschlagenen zwei Stunden saß er einfach nur da und dachte im Takt von Florians Schlägen über ihre Situation nach. Nun wartete er darauf, dass das taube Gefühl in seinen Beinen nachließ, und ging dann langsam zu der Gittertür, an deren Scharnieren sich Florian gerade abarbeitete. Nachdem dieser ein weiteres Mal auf den dicken Stahlbolzen geschlagen hatte, legte Lewis seine Hand auf dessen Schulter und stellte möglichst versöhnlich fest: »Lass es gut sein, das bringt nichts. Wenn ich mich nicht irre, ist das hier ein alter Bierkeller, und nichts hat man früher in Franken besser geschützt als die wertvollen Fässer. Außerdem kommt das Baby da drüben so nie zur Ruhe«, und wie zur Bestätigung seiner Worte drang erneut dieses herzzerreißende Wimmern durch das Gewölbe.

»Aber …« Weiter kam Florian nicht, als der Kloß in seinem Hals übermächtig wurde. Kraftlos ließ er den Stein fallen, schlug die Hände vor sein Gesicht und wartete, bis die Welle aus Angst über ihn hinweggerollt war. Anschließend wischte er sich etwas Flüssigkeit aus den Augenwinkeln, schluckte schwer und fragte dann mit belegter Stimme: »Meinst du, sie finden uns?«

Lewis dachte erst über die Frage nach, dann darüber, wann sie das letzte Mal etwas getrunken hatten, und antwortete schließlich: »Wie auch immer, wir sollten uns nicht darauf verlassen. Aber mit dem Stein wirst du nicht weiterkommen, wir brauchen eine andere Idee.«

»Wenn wir nur an deine Waffe kämen …«, Florian deutete auf den toten Professor, der etwa zweieinhalb Meter entfernt auf der anderen Seite des Gitters lag, »… dann könnten wir das Schloss aufschießen und alles wäre gut.«

Natürlich hatte auch Lewis schon darüber nachgedacht, doch sie hatten absolut nichts in ihrer Zelle, mit dem sie die schwere Pistole zu sich ziehen konnten. Hinzu kam, dass die Hand des Toten auf dem Griff lag und die Sache zusätzlich erschwerte.

Ohne zu antworten, ließ Lewis den Blick erneut über die Szenerie hinter den Gitterstäben gleiten. Da war der tote Professor, dessen halber Hinterkopf an der Wand neben der offenen Tür klebte. Ein Stück dahinter sah man nur die Schuhe seines ebenfalls toten Sohnes und den Schatten eines kleinen Bündels, bei dem es sich vermutlich um das eingewickelte Baby handelte. Alles, was ihnen irgendwie von Nutzen sein konnte, lag entweder zu weit entfernt oder war zu schwer, um es mit einem Kleidungsstück heranzuziehen.

Nachdem Lewis der toten Judith Seufert die Augen

geschlossen hatte, legte er sie in eine etwas würdevollere Stellung und faltete ihre Hände über dem blutdurchtränkten Brautkleid. Dann tat er, was ihm zutiefst widerstrebte, fand aber auch bei deren Durchsuchung nichts, das ihm hilfreich erschien.

»Und?«, fragte Florian, nachdem sein Partner wieder auf die andere Seite der Zelle gekommen war. Lewis musste ihn nicht ansehen, die Kraftlosigkeit in seiner Stimme genügte, um seinen Gemütszustand einschätzen zu können.

Die eigene Verzweiflung unterdrückend schüttelte er zwar den Kopf, sagte aber: »Sie hat nichts bei sich, was uns nützen könnte, aber ich werde es jetzt mit Rufen versuchen. Laut Hegners Uhr ist es später Vormittag und vielleicht läuft da draußen irgendjemand vorbei.«

Nachdem Florians Gesichtsausdruck undefinierbar blieb, ging Lewis zu dem Gitter, wählte mit dem Kopf einen Winkel, in dessen Richtung er den Ausgang vermutete und brüllte aus voller Kehle um Hilfe. Die Reaktion darauf folgte, noch während der Hall seinen Ruf wiederholte. Es war die heißere Stimme des Säuglings, die ihn erreichte und wie ein heißer Nagel bis tief in seine Seele stieß. Er selbst würde das hier vermutlich noch eine ganze Weile aushalten, bei dem winzigen Mädchen war es dagegen jetzt schon ein Wunder, dass es überhaupt noch lebte.

Mit Mühe zwang er sich, keine Rücksicht auf die Kleine zu nehmen, und wiederholte den Schrei immer und immer wieder, so lange, bis seine Stimme versagte und er nur noch ein heißeres Krächzen zustande brachte.

Inzwischen war es später Abend und der Säugling schon lange verstummt, als es Florian nicht mehr aushielt. Nach dem zweiten Versuch, seinem ausgetrockneten Hals ein Wort zu entlocken, flüsterte er entschlossen: »So kann das nicht weitergehen, wir müssen etwas unternehmen.«

Lewis brauchte ein paar Sekunden, um aus seinem Dämmerschlaf zu erwachen, stemmte sich ebenfalls in die Höhe, wobei er aber nur nickend zustimmen konnte. Nach der Schreierei vom Vormittag weigerten sich seine Stimmbänder, ihm zu gehorchen. Wieder und wieder schritten sie die Zelle ab, kontrollierten jeden lose aussehenden Steinklumpen in der Wand, bis Florian raunte: »Lewis. Komm rüber und sieh dir das an.«

Lewis legte den gerade gefundenen Steinbrocken zu den anderen, die sie aus der Wand lösen konnten, und trat ebenfalls ans Gitter. Da Florian nichts sagte, sondern nur auf etwas zeigte, brauchte er einen Augenblick, um die Chance zu erkennen. Der Kopf des Professors war knapp neben die ausgeworfene Patrone gefallen, weshalb man sie nur aus einer bestimmten Richtung erkennen konnte. Aber sie lag frei zwischen zwei seltsam nach außen gewölbten Haarbüscheln und es sah tatsächlich so aus, als ließe sie sich bewegen.

»Meinst du, sie geht?«

Lewis nickte, brachte seinen Mund ganz nahe an Florians Ohr und hauchte: »Es liegt nicht an der Munition, die Waffe löste nicht aus, weil der Bolzen einen Millimeter zu kurz ist. Muss ich reparieren lassen.«

Die folgende halbe Stunde benötigten sie, um aus dem Brautkleid Streifen herauszureißen und diese zusammenzuknoten. Ans Ende der so entstandenen Schnur bastelten sie noch eine Art Beutel, den sie mit einem Stein beschwerten. Nach einigen Übungswürfen trat Florian an das Gitter, hielt mit der einen Hand das Ende der

Schnur und warf das Gewicht mit der anderen Hand in Richtung der Patrone.

Er hatte gut gezielt, traf aber trotzdem nur das abstehende Stück Schädelknochen, das sich nun löste und Lewis auf das offengelegte Gehirn des Professors blicken ließ. Der Anblick veranlasste beide Kommissare zu einem angewiderten Stöhnen, doch Florian ließ sich nicht beirren. Nachdem er sich kurz gesammelt hatte, zog er den Beutel mit dem Stein wieder zu sich heran, fand eine Stelle, die er greifen konnte, ohne in das Blut des Professors fassen zu müssen, und wiederholte den Vorgang. Bei seinem dritten Versuch landete der Stein erneut auf dem Knochenteil, das aber klebrig genug war, um an dem Stoffbeutel haften zu bleiben. Florian zog es vorsichtig einige Zentimeter zu sich heran und brachte es so direkt hinter der Patrone zum Liegen. Dann atmete er einmal tief durch und riss beherzt an der Schnur. Der Schädelknochen folgte der Bewegung noch ein kleines Stück, bevor der Stein herunterrutschte und schwungvoll gegen das Gitter flog.

Florian atmete aus, legte sich auf den Boden und steckte den Arm durch zwei der dicken Metallstangen. Nach einigem Tasten erreichte er die Patrone mit den Fingerspitzen, gab ihr einen letzten Schubs und streckte sie kurz darauf Lewis wie eine Trophäe entgegen.

Lewis nahm das Teil entgegen, ging zu dem schweren Vorhängeschloss, mit dem die Gittertür verschlossen war, und steckte die Patrone in das Schlüsselloch. Bis hierhin schien alles gut zu funktionieren und doch blieben zwei Probleme.

»Und jetzt? Einfach mit einem Stein draufschlagen?«, fragte Florian, der zugesehen hatte, doch Lewis zog die

Patrone wieder heraus und flüsterte mit schmerzhaft rauem Hals: »Das würde nichts bringen, das Schlüsselloch ist zu einer Seite hin offen, also würde die Kraft nach hinten wirken und die Hülse einfach nur herausgeschleudert werden. Außerdem brauchen wir einen Nagel oder etwas Ähnliches, sonst treffen wir das Zündhütchen nicht.«

Während Florian nach der Patrone fischte, hatte Lewis bereits einen Plan entwickelt. Das Problem an der Sache war nur, dass das Ganze nicht ungefährlich war. Doch laut der Uhr des Professors, dessen Arm glücklicherweise genau in ihre Richtung zeigte, waren sie bereits seit dreißig Stunden in diesem Loch gefangen. Und mit jeder Stunde, die verging, schwand die Hoffnung, wenigstens das Baby retten zu können. Außerdem schwächte ihn der Wassermangel schon jetzt, und das würde sicherlich nicht besser werden.

Um nicht wieder sprechen zu müssen, ging er selbst zu der Leiche der jungen Frau und machte sich an ihrem kalten Ohr zu schaffen. Kurz danach kehrte er mit dem kleinen Metallstift ihres Ohrringes zurück, klemmte diesen auf Höhe des Schlosses zwischen der letzten Türstrebe und dem festen Gitter ein und machte einen ersten Versuch, ob es funktionieren könnte. Nachdem er den Metallstift ein wenig nachjustiert hatte, steckte er die Patrone wieder in das Schloss. Er drehte sich noch einmal zu seinem Partner um und bat ihn näher zu kommen. »Wenn es funktioniert, kann es sein, dass ich ohnmächtig werde«, flüsterte Lewis ihm zu. »Kümmere dich dann erst um das Baby und versuche, hier rauszukommen.«

»Was hast du vor?«, fragte Florian zurück, da er nur zum Teil begriffen hatte, wie die Konstruktion funktionieren sollte.

Lewis winkte ab, bat ihn, in die hintere Ecke zu gehen, und machte sich dann ans Werk. Er umfasste das Schloss, das auf der anderen Seite der Gitterstäbe hing, mit beiden Händen und zog es einmal probehalber bis zu dem eingeklemmten Ohrringstift. Dann versuchte er, seine Angst auszublenden, schob es wieder ein Stück nach vorn, atmete einmal tief durch und riss es mit aller Kraft gegen die Metallstangen. Lewis hatte den Metallstift so ausgerichtet, dass er ihn kaum verfehlen konnte. Der dünne Stachel traf fast exakt die Mitte der nach hinten herausstehenden Patronenhülse und zündete diese schon beim ersten Versuch.

Ohne die dämpfende Wirkung einer Waffe hallte der Knall ohrenbetäubend laut von den Wänden wider. Instinktiv hob Lewis seine Hände an die Ohren, konnte diese aber nicht spüren. Dann folgte der Schmerz in seinen Fingern, breitete sich über die Handflächen aus und ließ ihn zurücktaumeln. Verbrannte Stellen konnte man kühlen, aber dieser Schmerz tief in seinem Gewebe ließ sich nicht lindern. Winselnd ging er auf die Knie und sah gerade noch, wie Florian zu dem Schloss eilte, dann erlöste ihn die Ohnmacht.

47

Lewis' Bewusstsein war nicht sehr gnädig mit ihm. Als er das erste Mal erwachte, sah er, wie sein Partner das Schloss mit einem Stein bearbeitete. Doch Sekunden später und ohne das Ergebnis abzuwarten, schickte ihn der Schmerz zurück in die Dunkelheit. Es folgten Phasen mit bunten Lichtern, bedrohlichen Schatten und schließlich dem Gefühl zu schweben. Begleitet von einer weit entfernten Stimme, hatte er den Eindruck, in einem Strudel zu versinken. Dann wurde die Stimme lauter, energischer und schließlich böse.

Lewis wusste nicht mehr, ob das, was er sah und hörte, seiner Fantasie entsprang. Das einzig Rationale war dieser wallende Schmerz in seinen Händen, wobei er sich nicht einmal sicher war, ob er diese überhaupt noch hatte. Nun folgte ein Druckgefühl unter der Achsel und er spürte, wie irgendetwas an ihm zog. Mit dem Gefühl zu wachsen, richtete sich sein Körper auf und schien kurz darauf vorangetrieben zu werden. Schritt für Schritt ging es nun weiter. Lewis roch den schwachen Duft von Florians Rasierwasser, sackte wieder zusammen, wurde erneut abgefangen und zum Durchhalten gedrängt. Eine gefühlte Ewigkeit später zog sich der Arm seines Partners kurz zurück und eine Steinwand wurde zu seiner Stütze. Das kalte Gefühl in seinem Rücken tat ihm gut und erlaubte ihm für einen kurzen Augenblick, den Schmerz zu vergessen. Er sah, wie Florian mit der einen Hand etwas vom Boden aufhob, während er ihn mit der anderen Hand gegen die Mauer drückte. Dann spürte Lewis, wie er kurz angerempelt wurde, und der Schmerz explodierte erneut unter seiner Haut.

Schritt für Schritt ging es weiter, doch mit jedem Meter zehrte die Verletzung mehr an seiner Kraft. Nach einem Abschnitt der Dunkelheit folgte eine weitere Pause, bei der er Florian erst keuchen hörte, dann fiel etwas zu Boden und ein gleißend helles Licht erschien. Ohne seine Hände blieb Lewis nur, die Augen fest zusammenzudrücken und sich auch weiterhin auf die Führung seines Partners zu verlassen. Erst als ihm eine Windböe durch das Haar fuhr, begriff er, dass sie es geschafft hatten, und er fasste neuen Mut.

Da waren Stimmen, Lewis war sich sicher. Es waren viele und sie klangen ausgelassen. Sich mühsam weiterschleppend wagte er es schließlich doch, öffnete die Augen zu einem kleinen Spalt, und noch während er einzuordnen versuchte, was er sah, hörte er den Satz: »Schau dir die beiden Penner an. Und solche dürfen jetzt sogar Kinder großziehen.«

Zwischen Schmerz, dem Anblick eines großen Biergartens und dem Gehörten schaffte Lewis noch ein Lächeln und brach dann bewusstlos zusammen.

»Guten Morgen!« Lewis konnte Florians gute Laune nicht ganz teilen, freute sich aber trotzdem, ihn zu sehen. Dieser schloss die Tür hinter sich, trat an das große Krankenhausbett und legte seinem Partner ein in Geschenkpapier eingewickeltes und mit einer Schleife versehenes Päckchen auf den Schoß.

Lewis blickte eine Weile auf das Geschenk, hob erst den Kopf, dann die dick verbundenen Hände und stellte trocken fest: »Keine Hände, keine Kekse.«

»Oh«, reagierte Florian ein wenig zu überrascht, als dass ihm dieses Detail entgangen wäre. Grinsend nahm er das Päckchen wieder an sich, löste das Geschenkpapier, öffnete die Schachtel und verkündete, während er das alte Vorhängeschloss herauszog: »Die KTU hat zwar einen Riesenaufstand gemacht, aber ich wollte unbedingt, dass du dieses Souvenir bekommst.«

Lewis nahm das völlig verbeulte Ding zwischen seine unbrauchbaren Hände und betrachtete es von allen Seiten. Rund um die Öffnung für den großen Schlüssel war, außer einigen Schmauchspuren, kaum etwas zu erkennen. Anders auf der Rückseite, wo die Kugel erst die Schließmechanik und dann das Blech durchschlagen hatte. Spitze, nach außen gebogene Metallfetzen zeugten von der Gewalt des Geschosses und letztlich auch davon, wie fest er den Metallkörper gegen die Gitterstäbe gepresst haben musste, um die Kraft nach vorn zu lenken. Eigentlich hasste er Geschenke jeder Art, schon allein deshalb, weil man sich oft für etwas bedanken musste, was man gar nicht haben wollte. Dieses Mal jedoch überkam Lewis eine Rührung, die er schnell auf seinen Zustand schob. Er schluckte einmal, murmelte ein schnelles »Danke« und wechselte das Thema, indem er sich nach dem Baby erkundigte.

»Alles gut«, erwiderte Florian, verkniff sich das Grinsen und erklärte: »Die Kleine war dehydriert und leicht unterkühlt, hat das Ganze aber gut weggesteckt. Ich habe mich gerade von ihr verabschiedet.«

»Warum das?«

Florian zuckte mit den Schultern: »Ihre Mutter ist tot und der Vater auch, außerdem hätte er sie nie bekommen. Es gibt unglaublich viele Paare, die nur darauf warten, so kleines Kind adoptieren zu können.«

Es dauerte einen Augenblick, bis Lewis begriff und die Stirn in Falten legte: »Wie lange bin ich denn schon hier? So etwas geht doch nicht von heute auf morgen.«

Nun war sein Partner ehrlich erstaunt: »Hat man dir das noch nicht gesagt?«

»Würde ich sonst fragen? Der Arzt überwachte mein Aufwachen und war wieder weg, sobald ich meinen Namen und meinen Geburtstag richtig nennen konnte. Eigentlich wollte er gleich zurück sein, aber das ist jetzt auch schon eine Weile her.«

»O. k.«, stellte Florian fest. »Es sind jetzt fast zwei Wochen. Sie brauchten drei Operationen, um alle Finger wieder in die richtige Form zu bringen. Aber wenn der Oberarzt nicht lügt, sollten sie danach wie neu sein.«

»Zwei Wochen«, wiederholte Lewis leise. Ihm kam es vor, als hätte ihn Florian erst vor ein paar Stunden aus diesem Gewölbe geschleppt. Doch im Gegensatz zu seinem letzten Fall hatte er wenigstens nichts auf den Kopf bekommen und konnte sich noch an alles erinnern. Mühsam schwenkte er das Tablett über seinen Oberkörper, bugsierte den Strohhalm in seinen Mund und trank einen Schluck. Danach fragte er nur: »Und wie hing das jetzt alles zusammen?«

Florian hatte offenbar nur auf die Frage gewartet. Er zog sich einen Stuhl an das Bett und erklärte: »Es war im Großen und Ganzen schon so, wie wir uns das gedacht hatten. Bis zum Selbstmord seiner Tochter behandelte Professor Doktor Hegner seinen Sohn in einer psychiatrischen Einrichtung. Joachim Hegner war quasi für die fachliche Befriedigung seines Vaters da und die Tochter Jasmin für die familiäre. Nach dem Tod seiner Tochter änderte sich dann alles. Man könnte fast sagen, dass dieser Schicksalsschlag etwas in dem Professor entfesselte. Erst versuchte er, die fünf jungen Frauen, die seine Tochter nachweislich in den Tod gemobbt hatten, auf legalem Weg zur Rechenschaft zu ziehen. Dies scheiterte aber zum einen an laschen Richtern und zum anderen an den einflussreichen Familien der Täterinnen oder an beidem. Wenn du weißt, was ich meine?« Florian wartete das Nicken seines Partners ab und fuhr dann mit wichtiger Miene fort: »Was dann folgte, findest du in keinem Lehrbuch über Psychopathen. Hegner unterschrieb den Entlassungsschein seines Sohnes selbst, quartierte ihn in seinem Elternhaus ein und begann, ihn regelrecht abzurichten. Und als ihn auch seine Frau verließ, gab es kein Halten mehr. Wie wir aus den Logdateien seines Laptops wissen, hat er jede der fünf Frauen über einen längeren Zeitraum studiert. Hat sich notiert, mit welcher Art von Menschen sie sich im Internet umgaben, und hat diese dann ebenfalls beobachtet und so die Schwachstellen der Frauen aufgedeckt. Als Psychiater wusste er genau, wo er ansetzen musste, und konnte seinen Sohn darauf vorbereiten. Bei Rita von Ulmenstein war es zum Beispiel die Sucht nach Bestätigung. Also hatte sich sein Sohn erst in ihr Leben geschlichen und sie wie eine Göttin behandelt. Er hob sie so lange auf einen Sockel, bis er genau wusste, mit was er sie erpressen konnte. Anschließend fiel die Maske, er vergewaltigte sie und drohte, beim kleinsten Verstoß gegen seine Regeln ihren Lieben etwas anzutun … Bei Rita von Ulmenstein war dies zum Beispiel ihre Schwester, die sie über alles liebte. In den ersten Monaten der Schwangerschaft ließ er die Frauen ihr scheinbar normales Leben weiterführen, natürlich streng kontrolliert.«

»Die Teddys und Puppen?«, hakte Lewis ein.

»Ja, genau. Ohne dass sie etwas davon mitbekamen, installierte er winzige Kameras in den Stofftieren, um die Frauen zu beobachten. Zum Ende ihrer Schwangerschaft wollte er dann offenbar auf Nummer sicher gehen, brachte sie in sein Verlies und mauerte sie dort ein. Soweit wir es bei Rita von Ulmenstein nachvollziehen konnten, muss sie fast drei Monate in diesem Kellerraum verbracht haben.«

Lewis nickte: »Kein Wunder, dass sie wahnsinnig wurde und im Krankenhaus nur auf dieses Licht starrte.« Dann wurde er nachdenklicher und fragte: »Aber warum hat er alle außer Judith Seuferts Baby umgebracht?«

»Es waren alles Jungs«, erwiderte Florian fast so, als wäre es selbstverständlich. »Das Ziel des Professors und seines Sohnes war es aber, die tote Tochter beziehungsweise Schwester zu ersetzen.«

»Was für ein Wahnsinn.«

»Ja, das ist es«, stimmte Florian zu.

»Und keine von den Frauen ist je zur Polizei?«, konnte es Lewis kaum glauben.

»Doch. Über drei Frauen konnten wir entsprechende Aktennotizen unserer Kollegen finden, aber die beiden Hegners waren stets schneller und offenbar darauf vorbereitet. Sie konnten es jedes Mal so hindrehen, dass die Beamten bei der jeweiligen Frau geringe Mengen Drogen fanden und sie dadurch nicht mehr ernst nahmen. Judith

Seufert hat das alles offenbar nicht mehr ertragen. Aus den gefundenen Filmaufnahmen und der Leichenschau geht hervor, dass sie vor Kurzem einen Selbstmordversuch unternommen hat, was ihr Exfreund mit dem Leben bezahlte. Der schwere Motorradunfall vor einigen Wochen in Nürnberg … erinnerst du dich?«

»Wie krank!« Lewis schüttelte den Kopf, wobei ihm noch ein Gedanke kam: »Und wie hängt der Pfarrer da mit drin? Er war zwar stockbesoffen, als ich ihn dabei beobachtete, wie er Judith Seufert und Joachim Hegner vermählen wollte, aber das war doch sicher nicht freiwillig.«

Florian zuckte mit den Schultern: »Wissen wir noch nicht genau. In dem Dorf gibt es Gerüchte über eine angebliche Geliebte des Pfarrers, die plötzlich verschwunden ist. Wenn ich spekulieren müsste, würde ich sagen, er hat sie von Joachim Hegner beseitigen lassen, aber wie gesagt, so weit sind wir noch nicht.«

»Die Praktikantin aus dieser Schule, diese Paula Raaben?«

Florian zuckte mit der Schulter: »Möglich.«

Ein erst sachtes, dann deutliches Klopfen an der Tür unterbrach die Unterhaltung. Lewis rief: »Herein«, und schon beim Anblick der eleganten Lackschuhe wusste er, wer ihn besuchte. Kriminalrat Gernot trat ein, nickte seinem unversehrten Beamten kurz zu, bevor er sich mit den äußerst geistreichen Worten »Auf das Händeschütteln verzichten wir wohl lieber« an Lewis wandte.

»Hat sich mein Erwachen schon herumgesprochen«, entgegnete Lewis, ohne auf den schlechten Scherz einzugehen, und fügte dann etwas stichelnd hinzu: »Da war mein Partner wohl schneller.«

Gernot erkundigte sich kurz nach dem Gesundheitszustand und kam dann gleich zur Sache: »Meine Herren, wir haben fünf tote Frauen, zwei tote Täter und einen ebenfalls toten Pfarrer … Ein Umstand, der meinen Bericht nicht gerade glänzen lässt. Hinzu kommen vier getötete Säuglinge, für die allerdings jede Hilfe zu spät gekommen wäre.«

Lewis kannte diese Tatsachen auch ohne die Hilfe seines Chefs, außerdem spürte er, dass diese Ansprache die Vorbereitung auf etwas anderes sein sollte. Auch wenn er sich eigentlich ganz gut fühlte, hob er die dick eingewickelten Hände und bat mit gespielt matt klingender Stimme: »Chef. All das wissen wir und ich bin noch nicht sonderlich fit, also sagen Sie uns doch einfach, welche Maßnahme wir zu erwarten haben.«

Derart offene Worte nicht gewohnt, zupfte Gernot kurz an seiner teuer aussehenden Krawatte, eine Unsicherheit, die er nicht oft zeigte, und gab zu: »Unser oberster Dienstherr war von den Schlagzeilen in der Presse nicht sehr angetan und verlangt eine Reaktion meinerseits.«

»Aber …«, wollte ihm Florian ins Wort fallen, doch der Kriminalrat brachte ihn mit einer Geste zum Schweigen, bevor er versöhnlicher weitersprach: »Versteht mich nicht falsch, Kollegen. Bis auf kleinere Fehler werfe ich Ihnen nichts vor, was aber nichts daran ändert, dass ich reagieren muss.« Es folgte ein tiefer Atemzug: »Also, wenn Sie, Herr Schneider, wieder so weit fit sind, dass Sie Innendienst machen könnten, werden Sie beide für zwei Wochen in den Genuss einer Weiterbildungsmaßnahme kommen.«

»Wir sollen wieder die Schulbank drücken?« Lewis war sich nicht ganz sicher, ob er das richtig verstanden hatte.

Gernot nickte: »So sieht es aus. Allerdings habe ich bereits mit dem Ausbildungsleiter gesprochen und vereinbart, dass Sie nicht nur an Weiterbildungsmaßnahmen teilnehmen, sondern auch selbst ein wenig von Ihren Erfahrungen weitergeben dürfen.«

Vermutlich um jeder Diskussion zuvorzukommen, blickte Gernot auf seine Uhr und stellte fest: »Ich habe in zwanzig Minuten ein wichtiges Meeting. Werden Sie schnell gesund, Herr Schneider. Auf Wiedersehen, meine Herren.«

»Was war das denn jetzt?«, fragte Florian ein wenig geschockt.

»Das …«, erwiderte Lewis mit einem Lächeln, »… war Unbehagen gepaart mit einer Prise Angst vor den eigenen Mitarbeitern.« Dann verabschiedete er sich von seinem Partner, schloss die Augen und fiel in einen langen erholsamen Schlaf.

ENDE

Informationen zum Autor und zu dessen Werken finden Sie unter:

www.mark-franley.de
www.facebook.com/MFranley

Weitere Bücher des Autors:

Die Lewis-Schneider-Reihe:
»**Traumaspiel**« (Lewis Schneiders erster Fall)
Hauptkommissar Lewis Schneider wird aus Berlin in seine Heimatstadt Nürnberg versetzt, wo sich nur wenige Stunden nach seiner Ankunft ein grauenhaftes Familiendrama ereignet. Auf den ersten Blick scheint der Tathergang eindeutig, bis zweifelsfreie Beweise den in Haft sitzenden Serienkiller Adam Voss schwer belasten … und nicht nur das, denn bald macht ein weiteres Opfer den Fall zu einem Wettlauf gegen die Zeit.
Traumaspiel entführt uns in eine Welt aus Verlangen, Angst und Macht …

Die Mike-Köstner-Reihe:
»**Heuchler**« (Das erste Buch aus der Mike-Köstner-Reihe)
»Skrupellos« wäre ein zu schwaches Wort, um IHN zu beschreiben, und gerade als sich die beiden Kommissare am Ziel sehen, stellt ER sein tödliches Können unter Beweis. Nach dem katastrophalen Ausgang ihres Einsatzes beschließt Kommissar Köstner, mit seiner Familie in der Idylle Finnlands abzuschalten.
Doch ER ist längst zu ihrem Schatten geworden … einem Schatten, der noch lange nicht hat, was er will.

»Benutzt« (Das zweite Buch aus der Mike-Köstner-Reihe)
Fassungslos müssen die beiden Kommissare Köstner und Groß dabei zusehen, wie Tausende Menschen in den perfiden Plan eines Entführers hineingezogen werden. In seinem Spiel »Die Drei« nutzt er die abgestumpfte Sensationsgier der Medien gnadenlos aus und bringt ganz normale Menschen dazu, folgenschwere Entscheidungen zu treffen.
Im Laufe der Ermittlungen wird der Fall immer undurchsichtiger. Die Grenzen zwischen Opfern und Tätern verschwimmen mehr und mehr, denn »Unschuld« ist nur noch ein leeres Wort!
»BENUTZT« ist hart, quälend und hinterlässt Spuren!

»Karla« (Das dritte Buch aus der Mike-Köstner-Reihe)
Was mit einem einfachen Mord beginnt, lässt Hauptkommissar Köstner kaum Zeit für Ermittlungen. Wie aus dem Nichts zieht sich eine wütende Mordserie durch die Stadt und offenbart dabei die dunkelsten Seiten unserer Gesellschaft.
Opfer für Opfer verstärken sich Mike Köstners Zweifel an allem, wofür er einmal einstand, und als er schließlich die Wahrheit erfährt, steht sein Entschluss fest.
Dieser Thriller geht unter die Haut, denn es könnte hinter jeder Tür passieren …

»Nachtkalt« (Das vierte Buch aus der Mike-Köstner-Reihe)
Warum? Immer wieder stellt sich die Medizinstudentin Anja Lange diese Frage. Scheinbar harmlose Vorfälle verdichten sich mehr und mehr zu einer Bedrohung, die sie langsam um den Verstand bringt. Nicht nur, dass es keinerlei greifbaren Grund dafür gibt, auch ihre Glaubwürdigkeit schwindet von Mal zu Mal. Als sich dann auch noch die Polizei gegen sie stellt, liegt ihre ganze Hoffnung auf Mike Köstner. Kann er das tödliche Spiel beenden oder ist doch alles anders, als es scheint?

»Hochmut« (Das fünfte Buch aus der Mike-Köstner-Reihe)
Was Heil versprach, brachte den Untergang. Bei den Schuldigen dominieren gnadenlose Arroganz und Gier. Selbst im Angesicht der Gefahr sind sie nur zögerlich bereit, ihr wahres Gesicht zu zeigen. Doch keiner von ihnen ahnt, wozu die Opfer fähig sind.
Wer alles verloren hat, überschreitet eine Grenze – eine Grenze, hinter der es kein menschliches Mitgefühl mehr gibt.
Folgen Sie Kommissar Köstner und seinem Team durch die Abgründe dieses Falls und entscheiden Sie selbst, wer Ihr Mitgefühl verdient hat.

»Seelenfeind« (Das sechste Buch aus der Mike-Köstner-Reihe)
Nach einem Schuss in Notwehr wirkt Hauptkommissar Mike Köstner merkwürdig unbeteiligt, doch noch ahnt niemand, was sich mit diesem Einsatz anbahnt und in welche Abgründe er führen wird.
Verliert der einstmals gefeierte Kommissar langsam den Verstand? Weder Freunde und Kollegen noch seine langjährige Lebensgefährtin können glauben, was passiert, doch die Beweise gegen ihn scheinen übermächtig.
Am Ende steht Mike Köstner vor der einsamsten Entscheidung seines Lebens ...

Außerdem:

»Der Todmaler«
Ein packender Thriller vor historischer Kulisse.

Printed in Poland
by Amazon Fulfillment
Poland Sp. z o.o., Wrocław

53334364R00181